科幻文学馆
Science Fiction Museum

CHILDREN OF THE MIND

安德的游戏 5
精神之子

【美】奥森·斯科特·卡德 著
江业华 译

天津出版传媒集团
百花文艺出版社

图书在版编目（CIP）数据

安德的游戏. 精神之子 / (美) 奥森·斯科特·卡德著；江业华译. -- 天津：百花文艺出版社，2018.10（2019.1 重印）
(科幻文学馆)
ISBN 978-7-5306-7564-9

Ⅰ. ①安… Ⅱ. ①奥… ②江… Ⅲ. ①儿童小说-科学幻想小说-美国-现代 Ⅳ. ①I712.84

中国版本图书馆 CIP 数据核字(2018)第 213968 号

安德的游戏：精神之子
ANDE DE YOUXI：JINGSHEN ZHI ZI
［美］奥森·斯科特·卡德著；江业华译

选题策划：成 全　　封面设计：王 烨
责任编辑：成 全 由高峰
出版发行：百花文艺出版社
地址：天津市和平区西康路 35 号　邮编：300051
电话传真：+86-22-23332651（发行部）
+86-22-23332656（总编室）
+86-22-23332478（邮购部）
主页：http://www.baihuawenyi.com
印刷：山东临沂新华印刷物流集团有限责任公司
开本：880×1230 毫米　1/32
字数：256 千字
印张：11.75
版次：2018 年 10 月第 1 版
印次：2019 年 1 月第 2 次印刷
定价：39.80元

如有印装质量问题，请与山东临沂新华印刷物流集团有限责任公司联系调换
地址：山东省临沂市高新技术产业开发区新华路 1 号
电话：(0539)2925659
邮编：276017

给聪慧卓然的芭芭拉·博瓦奉上这部神作。
她是一个伟大的生意伙伴，
更是一个好朋友。

目录

编者按：本书中，虫族女王与人类以及虫族女王与猪族之间的对话用【】标志。

“我不是我自己”

“母亲、父亲,我做得对吗?”

——《韩清照神谕》,韩清照的遗言

西王母向前跨了一步。名叫彼得的青年牵起她的手,领她进入了星际飞船。舱门在他们身后关上。

西王母在一个有金属墙壁的小舱房里的转椅上坐下。她环顾四周,期待看到些新鲜怪奇的东西。可是除了金属墙壁,它和道星上任何一间办公室没什么不同,干净,但并不过分讲究。室内的家具也十分实用。她曾见过一艘艘行进中的飞船:有出入大气层的流线型战机和穿梭艇,也有能加速到接近光速的巨型圆盘形飞船。前者仿佛有着针尖般的穿透力量;后者则仿佛拥有大锤般的冲击能量。但在这个房间里,却让人感觉不到有任何动力,只是一个普通的房间。

飞行员在哪里?总该有位飞行员吧。坐在房间对面,正对着电脑说话的那个青年,看起来不大可能控制一艘能够超光速航行的飞船。

可他就是在控制飞船,因为没有通往别的房间的门了。飞船从外面看起来很小;这个房间一定差不多占据了它的内部空间。

电池设在房间角落,存储着来自飞船顶部太阳能收集器收集来的能量。那边的柜子像是冰箱一样，里面可能有食品和饮料，就这么一点维持生命的东西。如果星际飞行就是这样，那还有什么浪漫可言？不过是一个房间而已。

因为没什么别的可看，她便看着电脑终端前的青年。彼得·维京，他说他叫这个名字。古代霸主的名字，那位霸主第一次让全人类在他的控制之下团结起来。那时人们还仅仅生活在一个星球上，所有的国家和种族、宗教和哲学彼此碰撞，他们除了对方的土地无处可去，因为当时天空就是他们的上限，而宇宙空间则是一道不可逾越的巨大鸿沟。彼得·维京，人类的统治者。当然，眼前这个人并不是彼得·维京本人，他也承认，是安德鲁·维京派他来的。西王母想起来了，韩真人说过，安德鲁·维京不知道怎样制造了他。这是不是等于说，伟大的死者代言人是彼得的父亲？或者他某种程度上不只是名义上安德的哥哥，实际上也是三千年前死去的霸主的化身？

彼得不再念念有词，而是向后靠在椅背上，叹了口气。他揉了揉眼睛，然后伸了个懒腰。当着别人的面这样做是非常不雅的，只有粗鲁的野外工作者才会这样做。

他似乎感觉到了她的不满，或许他完全把她忘了，现在才突然想起来还有别人在场。他没有坐直，而是转过头来看着她。

"对不起，"他说，"我忘了你也在这儿。"

西王母渴望能够大胆地同他说话，尽管她此前一直谨言慎行。毕竟他早已冒犯地跟她说过话了，那时他的飞船像蘑菇一样在河边草坪上突然冒出来，然后又用一个装有病毒的小瓶治愈了她的故乡道星上的基因疾病。不到十五分钟前，他望着她的眼睛说：“跟我来，你和我一道改变历史，创造历史。”尽管她心中害怕，但还是答应了。

正因为如此，所以她现在坐在转椅上，看到他行为粗鲁，像老虎一样在她的面前伸懒腰。老虎，就是他的内心之兽吗？西王母读过《霸主》。她相信，那个伟大而可怕的人心中就有一只老虎。但这一个呢？这个小伙子呢？他比西王母年长，但西王母也不是太年幼，还是能看出他的稚嫩。这个像丛林老虎一样伸懒腰的小伙子，想要改变历史的进程！清除星际议会的腐败，阻止前往卢西塔尼亚的舰队，让该殖民星球成为数以百计的人类世界中平等的成员。

“我没得到你的同意。”他说。他听起来似乎既烦恼又觉得好笑。她可能无法了解其中微妙的语调，而且也不容易懂得这个圆眼睛的人做的鬼脸。他的表情和声音中都潜藏着她不明白的含义。

“你得理解，”他说，“我不是我自己。”

西王母会的通用语足够让她懂得这句话。“你不舒服？”但她话一出口就知道，他说的就是字面上的意思。

“我不是我自己。”他又说了一遍，“我不是真的彼得·维京。”

“我也希望不是。”西王母说，“我在学校里读到过他写的《葬礼》。”

“不过我看起来挺像他，对吗？”他从电脑终端里调出一幅全息图像，显示在空中。全息图像转过身来看着西王母。彼得坐直身子，采取同样的姿势面对她。

“有几分相似。”她说。

“当然，我更年轻一点。”彼得说，“因为安德离开地球之后就再也没见过我。那时他只有——多少岁来着，五岁？总之还是个小孩子。那时我也只是个孩子。那就是他记忆中的我，当他把我从稀薄的空气里变出来的时候。”

“没有什么空气。”她说，“完全是凭空制造的。”

“不是凭空。”他说，“反正把我变出来了，都一回事。”他坏笑道，“我可以召唤地下的幽魂。”①

这句话对他具有某种意义，但对西王母没有。她在道星被作为仆人训练，所以没受过多少教育。后来，在韩非子家，她的能力才得到认可，先是她从前的女主人韩清照，之后是韩真人本人。从他俩那里，她偶然受到了一些教育。那里所教的主要是技术，文学方面只有古东方和道星本身的文学。她可以不断地引用大诗人李清照的诗词，她从前女主人的名字就来源于她。但彼得所引用的诗句出自何人，她一无所知。

“我可以召唤地下的幽魂。”他又说了一遍。然后稍微改变了一点儿他的声音和态度，回答自己，“啊，这我也会，什么人都会。可是您召唤它们的时候，它们果然会应召而来吗？”

“莎士比亚？”她猜测。

他朝她笑了笑。她觉得那是猫在玩弄老鼠时的笑容。“遇到欧洲人引经据典，猜莎士比亚准是最佳答案。”他说。

“你引的这段挺有趣。”她说，“一个人吹嘘说他可以召唤死者，但其他人说难点不在召唤，而是把他们弄出来。”

他笑了，“你的幽默感还真不赖。”

“这段话对你有特别的意义，因为安德将你从死亡中召唤出来。”

---

① 语出自莎士比亚《亨利四世》。后一句引文出处相同。

他吃了一惊。“你怎么知道？”

她感到一阵恐惧。这真的可能吗？“我不知道。我是在开玩笑。”

“嗯，那不是真的。不是字面上的召唤，他没有把死者复活。当然他毫不怀疑地认为，只要有需要他就能做到。”彼得叹了口气，“我刚才的行为很讨人厌。这段话涌进了我的脑海，我并不真的这么认为，只是突然想到的。”

“要让有些话涌上心头却忍住不说出口，经过训练也并非做不到。”

他翻了翻白眼。“我不是被训练成仆人的，像你那样。”

这就是自由世界来的人的态度——嘲笑一个曾当过仆人的人，尽管那并不是她的过错。“我所受的训练是把不愉快的话留在心里，这是礼貌问题。”她说，“也许在你看来，这只不过是奴性的另一种形式。”

“正如我所说，西方的王母娘娘，我管不住嘴，总说讨厌的话。”

“我不是西方的王母娘娘。”西王母说，“这名字是一个残酷的玩笑……”

“只有讨厌鬼会因此嘲笑你。”彼得笑了，“我可是被取名为霸主的人呢。我想我们的共同点也许就是，都得忍受可笑而浮华的名字。”

她静静地坐着。他也许在尝试交朋友。

“我不久之前才刚刚存在于世上，”他说，“几周之前。我想你应该知道这一点。”

她不明白。

“你知道这艘飞船是如何运转的吗？”他说。

现在他转移了话题，想试探她。啊，她受够了试探。“显然是靠找个人坐在里面，被粗鲁的陌生人盘问来运转的。”她说。他微笑着点点头说：“你真会反唇相讥。安德告诉我你不是任何人的奴仆。”

“我曾是清照的忠实仆人。我希望安德没有对你隐瞒此事。”

他抛开她的字面解读。“你有自己的头脑。”他再一次打量着她，他的目光让她又一次感到他完全理解自己，就像他第一次在河边看着她时的感觉。“西王母，我说我是刚刚被造出来的，这并不是比喻。你懂的，制造，不是诞生。我被造出来的方式和这艘飞船如何运转有莫大的关联。我不想向你解释你已经明白的东西，但你必须知道，我是个什么东西——而不是什么人，这样才能理解为什么我需要你在身边。所以我再问一次——你知道这艘飞船是如何运转的吗？”

她点点头。“我想我知道。简，那个住在电脑里的生命，她在心里尽量完美地储存飞船和里边的人的图像信息，这些人自己也保存着他们自己的图像和身份之类的信息。然后她把一切从现实世界移到外空间，不需耗费任何时间，接着把一切重新放回现实中她选择的地方，同样不花时间。因此，飞船从一个星球到另一个星球，不需要花费数以年计的时间，而只是一瞬。”

彼得点点头。“好极了，除了一点你要了解：飞船在‘外空间’时，并不是处在虚无之中。相反，它被数不清的‘艾瓦’[①]所包围。”

她转过脸去。

---

① 艾瓦，出自梵语的生命一词，表示总核心微粒，它控制着为其他核心微粒维持秩序的结构体系。这个词也表示具有本质和持久形式的客观存在，如行星、原子、动物、恒星等。

“你不懂得艾瓦吗？”

“它的意思是所有的人一直都存在。我们比最古老的神还老什么的……”

“嗯，大致如此。”彼得说，“外空间只有艾瓦，它们不应被称为‘存在’，起码不是任何一种有意义的存在。它们只是……在那里。甚至连那里也不是，因为在他们所在的地方，位置没有意义，没有什么‘那里’，他们只是‘在’。直到某种智慧生命召唤它们，给它们命名，把它们纳入某种秩序，赋予它们形状和构成。”

“就像用泥巴捏成一只熊。”她说，“如果它留在冰冷潮湿的河岸上，就还只是泥巴。”

“没错。所以安德鲁·维京和另外几个人——运气好的话，你永远也不需要见到那几个人——他们进行了前往外空间的首航。他们实际上并没有去到任何地方。这次首航的重点是在外空间停留足够长的时间，这样其中的一个人，一个相当有才华的遗传学家，可以创建一个新的、极其复杂的分子，按照她脑中储存的图像信息制造而成。或者说按她脑中对已有分子的修改蓝图来制作……好吧，你不懂得生物学。无论如何，她做了应该做的事，创造了新的分子，真棒。仅有的问题是，她不是当天唯一一个创造出东西的人。”

“安德的心灵创造了你？”西王母问。

“不是有意创造的。应该说，我是一次可悲的意外，一个讨厌的副作用。这么说吧，那里的每个人、每样东西，都是发疯般地创造出来的。你瞧，外空间的艾瓦狂热地想被做成东西。我们周围有一艘影子飞船被造了出来。每个瞬间，各种软弱、模糊、支离破碎、脆弱、短暂的结构都在此起彼伏地出现。只有四个结构是坚固的，其中之一是埃拉诺娜·希贝拉前去创造的那个遗传分子。”

“其中一个是你吗？”

“恐怕是最无趣的一个，最没人爱和最没价值的一个。飞船上有一个叫米罗的家伙，他多年前在一次悲剧性的事故中神经受到损伤，成了残废。他口齿不清，笨手笨脚，走路一瘸一拐。但他的心里却珍藏着自己从前的强大形象，于是，有了那么一个完美的自我形象之后，大量的艾瓦就聚集起来，形成了一个副本，不是他当时的模样，而是他从前的样子，一直渴望恢复的样子，包括他全部的记忆——一个完美的复制品。它是如此完美，甚至和他自己一样极度厌恶他残疾的身体。因此……那个全新的加强版米罗，或者说从前未受伤的米罗的复制品，就站在那里，让残废的那个相形见绌。就在他们的眼前，那个被排斥的旧身体崩溃消失了。”

西王母倒抽了一口凉气，想象着那般情景。“他死了！”

“没有。这正是关键所在，你不明白吗？他还活着。那就是米罗。他自己的艾瓦——不是构成他身体的原子和分子的亿万艾瓦，而是那个控制它们全部，成为他本人、他的自我意志的艾瓦。他的艾瓦不过是移到了一个完美的全新身体里去了。那就是他真实的自我，而那个旧的……”

“已经没用了。”

“没有任何东西能赋予它形状。你瞧，我认为我们的身体是由爱结合在一起的。艾瓦对那个服从于它的美好强大身体的爱，让它获得了世上的一切体验。就连米罗也如此，就算他致残后充满自我厌恶，他也一定爱着可怜的残余身体，直到他获得了一个新的身体。”

“然后他就搬进去了。”

“甚至感觉不到他已经搬了。”彼得说，“他追随了他的爱。”

西王母听着这个奇特的故事，知道它一定是真的，因为她曾多次听见韩非子和简谈话时提到艾瓦。现在彼得·维京的这个故事显得很合理。这想必是真的，因为在韩非子家后面的河岸上，这艘飞船真的从虚无中出现了。

“你现在一定在想，”彼得说，“我这样一个最没人爱又最没价值的人，是如何得以存在的。”

“你已经说了，是安德的心灵弄的。”

“米罗心中最强烈的形象是年轻、健康、强壮的自我。但安德则不然，他心里最要紧的形象是他姐姐华伦蒂和他哥哥彼得。不过并非他们后来的形象，因为他真正的哥哥彼得早就死了，而华伦蒂——她一直陪同或跟随安德在太空中跳跃，所以她还活着，但和他一样已经长大了，成熟了。她是一个真实的人。但在外空间里，在那艘飞船上，他召唤出了她的年轻版复制品——少女华伦蒂。可怜的老华伦蒂！她并不知道她已经那样老，直到她看到了这个年轻的自己，这个完美的存在，这个自从幼时就一直住在安德那扭曲的小小心灵里的天使。我得说，她是这场小闹剧里最无辜的受害者。原来弟弟心里一直怀着这样一个形象，而不是爱着真正的她。嗯，很明显老华伦蒂——她讨厌这个称呼，但现在人人都这样看她了，包括她自己，真可怜——老华伦蒂的耐心正在经受考验。

“如果原来的华伦蒂还活着，”西王母迷惑地说，“那么少女华伦蒂又是谁?她实际上是谁呢?你可以成为彼得,因为他已经死了,也没人用他的名字,但……"

"很令人费解,是不是?"彼得说,"但我要说的是,不管他死没死,我都不是彼得·维京。正如我之前说的,我并非我自己。"

他靠在椅子上,望着天花板。电脑终端上空的全息图像转过去看着他。他没有碰控制器。

"简和我们在一起。"西王母说。

"简一直和我们在一起。"彼得说,"她是安德的间谍。"

全息图像开口了。"安德并不需要间谍。他需要朋友,如果可以的话,至少也需要同盟。"

彼得木然地伸出手把电脑终端关掉。全息图像消失了。

这让西王母很不舒服,就好像他掌掴了一个孩子,或殴打了一个仆人。"简是一个非常高贵的生命,这样对她很不尊重。"

"简是一个有错误的电脑程序。"

这个小伙子把西王母带到自己的飞船里来,把她从道星上拐走,但现在他的心情很坏。尽管如此,随着她看到的那个全息图像消失,她现在理解了他。"这并不是因为你很年轻,而霸主彼得·维京的全息图像是一个成年人。"西王母说。

"什么,"他不耐烦地说,"什么不是什么?"

"不是因为你和霸主之间的生理差异。"

"那么,是因为什么?"

"因为他看起来——很满足。"

"他征服了世界。"彼得说。

“所以假如你也同样做,你也会有那种满足的表情吗?”

“大概吧。”彼得说,“这被认为是我的人生目标,是安德要我完成的使命。”

“别对我撒谎。”西王母说,“在河边,你说过我为了野心做过很多可怕的事。我承认——我是有野心。我拼命想脱离可怕的卑微出身。我知道它的滋味、它的气息,我从你的身上就能闻到,就像在热天融化的柏油气味,你浑身都是这种臭味。”

“野心?臭味?”

“我自己就沉醉其中。”

他笑了,摸了摸耳边的宝石。“记住,简在听,她会告诉安德这一切。”

西王母陷入了沉默,不是因为她不好意思,而是因为她根本就没什么可说的。

“那么说来我确实有野心。因为这是安德想象中的我——野心勃勃、心怀鬼胎、残酷无情。”

“但你不是说了吗?你不是自己。”她说。

他的眼里闪耀着轻蔑。“对,我不是。”他转过脸去,“对不起,杰佩托[1],我并不是一个真正的男孩。我没有灵魂。”

她不知道他说的那个名字,但灵魂这个词她懂。“我的整个童年时代,人家都认为我是天生的仆人,没有灵魂。然后有一天,他们发现我有。到目前为止,它也没让我感到特别幸福。”

---

① 杰佩托是《木偶奇遇记》中制造出木偶匹诺曹的老木匠。

“我说的不是什么宗教意义上的灵魂。我说的是艾瓦。我没有艾瓦。还记得当米罗的艾瓦抛弃他的破旧身体时发生了什么吗？”

“但你没有崩溃掉，所以你终究还是拥有一个艾瓦。”

“不是我拥有它，是它拥有我。我能够继续存在，是因为拥有那个不可违抗的艾瓦的人把我召唤出来，并继续想象着我。他继续需要我，好控制我，成为我的意志。”

“安德鲁·维京？”她问。

“我的弟弟，我的创造者，我的折磨者，我的上帝，我的自我。”

“那少女华伦蒂呢？她也是？”

“啊，他爱她。他为她感到骄傲。他很高兴制造了她。但他厌恶我，厌恶！而我现在做的每一件坏事，说的每一句坏话，都是他的意愿。当我变得卑鄙不堪的时候，要记得我只能照我弟弟的想法去做。”

“哦，你在责怪他……”

“我没有责怪他，西王母。我只是陈述事实。他的意志现在控制着三具躯体。我的、我那不可思议的天使般妹妹的，当然还有他自己那疲惫的中年人身体。我体内的每一个艾瓦都听从他的命令。我，从各方面来说，都是安德鲁·维京。只不过他创造了我，用来盛载他所憎恨和恐惧的每一个冲动。他的野心，是的，当你闻到我的野心味时，你实际上闻到的是他的野心。他的侵略性、他的愤怒、他的污秽、他的残忍，是他的，不是我的，因为我已经死了，而且我从来不是这样，从来不是他看待我的样子。你面前的这个人是一个拙劣的仿品，是一个笑柄！我是一个扭曲的记忆、一个卑鄙的梦想、一场噩梦。我是躲在床底下的生物。他把我从混沌中造出来，好成为他童年的恐怖。”

“那就别那么做。”西王母说，“如果你不想成为那样，就别那么做。”

他叹了口气，闭上了眼睛。“你这么聪明，怎么就不懂得我说的话呢？”

她其实懂得的。“你的意志究竟是什么？没人能看到它，你也听不见它怎么想。你只能事后知道你的意愿，在你回顾人生看到你做了什么之后。”

“那正是他对我做的最可怕的事。”他轻轻地说，眼睛仍然闭着。“我回顾我的人生，看到的却只是他为我想象出来的回忆。他五岁时就从我们家被带走了。我和我的生活是什么样，他哪里知道？”

“他写了《霸主》。”

“那本书。对，那是根据华伦蒂告诉他的回忆，还有我辉煌伟业的公开记录写成的。当然还有我后来和安德的极少几次安赛波通信，在我——他——死去之前。我的年纪只有几个星期，但我却知道《亨利四世》上篇里，奥温·葛兰道厄向亨利·潘西·霍茨波所吹嘘的话。我是怎么知道的呢？我是什么时候上过学？我曾有多少个夜晚彻夜难眠，读着古老的剧本，直到背下了上千句喜欢的台词？安德是不是召唤出了他死掉的哥哥的全部教育？他所有的私人想法？安德对真正的彼得·维京的认识只有五年。我所吸收的并不是一个真人的记忆，而是安德认为我该有的记忆。”

“他认为你应该知道莎士比亚，所以你就知道了？”她疑惑地问。

“如果他不只给我莎士比亚就好了。那些伟大的作家、伟大的哲学家，如果我也拥有这些记忆该多好。”

她等着他列出不愉快的回忆，但他只颤抖了一下，然后陷入了沉默。

“所以，如果你真的被安德控制，那么……你就是他，你就是安德鲁·维京。你们拥有同一个艾瓦。”

“我是安德鲁·维京的噩梦。”彼得说，“我是安德鲁·维京自我厌恶的那一部分，他对自己痛恨和害怕的那部分。这就是我得到的剧本。这就是我必须做的事。”

他握紧了拳头，然后松开一半，手指仍弯曲着，成了爪形，好似老虎。一时之间，西王母有些惧怕他。不过只是一瞬间，他又松开了手。那一瞬间就这么过去了。

“我在你的剧本里是哪一部分？”

“我不知道。”彼得说，“你很聪明，我希望你比我更聪明。当然我的虚荣心极其强大，认为没人会比我聪明。这意味着我更加需要良好的建议，因为我自己想不到。”

“你在兜圈子。”

“这就是我的残酷之处，用谈话来折磨你。但也许我该更进一步，拷打你，用我杀松鼠的方法杀了你，那方法我倒清楚地记得。在树林里把你绑在一棵树上，把你的四肢钉在树根上，然后一层一层地剥开你，看看苍蝇会在什么时候过来，在你露出的肉上产卵。”

她因这番景象而畏缩了。“我读过那本书。我知道霸主并不是一个怪物！”

“在外空间创造了我的不是死者代言人，而是那个受惊的孩子——安德。我不是他在书中深刻理解的那个彼得·维京，而是他在噩梦中梦到的彼得·维京，那个把松鼠剥皮的彼得·维京。”

“他看到你剥松鼠皮？”她问。

“不是我。”他生气地说，“而且，他甚至从来没有看到我那样做，是华伦蒂后来告诉他的。在地球上，北美洲北卡罗来纳州的格林斯博罗，他们小时候的家附近的树林里，她发现了那只松鼠的尸体。于是那个形象就非常完美地嵌入了他的梦魇，他便拿来跟我分享。这就是我一生中都要忍受的记忆。在理智上，我可以想象真正的彼得·维京也许根本不残忍。他只是在学习和研究。他对松鼠不抱同情是因为他并不多愁善感。松鼠只是一只小动物，并不比一个莴苣更重要，切开它的不道德程度也许就和做沙拉一样。但是，安德心中并不是那样想象的，所以在我的记忆中也不是那样了。”

“那你记忆中是什么样？”

“就和我所有假设的记忆一样。从外部观察着我自己，我一边如恶魔般享受着残忍的喜悦，一边带着可怕的迷恋看着我自己。安德在外空间给我生命的那一刻之前，我所有的回忆都是通过别人的眼睛看自己。这感觉非常奇怪。”

“现在呢？”

“现在我根本看不到自己了。”他说，“因为我没有自我，我不是我自己。”

“但你还记得，因为你有记忆。关于这次谈话，你已经记住它了。看着我，你一定有的，肯定有。”

“是的。”他说，“我记得你，我记得在这里见到你。但我的眼睛背后没有任何自我。就算在我最聪明、最了不起的时候，我也觉得疲惫和愚蠢。”

他露出一个迷人的微笑，现在西王母再一次看到了彼得和霸主的全息图像之间的真正差异。正如他所说：即使在他自我贬低的时候,这一个彼得·维京的眼睛也闪耀着内心的愤怒。他很危险,一望便知。当他望着你的眼睛时,你可以想象他在计划着让你在何时何地怎样死去。

“我不是我自己。”彼得说。

“你这样说是为了控制自己。”西王母说。这是她猜的,但她觉得肯定猜对了。“这是你的魔咒,阻止你实现自己的愿望。”

彼得叹了口气,身子前倾,把脑袋枕在电脑终端上,他的耳朵压在冰冷的塑料外壳上。

“你的愿望是什么？”彼得问。

西王母说:“我害怕说出答案。”

“是走开。”彼得说。

“我能去哪里？你这了不起的飞船只有一个房间。”

“打开门,到外面去。”他说。

“你是要杀死我吗？把我弹射到太空里去,让我还没等窒息就先被冻死？”

他坐起来,不解地望着她。“太空？”

他的迷惑让她也感到困惑。他们不在太空中还能在哪里？星际飞船不就是在太空中航行的吗？

除了这一艘，当然了。

他见她渐渐明白过来,笑出了声。“哦,对,你是那个聪明人。他们已经重塑了整个道星,好得到天才的你!”

她才不要被挑中。

“我以为能感到一点运动,或者诸如此类的。我们究竟有没有航行?我们已经到了?”

“一眨眼就到了。我们到了外空间,然后又回到了内空间,快得只有电脑能感到我们的航行过程。在我跟简结束谈话,跟你说话之前,简就已经做完了。”

“那我们在哪里?门外有什么?”

“我们在神风星的某片树林里,空气可供呼吸。你也不会冻死,外面是夏天。”

她走到门口,拉下手柄,打开了气密阀。门轻轻地开了,阳光洒进了房间。

“神风,”她说,“我读到过它的事——它是作为大和神道教世界建立的,就好像道星理应是道教世界一样,古代大和文化的精粹。不过我想近来它也不那么纯粹了。”

“更重要的是,安德、简还有我觉得——如果我,除了安德自己的感觉之外,还算有感觉的话——我们觉得在这里也许能找到星际议会治下各星球的权力中心,真正的决策者,宝座背后的权力。”

“那样你就可以将其颠覆,然后接管全人类?”

“那样我就可以阻止驶往卢西塔尼亚的舰队,接管人类什么的得往后放一放了。卢西塔尼亚舰队比较要紧,我们只有几个星期的时间来阻止它,在舰队到达那里并使用 MD(分子裂变装置),把卢西塔尼亚炸成基本元素之前。与此同时,因为安德和其他人全都希望我失败，他们正在尽快制造许多铁皮小飞船，好尽可能多地把卢西塔尼亚居民运走——人类、猪族、虫族，全都运到其他可居住的星球去。我亲爱的妹妹华伦蒂——少女华伦蒂——已经跟米罗一起出发，那个可爱的小伙子已经进驻他的崭新身体了。他们去寻找新的星球，以他们的小飞船能负载的最高速度航行。他们全都把宝押在我——我们——的失败上。咱们让他们失望一次吧，好吗？”

“让他们失望？”

“我们成功的话他们就会失望。让我们取得成功吧！让我们找到人类之中的权力中心，说服他们在毫无必要地摧毁一个星球之前阻止舰队。”

西王母半信半疑地看着他。劝他们阻止舰队？这个坏心眼儿、铁石心肠的小伙子？他怎能说服任何人？

仿佛明白了她的心思，彼得回答了她没问出口的疑问。“你知道我为什么邀请你和我一起来。当安德制造我时，他忘了他根本不了解我生命中的那个时期，我说服人们，让人们组成联盟什么的。所以他创造的彼得·维京太过讨厌，公开表露野心，而且是赤裸裸的残忍，想说服别人给自己擦屁股。”

她又一次转过头去。

“你看到了吧？”他说，“我一遍又一遍地得罪你。看着我，你看到我的困境了吗？真正的彼得，初始的那个，他可以完成我被派去做的工作。他闭着眼都能完成。他一定会胸有成竹。他一定能赢得人心，安慰他们，一步步钻进他们的议会。那个彼得·维京！他的魅力比蜜还甜。但我能做到吗？我对此表示怀疑。你看，我不是我自己。”

他从椅子上站起身来，粗鲁地经过她身边，走到外面的草地上。把他们从一个星球带到另一个星球的小小金属舱就降落在草地中央。西王母站在门口，看着他离开飞船朝前走去，但没走太远。

我了解一点他的感受，她想，我了解自己的意志不得不被别人的意志淹没的那种感觉。为别人而生存，就好像他们是你生命中的明星，而你只是一个配角。我曾是个仆人，但在那段时间，我至少了解自己的心。就算我照他们的要求做，我也知道自己的真实想法，知道自己付出一切代价都想得到的东西。然而彼得·维京却不知道他真正想要什么，因为连他对自己缺乏自由的不满都并非出自本心，而是来自安德鲁·维京。就连他的自我厌恶也是安德鲁的自我厌恶，而且……

而且他兜兜转转在绕圈子，就如同他在草地上无意踏出的路径一样。

西王母想到她的女主人——不，她从前的女主人，清照。她也按奇怪的图案踱步，那是众神强迫她做的。不，这想法太过时了，那是她的强迫症引起的。跪在地板上，追踪着每块木板的纹路，沿着一条线从头到尾追踪，一条又一条。这毫无意义，但她不得不这样做，因为只有通过这种无意义的、麻木的服从，她才能从控制她的冲动中赢得片刻自由。她才始终是奴隶，而我不是。她是那个在她内心统御她、控制她的主人的奴隶。而我的主人在外部，所以我的内心深处并未曾有人触碰。

彼得·维京知道他被某人的无意识的恐惧和激情所控制，而那个人远在许多光年之外，是一个复杂的人。话又说回来，清照也以为她的强迫症是来自于众神。告诉自己控制你的东西来自于外界，但事实上你只在内心感受到它，又有什么关系？你能从它那里逃脱吗？你能躲藏起来吗？清照现在一定已经自由了，彼得带到道星交给韩非子的基因载体病毒让她获得了解脱。但彼得呢——他能获得什么自由呢？

而且他现在还必须像自由人一样生活。他还必须努力争取自由，即使这场斗争本身就是他所受的奴役的一个标志。他的内心有一部分渴望成为他自己。不，不是他自己，而是一个新的自我。那么，我在这里面起到什么作用呢？我应该创造奇迹，给他一个艾瓦吗？我可没这能力。但我确实有某种能力，她想。

她一定有能力，否则他为什么对她如此开诚布公？她是一个完全陌生的人，他却立刻对她打开了他的心扉。为什么呢？因为她知晓那些秘密，不错，当然还有别的原因。

啊，当然啦。他可以对她畅所欲言，是因为她不认识安德鲁·维京。也许彼得只不过是安德天性的一个方面，安德对自己恐惧和厌恶的那一部分。但她没法把他们两个拿来比较。无论彼得是什么，无论控制他的人是谁，她都是他的红颜知己。

这让她再次成为别人的奴仆。她曾经也是清照的知己。

她打了一个寒战，就好像要甩掉这个可悲的对比。不，她告诉自己，这不是一回事。因为这个在野花之间漫无目的地徘徊的年轻人对我并没有影响，除了告诉我他的痛苦，并希望我能理解之外。无论我给他什么，都是我自愿的。

她闭上眼睛，把头靠在门框上。我会自愿地给他，对，她想。但我要给他什么呢？对啦，就是他想要的东西——我的忠诚，我的奉献，协助他完成所有任务，全心奉献给他。我为什么已经在做这番打算了呢？因为不论他如何怀疑自己，他都有为他的目的赢得人心的能力。

她再次睁开眼睛，大步穿过齐大腿根的草走向他。他看见了她，便一语不发地等着她走近。蜜蜂在她身边嗡嗡飞翔，蝴蝶在空中摇摆飞舞，看似随意的飞行却巧妙地避开了她。最后，她伸出手，从一朵花上抓起一只蜜蜂，握在手心里，但在被它叮到之前迅速把它丢到了彼得脸上。

他吓了一跳，慌忙拍飞了那只被激怒的蜜蜂，弯腰躲开，闪避着，终于跑开几步。蜜蜂失去了他的踪迹，回到花丛中。这时他转身愤怒地面对她。

“你干什么！”

她咯咯地笑了——她实在忍不住。他看起来真有趣。

“哦，好吧，笑吧。我看你准会是个好同伴。”

“你气就气，我不在乎。”西王母说，“我只是告诉你，难道你认为远在卢西塔尼亚，安德的艾瓦突然想到，‘哇，蜜蜂！’然后让你把它赶开，像小丑一样躲避它吗？”

他翻了翻白眼。“哦，你可真聪明。哦，天哪，西方的王母娘娘，你一定解决了我所有的问题！我明白了，我一定始终是个真正的男孩！这对红宝石鞋子，一直都有带我回到堪萨斯的魔力！”①

“堪萨斯是什么？”她问，瞧了瞧他的鞋子，不是红色的。

“只是安德屈尊与我共享的另一段记忆。”彼得说。

他站在那里，手插在口袋里，凝视着她。

---

① 出自童话《绿野仙踪》。

她同样沉默地站着，双手在身前交握，望着他。

“那么，你要跟我一块吗？”他终于问。

“你必须尽量不讨人厌。”她说。

“去跟安德说。”

“我不在乎谁的艾瓦在控制你。”她说，“你还是有自己的想法，不同于他的想法——你害怕蜜蜂，可他当时甚至根本没想到蜜蜂，这你是知道的。所以，不管你的哪一部分掌握控制权，不管真正的‘你’究竟是谁，你的脑袋前面长的这张嘴是要跟我说话的。所以我告诉你，如果要我跟你合作，最好对我好点儿。”

“这是否意味着你不再拿蜜蜂来打架？”他问。

“是的。”她说。

“那好吧。照我的运气，安德无疑给了我一个被蜜蜂蜇到就会休克的身体。”

“对蜜蜂来说那也不是什么好事。”她说。

他冲她笑了。“我发现我喜欢你。”他说，“这真叫我不爽。”

他大步走向飞船。“来吧！”他朝她叫道，“咱们看看，关于我们要扫荡的这个世界，简能提供什么信息。”

“你不相信上帝”

“当我沿着木板追寻众神之道，我的目光随着纹理而扭转，身体却沿着板材直线行进。所以那些看到我的人认为众神之道是笔直的，但其实我却活在一个没有一根直线的世界里。”

——《韩清照神谕》

娜温妮阿不会来找他了。慈祥的老教师把这事告诉安德，显得十分紧张。“她没生气。”老教师解释说，“她告诉我……”

安德点点头，明白老教师正在同情和诚实之间纠结。“你就直接把她的话告诉我吧。”他说，“她是我的妻子，我能承受。”

老教师翻了翻白眼。“我也结婚了，你知道。”

他当然知道。基督圣灵之子修会的所有成员都是已婚。这是他们的规定。

“我结婚了，所以我知道得很清楚，配偶就是会说各种让你受不了的话的人。”

“那我更正一下。”安德温和地说，“她是我的妻子，所以我一定要知道她说了什么，不论是否能承受。”

“她说，她必须把草除完，所以没时间进行‘次要的战斗’。”

没错，这听起来挺像娜温妮阿的作风。她可能会告诉自己，她已承继了基督的衣钵；如果是这样，那么她所继承的是指责法利赛人的那个基督，是对他的敌人和朋友报以残忍和讽刺的话语的基督，而不是温柔的、有着无限耐心的那个基督[①]。

尽管如此，安德并不是那种仅仅因为感情受到伤害就会扭头而去的人。“那我们还等什么？”安德问道，“告诉我锄头在哪儿。”

老教师盯着他看了好一会儿，然后笑了，带他进入了花园。不一会儿，他就戴着劳动手套，一手拿着锄头，站在娜温妮阿干活的那一道田垄的一端。她在阳光下弓着腰，注视着面前的土地，逐一将杂草连根锄去，让它们在干热的艳阳下一根根晒死。她朝他走来。

安德走到娜温妮阿除过草的田垄旁尚未除草的一行，锄起地来。他们不会照面，但却可以离得很近。她也许会注意到他，也许不会。她也许会跟他说话，也许不会。她仍然爱他，需要他，也许并非如此。但无论如何，在这一天结束时，他会和他的妻子在同一块田里除草，而且因为他来了，她的工作就变得更轻松了，这样他就仍然是她的丈夫，不管她现在多么不想要他充当这一角色。

当他们初次擦肩而过时，她并没有抬头。不过她也无须如此。她不必看也知道，当她拒绝同丈夫见面之后，马上过来和她一起除草的那个人，一定就是她的丈夫。他晓得她知道这一点，也晓得她太过骄傲，不肯瞧他一眼，也不肯表露出她想再次见到他。她会一直研究杂草，直到半盲，因为娜温妮阿绝不会屈从于任何人的意愿。

---

① 《圣经·新约·马太福音》里，耶稣指责法利赛人虚伪。

当然，耶稣的意愿除外。她发给他一条消息让他来到这里，决心要和他谈谈。一条简短的信息，措辞是教会的语言。她离开他是为了侍奉基督圣灵之子修会。她认为自己被这一使命所召唤。他原本很注意不要加给她更多的责任，并且也不期待从她那里得到比她愿意给予任何上帝儿女更多的东西。这是一条冷酷的消息，尽管其措辞十分温和。

安德也不会轻易屈服于另一个人的意愿。他没有遵从那个消息，而是来到了这里，决心反其道而行之。为什么不呢？娜温妮阿做出的决策向来很糟糕。每当她决定为了别人做什么事，都会无意中毁了他们，比如她的童年好友和秘密情人利波。她嫁给那个暴力但不育的男人期间，所有的孩子都是跟利波生的，直到她丈夫去世。娜温妮阿担心利波会像他父亲一样死在猪族手中，于是向他隐瞒了她在卢西塔尼亚星生物学方面的重要发现，担心这一知识会让他送命。结果正相反，正是由于他不知道这一知识，导致了他的死亡。他也不知道，她的一番好意反倒害死了他。

安德想，她总该从中吸取教训吧。但她还是依然我行我素。她的决定还在影响其他人的人生，而且根本没有问过他们的意见。她甚至没想到，也许他们并不想要她来把他们从所谓的痛苦中拯救出来。

话又说回来，如果她一开始就嫁给利波，并把知道的一切都告诉他，他很可能会活下去，安德也就永远不会娶到娜温妮阿，也不会帮助她抚养年幼的孩子。这是安德拥有过的，或是可能拥有的唯一家庭。尽管娜温妮阿的决定总是糟糕透顶，但是安德一生中最快乐的时刻却是因为她最致命的错误而获得的。

当他们第二次擦肩而过时，安德见她仍然固执地不想跟他说话，于是像往常一样首先屈服了，打破了他们之间的沉默。

“圣灵之子修会成员都结婚了，你知道的。这是一个已婚者的修会，没有我，你不能成为正式成员。”

她暂时停下了工作。锄头搁在未锄的地上，戴着手套的手握着锄把。“没了你，我也能给甜菜除草。”她终于说。

他的心情顿时放松了下来，因为他揭开了她的沉默面纱。“不，你不能。”他说，“因为我已经来了。”

“那些是土豆啦。”她说，“你要救助土豆的话，我是没法阻止的。”

他俩都不觉笑了起来。她呻吟着伸直腰，任由锄柄落到地上。她的手握住了安德的手。尽管他们的指掌间隔着两副厚厚的劳动手套，但是这一接触仍让他颤抖。

“要是我这俗手亵渎了你……”安德开口道。

“别来莎士比亚这套。”她说，“别跟我说‘这两片嘴唇，含羞的信徒，愿意用一吻乞求你宥恕。’[①]”

“我很想念你。”他说。

“想办法克服。”她说。

“我不必克服。如果你要加入圣灵之子，那我也加入。”

她笑了。

安德并不喜欢她的嘲笑。“如果你这外星生物学家能从无意义的苦难世界抽身，我这年老退休的死者代言人为什么不能呢？”

---

① 语出自《罗密欧与朱丽叶》。

“安德鲁，”她说，“我来这里并不是因为我已经放弃了生活，而是因为我真的已经全心奉献给救世主。你永远做不到这一点。你不属于这里。”

“如果你属于这里，我就属于这里。我们发过誓的。那是庄严的誓言，神圣的教会不允许撤销的，假如你没忘的话。”

她叹了口气，望着修道院围墙上方的天空。越过围墙，经过草地，穿过围栏，爬上小山，进入树林……那是她一生的挚爱，利波前去的地方，也是他丧生之处。利波的父亲皮波，待她视如已出，也去了那里，也死了。她的儿子伊斯特万去了另一片树林，也死了，但安德望着她，知道当她看到围墙外的世界时，她看到的都是死亡。前两次发生在安德到卢西塔尼亚之前。但伊斯特万之死——她曾经央求安德阻止他以身涉险，当时猪族说要打仗，要杀死人类。她也知道安德那样做是为了阻止伊斯特万，但也会毁了他，因为他当教士所图的并非安全，而是想把基督的启示带给那些树人。伊斯特万慢慢地在一株杀人树的拥抱中死去时，从前那些基督教的殉道者所享有的喜悦、他们做出无上牺牲时上帝曾赐予他们的慰藉，一定也会降临到他身上。但这种喜悦并未降临到娜温妮阿身上。上帝显然没有把他的仆从得享的福祉扩大到他们的近亲身上。她陷入了悲痛和愤怒，于是归咎于安德。她之所以嫁给他，不就是为了免遭这些苦难吗？

他从未对她讲明那显而易见的事实，那就是如果要归罪于什么人的话，该归咎于上帝，而不是他。毕竟，是上帝让她的父母成了圣人——嗯，几近圣人。他们找到对抗德斯科拉达病毒的药物后不久就去世了，那时她还只是个孩子。是上帝派伊斯特万到最危险的坡奇尼奥那里去传教的。现在她在悲痛之中所投奔的也是上帝，而不是安德，尽管他所做的事情都是为了她好。他从没把这事说出口，因为他知道她不会听。他不说的原因还有一个，就是他知道她抱有另一种见解。如果上帝把她的父母、皮波、利波，最后连伊斯特万都从她那里夺走，这是因为上帝是公正的，要惩罚她所犯的罪。但安德未能阻止伊斯特万对坡奇尼奥的自杀式任务，则是因为他视而不见、刚愎自用、固执、叛逆，因为他不够爱她。

而他确实爱她，全心全意地爱她。

全心全意？

即使不是全心，也是全意。他初次前往外空间时，他最深的秘密被揭露出来，他心之所系的并非娜温妮阿。显然，对他来说还有更重要的人。

他对自己的潜意识无能为力，娜温妮阿也不能。他能控制的是他已经做了并正在做的事：让娜温妮阿看到，不管她是怎样千方百计地想把他赶走，他都不会为之所动；不管在她的想象中，他对于简和人类大业的爱是远远胜于爱她，都并非事实。她对他来说比一切都重要。他会为她放弃一切。他会为她消失在修道院的高墙下。他会为她在烈日下除草。

这样还不够。她坚持说，他这样做，不是为了她，而是为了基督。唉，糟透了。他又没有献身于基督，她也没有。尽管如此，夫妇为彼此献出一切，总不至于惹恼上帝吧，上帝一定估计到人类就是这样子。

“你知道金的死我不怨你。”她说。金是伊斯特万从前在家里的昵称。

"我不知道。"他说,"但发现你这么想,我很高兴。"

"一开始我确实怨恨过你,但我心里一直清楚没道理怨你。"她说,"他去那是因为他想去,他大了,父母没法干涉。如果我都阻止不了他,你又怎能阻止他呢?"

"我甚至没打算干涉,"安德说,"我想要他去。那是他的毕生志向。"

"我现在知道了。那是对的,他去是对的。他死掉甚至也是对的,因为他的死有了意义。是不是?"

"那让卢西塔尼亚免遭屠杀。"

"也让很多人投向了基督的怀抱。"她笑了,从前那样的笑容,充满了讽刺意味,他开始珍视这种笑容,只因它是如此罕见。"耶稣之树。"她说,"谁会猜得到?"

"他们已经称他为圣斯蒂芬树。"

"为时太早了,得花些时间。他必须先行宣福礼,必须在他的坟墓展现治愈的奇迹,相信我,我知道流程。"

"如今世上的殉道者不多了。"安德说,"他会有宣福礼的。他会被封为圣徒。人们会因他向耶稣为他们说情而祈祷,而且这些祈祷会有用的,因为如果有人能赢得让基督倾听的权利,非你的儿子伊斯特万莫属。"

泪水悄悄地滑落她的脸颊,她又笑了起来。"我的父母是殉道者,而且会成为圣人;我的儿子也一样。只有中间这一代不虔诚。"

"哦,是的。你是自私享乐的一代。"

她终于转过身来面对他,布满泪痕的肮脏脸颊,脸上带着微笑,亮晶晶的眼睛能够看穿他的心。这就是他爱的女人。

“我不后悔通奸。”她说，“我不忏悔，基督如何能原谅我？如果我没有跟利波睡，我的孩子就不会存在。上帝理当不会反对吧？”

“我相信耶稣说过，‘我，主，宽恕我要宽恕的人，但是你们必须宽恕所有的人。’[1]”

“多多少少吧。”她说，“我不是经书抄写员。”她伸手抚摸着他的脸颊。“你很强，安德，但你看起来好累。你怎能疲累呢？人类世界仍依靠着你。要不是为了整个人类，你肯定属于这一个世界。但为了拯救这个世界，你累了。”

“我从骨子里觉得累，”他说，“而你拿走了我最后一点生命力。”

“奇怪。”她说，“我原以为我除去的是你生命中的毒瘤。”

“你可真不擅长判断别人从你那里想要什么、需要什么，娜温妮阿。不过没人擅长，我们都可能好心办坏事。”

“所以我才到这里来，安德。我不再做决定了。我曾经信任过我自己的判断，然后信任你，信任利波，信任皮波，信任我的父母，信任金，结果人人都让我失望，要不就是走了，要不就是……不，我知道你没走，我也知道那不是你——听我说完，安德鲁，听我说。问题不在我所信任的那些人，问题在于，我信任他们的当时，没有人能够给我所需要的东西。我需要拯救，你瞧。我需要，我需要救赎。而你没法给我这东西——你张开双手，给我的比你所拥有的还要多，安德鲁，但你仍然没有我所需的东西。只有我的救主，只有受膏者，只有他才有权赐

① 这句话出自摩门教的《教义与圣约》，并非基督教正典。

予我。明白吗？让我活得有意义的唯一方式，就是侍奉他。所以我来到这里了。”

“来除草？”

“我认为是要把杂草从作物中除去。”她说，“我清除杂草，别人就能吃到更多更好的土豆。现在我并不需要大名鼎鼎，甚至不需要为人所知，就能感到幸福。但你来到这里，提醒我就在我感到快乐的时候，却不知道也在伤害别人。”

“但我没有。”安德说，“因为我会和你一起，我和你一起加入基督圣灵之子修会。他们是已婚者的修会，而我们是夫妇。没有我，你没法加入，而你需要加入。这不是很简单吗？”

“简单？”她摇摇头。“至少你根本不信上帝。”

“我当然信上帝。”安德恼火地说。

“哦，你愿意承认上帝的存在，这不是我的意思。我的意思是像母亲对儿子说‘我相信你’那样的真心相信。她可不是说相信他的存在——那有什么意义？她是说她相信他的未来，信任他会发自内心的做各种好事。她把未来交托在他手中，这就是她信他的方式。而你并不以这样的方式信基督，安德鲁。你所信的仍是自己，是别人。你已经派出你的小小代理人，你去地狱一游时召唤出的孩子——眼下你也许和我置身于这高墙之内，但你的心却远在天边，侦察行星，试图阻止舰队。你从未让上帝来决定任何事情。因为你不信他。”

“对不起。假如上帝一切事情都想亲力亲为，当初为什么要创造我们？”

“好啊。我似乎记得你的父亲还是母亲是个异端分子，你的这些怪念头无疑是从那里来的。”这是个老笑话，但这一次他俩谁都没有笑。

“我相信你。”安德说。

“但你凡事都跟简商量。”

他把手伸进口袋，然后伸出手，给她看拿出的东西。那是一块宝石，几根很细的导线从中伸出，就像纤弱地生活在浅海里的海草叶片上的一个发光生物，然后被剥下来一样。她瞧了瞧，先是不明其意，然后认出了这是什么，朝他的耳朵看去。她认识他的这些年，他一直戴着这块宝石，把他和简联系起来。简是有生命的电脑程序，也是他最老、最亲爱、最可信赖的朋友。

“安德鲁，别，别为我这么做，千万别。”

“只要简还在我耳边低语，我就没法承认这些墙壁能拦住我。”他说，“我跟她谈过了。我解释过，她也理解。我们还是朋友，但不再是同伴了。”

“哦，安德鲁。”娜温妮阿说。现在她哭了出来，紧紧抱着他。“你要是早这么做就好了，几年前，甚至几个月前。”

“也许我没按你的方式来信基督，”安德说，“但我相信你，你又相信他，这还不够吗？”

“你不属于这里，安德鲁。”

“如果这是你的所在，比起其他地方，我更属于这里。娜温妮阿，我没有厌世，只是厌倦了意志。我厌倦了做决定，厌倦了解决问题。”

“我们这就是在尝试解决问题。”她说完，退开了。

“但在这里我们可以成为精神的孩子，而不是精神本身。我们可以变成手和脚，或者唇和舌。我们可以做事，而不用决策。”他蹲下，跪下，然后坐在地里，幼小的植物在他的两侧拂动，轻挠着他。他用脏手抹了抹脸和额头，知道他不过是把脸上的尘土抹成泥污了而已。

“哦，我差点儿就相信了，安德鲁，你演技真好。”娜温妮阿说，“什么，你决定不再让自己做传奇的主角了？或者这只是一个计谋，你想当众人的仆人，这样就能成为我们之首？[①]”

“你知道我从来不想成为伟人，也没能成为。”

“哦，安德鲁，你真会编故事，连自己都信了。”

安德抬头看着她。“拜托，娜温妮阿，让我跟你住在这里。你是我的妻子，如果我失去了你，我的人生就毫无意义。”

“我们虽然作为夫妻住在这里，但我们不……你知道，我们不那个……”

“我知道修会发誓抛弃性接触。”安德说，“我是你的丈夫。要是我不跟任何人发生性关系，大概最好也别跟你做爱。”他又冷笑道。

她以饱含悲伤和怜悯的微笑回应了他。

“娜温妮阿，”他说，“我对我自己的人生已经不感兴趣了。你明白吗？在这世上我唯一在乎的人生是你的。如果我失去你，还有什么能把我留在这里？”

他自己也不知道他说这话的意思。这些话完全是脱口而出的。但他说出口时就知道，这并不是自怜自哀，而是坦承事实，也不是说他想自杀或流亡或诸如此类差劲的戏剧性事件。相反，他觉得自己在消失，失去他所把握的东西。卢西塔尼亚对他而言似乎越来越不真实。

---

① 语出自《圣经·新约·马太福音》第 20 章第 27 节。原文为“谁愿为首，就必作你们的仆人”。

华伦蒂仍然存在,他亲爱的姐姐和朋友,她像一块石头,她的人生是如此的真实,但对他来说也很虚幻,因为她并不需要他。普利克特,他不请自来的弟子,她也许需要安德,但不需要实际的他,只需要他的理想。还有谁?娜温妮阿和利波所生的孩子,他视如己出地抚养他们、爱他们,现在也没有减少对他们的爱,但他们已经成年,都不需要他了。简,曾经在他不注意的一小时之内几乎被摧毁,她也不再需要他了,因为她已经在米罗耳朵里的宝石之内,在另一个彼得耳朵里的宝石之内……

彼得,少女华伦蒂,他们是从哪儿来的?他们偷了他的灵魂,在离开时,也一并将其带走了。他们在做他从前会自己做的事,而他却在卢西塔尼亚等待并……消失。这就是他的意思。如果他失去娜温妮阿,他同这具在宇宙中背负了几千年的皮囊之间,还有什么牵挂呢?

"这不是我的决定。"娜温妮阿说。

"这就是你的决定。"安德说,"不管你想不想让我跟你一起成为基督圣灵之子修会的一员。如果你想,那么我相信我可以设法越过所有的障碍。"

她苦笑。"障碍?像你这样的人没有障碍,只有垫脚石。"

"我这样的人?"

"对,你这样的人。"娜温妮阿说,"就因为除了你这样的人我从没见过别人。就因为不管我有多爱利波,他也从未像你这样时刻充满活力;就因为我爱你时,才首次发现自己是作为成年人来爱;就因为我想念你胜过想念我的孩子、我的父母,甚至我生命中所失去的人;就因为我的梦里除了你没有任何人,这并不意味着世上其他地方再没有像你这样的人了。宇宙广阔无边。你总不会特殊到那种地步吧。对不对？”

他的手穿过土豆苗，轻轻地放在她的大腿上。“那么，你仍然爱我？”他问。

“哦，这就是你来的原因？想知道我爱不爱你？”

他点点头。“部分原因。”

“爱。”她说。

“那我可以留下来了？”

她泪流满面，大声哭泣。她跌坐在地上；他越过植物来拥抱她，抱紧她，不管他们之间挤坏了多少叶子。他久久地拥抱她，她停止哭泣，转过身来，也一样紧抱着他。

“哦，安德鲁，”她低声说，她的声音因为哭得太狠而显得支离破碎。“上帝是不是足够爱我，才再一次把你赐给了我，就在现在，在我这样需要你的时候？”

“至死不渝。”安德说。

“我知道那是套话。”她说，“但我祈求上帝，这一次让我死在前头。”

“我们的数量太多了”

“我给你们讲一个最动人的故事。

“有个人得到一只狗，他很爱这只狗。他到哪里，狗也跟着到哪里。但那人不会教它做任何有用的事。那狗不会接球，不会寻物，不能护主，不能看门，只会坐在他身边注视着他，始终带着一副深不可测的表情。‘这不是狗，是狼。’那人的妻子说。‘它对我忠心不贰。’那人说，他的妻子便不再与他争辩。有一天，那人带着狗一起搭乘他的私人飞机，在飞越雪山时，引擎出了故障，飞机掉在树丛中，成了碎片。那人躺在血泊中，腹部被破裂的金属边缘切开了，在寒冷的空气中，他的各个器官冒着白气，但他全部心思都在他的忠犬身上。它还活着吗？受伤了吗？当狗跑过来依偎着他，用从前那样的眼神凝望着他时，可想而知他心中多么宽慰。

“一小时之后，狗闻了闻那人裂开的腹部，然后把他的肠子、脾脏、肝脏都拖出来，开始撕咬，一边吃还一边望着他的脸。‘感谢上帝，’那人说，‘至少我们有一个不会挨饿了。’”

——《韩清照神谕》

在简的指挥下往来于内外空间的超光速飞船中，只有米罗的看来像普通飞船，因为它原本不过是一艘为来到卢西塔尼亚轨道的巨大星际飞船进行货物转运的穿梭艇。现在新的飞船可以直接从一个星球的表面飞到另一个,不需要生命保障系统,甚至不需燃料。而且由于简必须把各艘飞船的整个结构都存储到她的记忆中，飞船是越简单越好。事实上,它们简直不能被称其为交通工具,只是简单的小舱室,没有窗户,几乎不带家具,像一间简陋的教室一样空空荡荡。卢西塔尼亚人民如今把太空旅行称为“Encaixarse”,在葡萄牙语里这是“进入箱子”的意思,或者更字面一点儿,“把自己装箱”。

然而,米罗在探索,寻找新行星供三个物种居住:人类、猪族和虫族。为此他需要更传统的飞船,但他还是采用简的瞬间绕道外空间的方式从一个星球到另一个星球，他通常不指望所到达的世界能呼吸到新鲜空气。事实上,简总是让他从每个星球的高空轨道出发,这样他就可以观察、测量、分析,只在最有希望的星球上着陆,以决定这个世界是否可用。

他并不是独自旅行。这项任务一个人难以完成,而且他需要将所做的一切再次检查。在卢西塔尼亚居民要做的全部工作中,这一项是最危险的,因为他永远不知道打开舱门时,新的星球上是否有不可预见的威胁。米罗早已把自己的生命看成消耗品。他长年被困在一个脑部受损的躯体中,一心求死;后来,他第一次前往外空间时,得以重新打造一具完美的青年时代的身体。现在他认为他生命中的每一刻、每一小时、每一天都是一份受之有愧的礼物。他不会将之浪费,也不会在为了别人的福祉冒生命危险时有丝毫畏惧。但他还能跟谁分享这份自我轻视的经历呢?

似乎少女华伦蒂就是为此定做的。就在米罗的新身体产生的同时,他目睹了她从无到有的诞生过程。她没有过去,没有亲人,同任何世界都没有联系,除了安德,是他的精神创造出了她,同时还有再造版彼得。哦,也许有人认为她和原本的华伦蒂有关,就像少女华伦蒂管她叫“真正的华伦蒂”一样;但老华伦蒂一刻也不想跟这个年轻的美女待在一起,她的存在本身就是对老华伦蒂的嘲笑。何况,少女华伦蒂是按照安德心目中的完美形象创造出来的。她不仅跟谁都毫无关联,而且拥有发自内心的利他主义,十分愿意为了别人牺牲自己。因此只要米罗进入穿梭艇,少女华伦蒂就会陪伴在他身边,作为他可靠的助手、强力的支援。

但她不是他的朋友。因为米罗很清楚少女华伦蒂其实是什么人:她是伪装下的安德,而不是一个女人。她对他的爱与忠诚都是安德的爱与忠诚,久经考验,值得信赖。但那是安德的,而不是她自己的,她自己什么也没有。因此米罗虽已渐渐习惯她的陪伴,和她在一起的时候比跟任何人都容易得多,但他也还是不信任她,不让自己对她有超过友情之外的任何一点点感情。何况她还没有注意到他俩之间缺乏联系,所以她什么也都没有说;这样也不会让她受伤,也不会让她表现出痛苦。

她表现出来的是为他俩取得的成功欢欣鼓舞,坚持要两人更加努力。她一开始就说:“我们在任何世界都没法花上一整天。”她安排的时间表就证明了这一点,一天要做三次远航。三次航行之后,他们回到母星,整个卢西塔尼亚已经进入睡眠;他们睡在船上,跟其他人说话，提醒殖民者发现新世界时可能要面对的问题。而且只是在探索候选的行星时，航行安排才是一天三次。如果简带他们去的星球很明显不及格——例如被大水覆盖，或者贫瘠不毛——他们很快就会继续前去检查下一个候选的星球，再下一个。有的日子事事不顺，要看五六个星球。少女华伦蒂把他俩都推到忍耐力的极限，日复一日，而米罗接受了她在这方面的领导，因为他知道这是必要的。

不过，他的朋友并不具有人形，因为她住在耳朵里的宝石之内。简，他刚刚苏醒时在他脑海里的那位低语者，能听到他所有想法的那位朋友，比他自己更了解他的需求；简分享他的想法和幻梦，曾和他一起共度最艰难的瘫痪岁月，曾带他到外空间让他获得新生。简，他真正的朋友，很快就要死了。

这是他们真正的最后期限。简死了，然后这种瞬间星际飞行就会告终，因为再没有别的东西拥有纯粹的精神力量，能把比一个橡胶球更复杂的东西带进带出外空间了。简的死亡不是由于自然原因，而是因为星际议会发现存在这样一个颠覆性的程序，可以访问或控制他们所有的电脑，因此正从系统层面关闭，断开，清理他们的全部网络。她已经感觉到了伤害，因为这些系统已脱机，她无法访问。不久的将来会有代码发送过来，彻底将她清除。等她死了，那些还没有离开卢西塔尼亚到另一个星球去的人都会陷入困境，无助地坐等卢西塔尼亚舰队的到来。实际上它们已经越来越近，一心要将他们全部消灭。

这是一项严峻的工作，不管米罗多么努力，他最亲密的朋友都会死。他清楚地知道，那正是他不让自己和少女华伦蒂真正成为朋友的部分原因——因为在简生命的最后几周或几天里，让简知道他为别人所吸引，就是对简的不忠。

因此，米罗的生活就是无尽的日常工作，集中精神研究飞船仪器获得的结果，分析从空中拍摄的照片，驾驶飞船到未经探查过的着陆区，最后——但不常有——打开门，呼吸一下另一个星球的空气。每次航行结束时，没有时间忧伤或欢喜，甚至没有时间休息：他关上门，说出那个词，简就会把他们带回卢西塔尼亚，以备再次出发。

这一次回家，却有些不一样。米罗打开飞船的门，看到的不是他的继父安德，不是猪族在为他和少女华伦蒂准备饭菜，也不是平常等着听简报的殖民地领导人，而是弟弟奥尔拉多和格雷戈、妹妹埃拉诺娜，还有安德的姐姐华伦蒂。老华伦蒂，亲自跑到这里来，这个必定会看到讨厌的年轻版自己的地方？米罗立刻看到了少女华伦蒂和老华伦蒂是怎么打量对方的，她们的目光并不直接接触，而是移开视线，不愿再见到彼此。也许少女华伦蒂更不愿看老华伦蒂，因为她十分善良，不想冒犯那个年纪更大的女人吧。如果她能够消失，少女华伦蒂无疑也会心甘情愿地去做，因为她不愿给老华伦蒂带来片刻的痛苦。既然那是不可能的，她会退而求其次，在老华伦蒂在场时尽量显得不引人注目。

“你们怎么都来了？”米罗问，“妈妈病了吗？”

“不不，人人都很健康。”奥尔拉多说。

“精神健康除外。”格雷戈说，“妈妈疯了，现在安德也疯了。”

米罗点点头，做了个鬼脸。“让我猜猜，他和她一起加入了修会。”

格雷戈和奥尔拉多顿时向米罗耳朵上的宝石看去。

“不，简没告诉我。”米罗说，“我只是对安德很了解。他对婚姻看得非常认真。”

“是啊，嗯，这就造成了这里的权力真空什么的。”奥尔拉多说，“每个人各司其职不等于一切都好，我的意思是，制度能起到一定的作用，但当制度不起作用的时候，我们大家都期待安德来告诉我们该做什么。你懂得我的意思吧。”

“我知道你的意思。”米罗说，“你可以当着简说。她知道星际议会一旦实施他们的计划，她就会被关闭。”

“还要麻烦一些。”格雷戈说，“大多数人不知道简面临的危险，甚至不知道她的存在。但他们能猜到，即使倾尽全力，也没有办法在舰队到来之前让所有的人类都撤离卢西塔尼亚，更别说猪族了。因此他们知道，除非阻止舰队，否则有人就要留在这里等死。已经有人说我们为了树木和虫子浪费了太多的飞船空间。”

“树木”当然指的是猪族，他们其实并不是在装运父亲树和母亲树；“虫子”指的是虫族女王，她也没有浪费空间运送大量的工虫。但他们定居的每一个星球确实都有大量的猪族住民和至少一个虫族女王以及一批工虫。不用说每个星球上的虫族女王都迅速产出工虫作为劳工，开始生产；更不用说因为没有带树木，猪族中至少要有一名男性和女性要被“栽种”——必须缓慢、痛苦地死去，这样父亲树和母亲树才能扎根，维系猪族的生命循环。他们都知道——格雷戈比别人更加清楚，因为他最近非常了解，在表面的礼貌之下潜藏着物种间的竞争。

议论也不仅限于人类之间。尽管卢西塔尼亚的猪族数量仍然远比人类多，但是在新的殖民地上人类则占数量优势。“来摧毁卢西塔尼亚的是你们的舰队。”父亲树如今的领导者“人类”说，“就算卢西塔尼亚的人全死了，人类也还会延续。而对于虫族女王和我们，却是整个种族的生死存亡。我们明白，必须让人类暂时主宰这些新世界，因为你们的知识、技术和能力，我们还没有掌握；因为你们拥有征服新世界的经验；因为你们仍然有放火烧毁我们的森林的力量。”

“人类”说这番话时十分理性，他把反感隐藏在礼貌的措辞之中。而其他猪族和父亲树就不大客气了，“把灾祸带给我们的这些人类侵略者，为什么我们应该让他们的绝大部分得救，而我们大多数人却要死？”

“物种之间的恩怨又不是什么新东西。”米罗说。

“但到目前为止，我们有安德来制约。”格雷戈说，“猪族、虫族女王，还有大部分的人类，都把安德视为一个公平的中间人，他们可以信任的人。他们知道，只要安德还在管事，只要人们还听他的，他们的利益就有保障。”

“安德又不是领导这次流亡的唯一好人。”米罗说。

“这是信任问题，不是品德问题。”华伦蒂说，“人类之外的种族知道安德是死者代言人。除他之外，没有人曾经为另一个种族那样代言。但人类也知道安德是屠异者——无数代之前，当人类受到敌人的威胁，他是那个采取行动阻止他们，拯救人类免遭他们所惧怕的毁灭命运的人。谁也没有足够资格取代安德。”

“那跟我有啥关系？”米罗直截了当地问，“这里没人听我话。我没有人脉。我当然也不可能替代安德，而且现在我累了，要睡觉。你看看少女华伦蒂，她也累得半死不活。”

这是真的，她几乎站不住了。米罗立刻伸出手去撑住她，她感激地靠在他的肩膀上。

“我们不是要你替代安德，”奥尔拉多说，“我们不希望任何人替代他。我们希望他待在他的位置上。”

米罗笑了起来。“你觉得我能说服他吗？他姐姐不就在这！派她去呗！”

老华伦蒂苦笑。“米罗，他不会见我的。”

“那你凭什么觉得他会见我？”

“不是见你，米罗，是见简，你耳朵里的宝石。”

米罗困惑地看着他们，“你是说安德取掉了他的宝石？”

他听到简在他耳朵里说：“我一直很忙，我没觉得这事重要得告诉你。”

但是，米罗知道从前安德切断跟她的联系时，差一点儿摧毁简。现在，她确实有了其他的朋友，但并不等于这不会让她痛苦。

老华伦蒂接着说：“如果你能去见他，让他跟简谈谈……”

米罗摇了摇头。“取出宝石——你不觉得那就意味着结束吗？他自愿跟随我母亲去流亡。安德没有逃避他的承诺。”

他们都知道这是事实。他们来找米罗，其实真没以为他会满足他们的需求，只是最后的一线希望而已。“那我们就任凭一切完蛋。”格雷戈说，“我们任由事情陷入混乱，然后被卷入物种战争，舰队到来时我们将在耻辱中死去。我想简要算幸运的了，到那时她早就死了。”

“跟他说谢谢。”简对米罗说。

“简表示感谢。”米罗说，“你只是心肠太软，格雷戈。”

格雷戈脸红了，但并没有收回他的话。

“安德不是神。”米罗说，“没有他，我们也要竭尽全力。但现在我所能做的最好的事情是……”

“睡觉，我们知道。”老华伦蒂说，“这回请别在船上睡了。看见你那么疲倦，我们心里都难受。雅各特叫了飞行车来，回家在床上睡吧。”

米罗瞟了一眼少女华伦蒂，她仍然睡眼蒙眬地靠在他的肩膀上。

“你们俩都来，当然。”老华伦蒂说，“我并不像你们都以为的那样，因为她的存在而难过。”

“你当然没有。”少女华伦蒂说。她伸出一只疲惫的手臂，两个拥有相同名字的女人相互握手。米罗看着少女华伦蒂从他肩头滑下，挽住老华伦蒂的手臂，转而靠在她肩上。他自己的感情让他吃了一惊。他并没有因为她俩的关系不那么紧张了就松一口气，而是感到生气。这就是嫉妒的怒火。她原本靠在我身上的，他想说。但这反应太幼稚了。

然后，他注视着他们离开，他看到了不该看到的东西——老华伦蒂颤抖了一下。这是突然的一个寒战吗？夜晚颇有凉意。米罗肯定，是年轻版华伦蒂的触摸，而不是夜晚的空气让老华伦蒂颤抖。

“来吧，米罗。”奥尔拉多说，“我们把你送到飞行车上，送到华伦蒂家的床上。”

“路上有食品站吗？”

“那也是雅各特的家。”埃拉诺娜说，“总有东西吃。”

飞行车载着他们前往人类城镇米拉格雷。在路上，他们经过了几十艘正在工作的飞船，迁移工作不分昼夜。装卸工——许多都是猪族——在把物资和设备装上船。一家家人排着队慢慢移动，填补了船舱内剩余的空间。今晚简不会休息，要把一个又一个“箱子”送到外空间又送回内空间。在其他星球上，新的家园正不断被建起，新的田地正不断被耕作。那些地方是白天还是晚上？这并不重要。从某种意义上来说他们已经成功了——人们正在新世界殖民，不管喜不喜欢，每个世界都有蜂房，有猪族的树林，有人类的村庄。

米罗想，如果简今天死了，如果舰队明天到来把我们炸得粉碎，对于大局来说重要吗？种子已经随风播撒，至少有一些会生根发芽。如果随着简的死，超光速航行也不能用了，那样也许是最好的，因为它会迫使这些世界自力更生。毫无疑问，一些殖民地将会失败，消亡；一些殖民地将会爆发战争，也许一两个物种会被淘汰。但同一个物种不会在每一个世界都灭亡，也不会都生存；而在某些星球，他们一定会找到和平共处的方法。眼下这一切都是细枝末节。某一个个体的生死，当然是重要的，但和物种存亡的重要性相比不在一个层次。

他准是不经意地把一些想法说出来了，因为简回答了。“难道一个过分的电脑程序没有五官，没有脑子，没有心吗？你们要是挠我的痒，我不是也会笑起来的吗？”[①]

“坦白地说，没有。”米罗悄声说，控制唇舌和牙齿的位置，说着只有她能听到的话。

“但是，当我死去，我的每一个族人也会死。”她说，“原谅我认为这事具有宇宙级的重要性。我不像你那样自暴自弃，米罗，我不认为我自己生活在借来的时间里。我坚定地希望永远活着，所以任何比这

① 化用自《威尼斯商人》里的台词。

要短的寿命都会令人失望。”

“告诉我能做些什么,我会去做的。”他说,“为了救你我甘愿一死,如果需要以此作为代价的话。”

“幸运的是,你终归会死的。”简说,“这对我是一个安慰,死掉的话就不用面对每个生物都必须面对的毁灭了。包括那些长寿的树木、那些一代代传承记忆的虫族女王。但我,唉,不会有孩子。怎么可能有呢?我是纯粹的精神产物,又没有精神交配。”

“真是太糟糕了。”米罗说,“我打赌你在虚拟性爱方面一级棒。”

“是最棒的。”简说。

然后他们都陷入了沉默。

当他们驶近米拉格雷郊区的一幢新房子,也就是雅各特家的时候,简再度开口说:“记住,米罗,无论安德自己在做什么,少女华伦蒂开口说话的时候,仍然是安德的艾瓦在说话。”

“彼得也一样。”米罗说,“那可真讨人喜欢。就说少女华伦蒂吧,她虽然可爱,但并没有什么稳定的性格。安德也许控制着她,但她不是安德。”

“他的数量可真多啊,是不是?”简说,“而且,显然,我的数量也很多,起码星际议会这么认为。”

“你们的数量都太多了,”米罗说,“但还远远不够。”

他们到了。米罗和少女华伦蒂被领进屋。他们有气无力地吃了饭,一躺下就睡着了。米罗注意到说话声持续到深夜,因为他睡得不熟,还保持着警醒,在这样柔软的床垫上他很不舒服,也许不尽职责就会让他不舒服,像一个因为离开岗位而感到内疚的士兵一样。

尽管非常疲倦，但是米罗并没有睡懒觉。事实上，外面的天空依然暗淡，黎明前的阳光渗出地平线时，他就醒了，而且按照他的习惯，立即起床，颤抖着站起来，最后一点睡意也逃离了他的身体。他披上浴袍，走到客厅，找到厕所放空膀胱。从厕所出来，他听到厨房里传出说话声。要么是昨晚的谈话还在继续，要么还有别的神经病早早起来，不想清晨一个人待着，而是在那里聊天，就好像黎明不是绝望的黑暗时刻一样。

米罗站在自己房间开着的门前，正要进去，把那些热烈的声音关在外面，这时他意识到其中一个声音属于少女华伦蒂，接着他认出另一个声音是老华伦蒂。他立刻转身前往厨房，并再次在门口犹豫了。

果然，两个华伦蒂对坐在桌子前，但没看着对方。相反，她们一边望着窗外，一边喝着老华伦蒂做的果蔬汤。

“你要喝点吗，米罗？”老华伦蒂头也不抬地问。

“打死我也不喝。”米罗说，“我不是有意打扰你们。”

“好。”老华伦蒂说。

少女华伦蒂继续沉默不语。

米罗走进厨房，到水槽给自己倒了一杯水，一饮而尽。

“我就说刚才厕所里的是米罗嘛。”老华伦蒂说，“没人像这个可爱的小伙子一样每天处理这么多的水。”

米罗笑了，但他没听到少女华伦蒂笑。

“我打扰你们说话了。”他说，“我这就走。”

“别走。”老华伦蒂说。

“拜托。”少女华伦蒂说。

"拜托什么？"米罗问。他转身朝她笑了笑。

她用脚将一把椅子踢过去给他。"坐下，"她说，"夫人和我在谈我们的双生关系。"

"我们决定，"老华伦蒂说，"我先死，这是我的责任。"

"正相反，"少女华伦蒂说，"我们决定，杰佩托创造匹诺曹并不是因为他想要一个真正的男孩。他一直想要的就是一个木偶。匹诺曹变成真正的男孩不过是杰佩托偷懒。他仍然希望木偶跳舞——只不过懒得去扯线。"

"你是匹诺曹，"米罗说，"安德是……"

"我弟弟并没有想造你。"老华伦蒂说，"他也不想控制你。"

少女华伦蒂低声说："我知道。"突然间热泪盈眶。

米罗伸出一只手，覆在她放在桌上的手上，但她立刻抽开了手。不，她不是在回避他的触摸，只是抬手擦去眼中讨厌的泪水而已。"如果他做得到，他会切断提线的，我知道。"少女华伦蒂说，"就像米罗切断他破旧身体的提线一样。"

米罗记得很清楚。这一刻他坐在飞船上，看着自己的完美形象，强大、年轻、健康，下一刻他就成了那个形象，始终是那个形象，而他所看的东西是他自己残缺、破碎、脑损伤的版本。他眼看着那个没人爱，没人要的躯体化为齑粉，消失得无影无踪。

"我不认为他恨你，"米罗说，"像我恨我的旧身体那样。"

"他不必恨我。无论如何，杀死你的旧身体的东西并不是恨。"少女华伦蒂的目光没有同他接触。在他们一起探索星球的全部时间里，从来没有谈论过这样私人的话题。她从来不敢跟他讨论他俩创生的那一刻。“你还在你的旧身体里时，你恨它，但一旦你回到了正确的身体里，你只不过是不再关心旧身体了而已。它不再是你的一部分了。你的艾瓦对它不再负责了。没有了把它维系在一起的东西——它就啪的一下化为泡影了。”

“先是木偶，”米罗说，“现在又是泡影，我还是什么？”

老华伦蒂无视他刻意的玩笑说：“所以你是说，安德觉得你无趣。”

“他敬仰我。”少女华伦蒂说，“但他认为我很乏味。”

“是的，好啦，我也一样。”老华伦蒂说。

“瞎说。”米罗说。

“是吗？”老华伦蒂问，“他从来不跟我到任何地方去，是我总跟着他。我想他是在寻找人生的使命，某种大事，来与让他的童年告终的可怕行为相配。他认为写了《虫族女王》就能实现。然后我帮忙准备，他写了《霸主》，他以为可能够了，但还不够。他一直在寻找某种能吸引他充分关注的东西，总是差一点点就找到了，或者只维持了一个星期或一个月。但有一点是肯定的，吸引他注意力的东西从来就不是我，因为在他旅行数十亿公里时我也在场，三千年来我都在。我所写的这些历史——并不是因为我爱历史，而是因为这对他的工作有帮助。就像我的写作曾经有助于彼得的工作一样。当我写完之后，阅读和讨论的几个小时内，我能获得他的注意。只是满足感每一次都会减少一点儿，因为赢得注意的不是我，而是我写的故事。直到我最终找到一个把他的全心都给我的人，我就和他在一起了。而我的不成熟的弟弟在没有我的情况下继续寻找，也找到了一个能赢得他全心的家庭，因此我们虽然相隔星海，但终于比我们在一起时更加幸福了。”

“那你为什么又来找他？”米罗问。

“我来不是为他，而是为你。”老华伦蒂笑了。“我来是为了一个处在毁灭危险中的星球，但我很高兴见到了安德，尽管我知道他不会再属于我。”

“这对你来说也许是实情。”少女华伦蒂说，“但你一定赢得过他的注意，在某种程度上。我之所以存在就是因为你一直在他心里。”

“在他的童年幻想里，也许。但不是我。”

“你看我。”少女华伦蒂说，“他五岁时，被从家中带走，送到战斗学校，这是你当时的模样吗？这难道是那年夏天，北卡罗来纳州的湖畔他所知道的那个少女的样子吗？你一定赢得过他的注意，在你长大之后，因为他心目中的你改变了，变成了我。”

“你是我们一起写《霸主》时我的样子。”老华伦蒂黯然说。

“你那时也这么累吗？”少女华伦蒂问。

“我累了。”米罗说。

“不，你没有。”老华伦蒂说，“你是活力的化身。你还在庆祝你美丽的新身体，而我这具老身体却打从心底里累了。”

“安德的注意力一直是分成几块的。”少女华伦蒂说，“我充满了他的回忆，你瞧——或者更确切地说，充满了他潜意识里认为我应该有的记忆，但当然，其中几乎所有东西都是他对我这位朋友的记忆，也就是说我所记得的东西只是我和安德一起的生活。而且他始终有简在他耳边，有那些他所代言的死者，有他的学生，还有虫里的虫族女王，等等。但和他们的联系都不紧密。像每一位流浪的史诗英雄，他从一个地方到另一个地方，改变别人，而自己却始终不变。直到他来到这里，终于把自己完全给了别人：你和你的家人、米罗和娜温妮阿。他第一次把从情感上撕裂他的力量给了其他人，这既兴奋又痛苦，但即便如此，他也能够处理好，他是一个坚强的人，而坚强的人要负担的更多。但现在一切都不同了。彼得和我，我们脱离他就没有任何人生。如果说他和娜温妮阿是一体的还只是个比喻的话，对于我和彼得来说就有实际意义了。他就是我们。他的艾瓦不够强大，不够丰富，没有足够的注意力能平分给三个依赖他的生命。这一点我早就知道了，就在我……应该怎么说，创生？制造？出来的那一刻。"

"诞生。"老华伦蒂说。

"你是一个成真的梦想。"米罗说，只带一点点讽刺。

"他没法维持我们三个。安德、彼得、我，总有一个人要消失。我们中至少有一个人会死。我一开始就知道是我。我是那个要死的人。"

米罗想让她安心。但能怎么安慰她？总不能说发生过类似情况但结果很好。根本就没有发生过类似的情况。

"麻烦的是，我体内留存的安德的艾瓦非常想活下去。我不想死，所以我才知道我仍然保有他的一点注意：因为我不想死。"

"那就到他那去。"老华伦蒂说，"跟他谈谈。"

少女华伦蒂苦笑了一声，转过头去。"求你了，爸爸，让我活下去。"她用孩童的声音嘲弄地说，"这又不是他有意识地控制的，他又能做什么，除了内疚之外？而且他为什么要感到内疚？如果我不存在了，是因为我自己不重视我。他就是我自己。难道你剪指甲的时候，被剪掉的指甲会郁闷吗？"

"但你确实得到了他的注意。"米罗说。

“我希望寻找宜居的星球会引起他的兴趣。我投入进去，试图感到兴奋，但事实上它只是例行公事。很重要，但很平常，米罗。”

米罗点点头。“的确如此。发现星球的是简，我们只是照章办事。”

“而且现在已经有了足够多的星球，足够多的殖民地，两打——就算卢西塔尼亚遭到毁灭，猪族和虫族也不会灭绝了。障碍不在于星球的数量，而在于飞船的数量。因此我们的全部劳动——不再得到安德的关注了。我的身体知道——它不被需要了。”

她抓住自己的一大把头发，扯了一下——没有用力，只是轻轻一拉——头发轻易地被扯掉了。一大把头发，被扯掉的时候毫无痛苦迹象。她让头发落在桌上，它就像被肢解下来的一段肢体，诡异得令人难以置信。“我想，”她低声说，“如果我不小心，我的手指也会这样。我会渐渐地化为尘埃，就像你的旧身体一样，只是速度慢些，米罗。因为他对我不感兴趣。彼得在某处的某个星球解决难题，进行政治斗争。安德正在努力维系他爱的女人。但是我……”

那一刻，她拽下来的头发显示出她的痛苦、孤独与自我排斥，米罗意识到了那件他至今不愿去想的事情：在他们一起前往一个个星球的这几周里，他已经爱上了她，她的不幸就如他自己的不幸一样，让他痛苦。而且也许就是他自己的不幸，他对自我厌恶的记忆。但不管什么原因，他还是觉得这种感情甚于同情。这是一种渴望。是的，这也是一种爱。如果这个美丽的少女，这个明智、聪慧、机灵的少女被她自己的内心拒之门外，米罗的心里有足够的空间来容留她。如果安德不肯当你的自我，我来当！他默默地呐喊，知道他这些天以来一直怀着这种感觉，这是他第一次形成这种想法；但也知道他对她来说无法和安德相比。

不过,爱情难道不能像对安德本人一样,对少女华伦蒂也起到相同的作用吗？它难道不能吸引他的足够注意,增强她的存在,让她活下去吗?

米罗伸出手去,拢起那些掉落的头发,在手指上绕了绕,然后把发丝结成环放到浴袍的口袋里。“我不要你消失。”他说。这对他来说是一番大胆的话。

少女华伦蒂奇怪地看着他。“我以为你最爱的是欧安达。”

“她已经到中年了,”米罗说,“结婚生子,很幸福。要是我平生的至爱是一个不再存在的女人,哪怕她不要我,我也很可悲。”

“你这么说真好。”少女华伦蒂说,“但我认为假装恋爱不能骗过安德,让他关心我的人生。”

她的话深深刺伤了米罗，因为她轻易地看出了他的这番宣言有多少出自同情。但不是全部，大部分是已经在他的潜意识中沸腾的爱,只等告白机会的爱情。

“我不想欺骗任何人。”米罗说。除了我自己,他想,因为少女华伦蒂不可能爱我。毕竟,她不是一个真正的女人,她是安德。

这太荒唐了。她的躯体是个女人,要是没有躯体,爱的选择从哪里来呢?艾瓦还分男女吗?在它主宰肉体之前,艾瓦是男的还是女的?如果艾瓦分男女,难不成组成原子和分子、岩石和恒星、光和风的那些艾瓦,都可以分出雌雄了?不合理呀。安德的艾瓦可以是个女人,可以像一个女人一样去恋爱,就如它现在正在一个男人的躯体中,以一个男人的方式,爱着米罗自己的母亲。少女华伦蒂之所以如此怜悯地望着他，并不是因为她有什么不足，而是他自己缺乏某种东西。即使他的身体痊愈了，他也不是女人会爱上，或者希望爱上、希望赢得的男人——至少这个女人，此刻所有女人中他最倾心的一个，不会。

“我不应该来这里。”他喃喃地说。他站起身来，两步走出了房间。他大步走过客厅，再次站在打开的房门前。他听到她们的声音。

“不，别去追他。”老华伦蒂说，“他也许得到了新的身体，但自我厌恶却从来没有治愈。”

少女华伦蒂嘟哝了一句什么。

“米罗说的是真心话。”老华伦蒂向她保证，“对他来说这番话很勇敢、很坦白。”

少女华伦蒂又轻声说了一句，米罗听不到。

“你怎么知道？”老华伦蒂说，“你得明白，我们不久之前还一起长途航行，我认为他在途中有点儿爱上我了。”

是真的，绝对是真的。米罗不得不承认，他对少女华伦蒂的一些感情其实是他对老华伦蒂的感情，从他永远得不到的女人转移到了这个起码有希望得到的少女身上。

现在，她俩说的话都轻得米罗听不到了。但他仍然等待着，手压在门把上，倾听着这两个轻快的声音，如此相似，又如此熟悉。这是他能听一辈子的“音乐”。

“如果宇宙中还有人像安德一样，”老华伦蒂的音量突然加大了，“那就是米罗。他为了挽救无辜的人免遭毁灭而伤害了自己，至今尚未痊愈。”

她故意让我听见的，米罗明白，她知道我站在这里，知道我在听，才大声说的。这老巫婆在注意听我关门的声音，既然没听到，所以她知道我能听到她俩谈话，她想给我机会认识自己。但我不是安德，我勉强算是米罗，如果她那样说我，只不过证明了她不了解我。

一个声音在他耳边响起："哦，闭嘴，别骗自己了。"

当然，简什么都听到了，包括他的想法，因为他的嘴唇、舌头和牙齿习惯默念出他的思想。他不动嘴甚至无法思考。简在他耳朵上，他只要醒着就无时无刻不在忏悔。

"这么说你爱那个姑娘。"简说，"为什么不呢？所以，你的动机被你对安德、华伦蒂、欧安达和自己的感情复杂化了。那又如何？哪有什么纯粹的爱情，哪有什么单纯的情人？把她想成女妖吧，你会爱上她，然后她会在你怀里粉身碎骨。"

简的嘲讽让他又好气又好笑。他走进房间，轻轻关上门。关上之后，他对她低声说："你只是个嫉妒的老太婆，简，你只想独占我。"

"当然你是对的。"简说，"如果安德真的爱过我，他在外空间发挥想象力的时候就会为我造一个人类身体了，那样我就可以亲自勾引你。"

"你已经占有了我的心。"米罗说，"就是这样。"

"你真是个大骗子。"简说，"我只是一个会说话的日程表和计算器，你知道的。"

"但你非常非常有钱。"米罗说，"我会为了你的钱娶你。"

"顺便说一句，"简说，"她有一件事搞错了。"

"什么事？"米罗问，不知道简说的"她"是指谁。

"你们探索世界的任务还没结束。不管安德还感不感兴趣。我觉得他感兴趣，因为华伦蒂现在还没化为尘土。并不是说有了给猪仔和虫子住的足够多的可居住行星，工作就结束了。”

简经常使用旧称和贬义词。米罗经常怀疑，但从来不敢问她是不是也有对人类的蔑称。不过他觉得她的回答多半是：“人”这个词本身就是贬义。

“那我们还要找什么？”米罗问。

“在我死之前能找到的每一个宜居星球。”简说。

他一边想着简的话，一边在床上躺下。他辗转反侧，想着这个问题，然后起床，穿好衣服，出了门。天已亮了，他走在其他早起的人之中，他们都有自己的事，没什么人认识他，或者听说过他。作为奇怪的希贝拉家的后代，他没有什么一同锻炼的儿时好友；因为既聪明又怕羞，他少年时代在学校里也没什么友谊。他唯一的女友就是欧安达，直到他穿越人类殖民地边界，造成脑部受伤之后，就拒绝再跟她见面了。后来，他去见华伦蒂的旅途又切断了一些他和家乡的脆弱联系。对他来说不过是几个月的飞船航行，但回来的时候已经过了好些年，他现在是母亲最小的孩子了，唯一一个没有展开自己人生的孩子。他曾经照看的弟弟妹妹都已经长大成人，对待他就像对待童年记忆。只有安德，不管过了多少年，不管发生什么事，安德始终不变。

真的没变吗？在这危急关头自己置身事外，躲在修道院，只因为母亲终于放弃了生活，这还是那个安德吗？米罗对安德的人生只知道个大概。五岁时被带离家人身边，送进轨道上的战斗学校，在那里他成为人类与虫族的战争的最后希望，人类把虫族称为无情的侵略者。他被带到爱神星的舰队司令那里，人们告诉他说他在进行高级训练，但他不知道其实他是在通过安赛波指挥许多光年以外的真实舰队。

他用智慧赢得了那场战争，并在不知情的情况下彻底摧毁了虫族的母星，只不过他以为那是游戏。

但同时他也知道那游戏是对现实的模拟。在游戏中他做出了无法形容的选择。也就是说，至少对于安德，当他知道游戏其实是现实时，并不是无罪的。即使虫族女王最后原谅了他，并把自己的茧交给他照料，他也不能摆脱那种罪恶。他只是一个孩子，按照大人的引导做事；但在内心某处，他知道孩子也是个真正的人，孩子的行为也是真正的行为，甚至孩子的玩耍也不是没有道德约束的。

于是，在日出之前，米罗发现自己面对着安德，他们一起坐在花园里的一条石凳上。花园很快会充满阳光，在此之前早晨的寒意显得又湿又冷。米罗发现自己对这个不会改变的人说了这样的话："你在修道院干吗，安德鲁·维京，除了用懦夫的手段间接折磨自己之外？"

"我也想念你，米罗。"安德说，"你看起来很疲倦，你得多睡会儿。"

米罗叹了口气，摇了摇头说："我其实不想那样说的。我是在试着理解你，真的。华伦蒂说我很像你。"

"你是说真正的华伦蒂？"安德问。

"他们俩都是真的。"米罗说。

"嗯，如果我和你很像，那你不如研究自己，告诉我你发现了什么。"

米罗看着他，不知道安德是不是真的这么想。

安德拍了拍米罗的膝头。"现在那边真的不需要我。"他说。

"这话你根本不相信。"米罗说。

"但我认为我相信。"安德说，"对我来说那就行了。别打破我的幻想，我还没吃早饭呢。”

“不，你在利用分裂成三份的便利。你的这一部分，年纪渐老的中年男人，可以享受全心献给妻子的奢侈——是因为你有两个年轻的傀儡在外面做你真正感兴趣的事。”

“但我并不感兴趣。”安德说，“我不在乎。”

“作为安德的你不关心，是因为作为彼得的你、作为华伦蒂的你在打理一切。但是华伦蒂的情况不妙，你对她在做的事关心得不够。发生在我那残疾的旧身体上的事情也发生在了她的身上，速度比较慢而已，但是一回事。华伦蒂认为这是可能的，我也一样，简也是。”

“把我的爱给简。我很想念她。”

“我给了简我的爱，安德。”

对他的反抗，安德咧嘴笑道：“如果有人要枪毙你，米罗，你会拼命喝水，就为了死掉之后他们不得不处理一具满是尿的尸体。”

“华伦蒂不是梦，也不是幻觉，安德。”米罗说，不让话题扯到他自己的任性上。“她是真实的，你在杀死她。”

“你的说法太戏剧化了。”

“如果你今早看到她把自己的头发一把把扯下来的话……”

“所以在我看来，她是有点儿夸张。嗯，你一直也是比较夸张的类型，难怪你们俩关系挺好。”

“安德鲁，我说你必须……”

安德一下子变得严肃起来，虽然他并没有提高声音，也压过了米罗。“好好想想，米罗。你是有意识地决定从旧身体跳到这个新躯壳的吗？你难道考虑了一下说：‘好，我想要让这个旧身体化作分子，因为这个新身体居住起来更好'吗？"

米罗立刻明白了他的意思。安德没法有意识地控制他的注意力。他的艾瓦不受命令，即使那是他最深的自我。

"看到自己的所作所为，我发现了我真正的愿望。"安德说，"我们都是这样的，如果我们老实承认的话。我们有感情，为此我们做出决定在一起，但最终我们回首人生，会发现有时忽略了感情，而多数决定其实是为了让我们的做法显得合理，因为我们在意识到之前，已经在心里秘密地决定了。跟你在一起的这个女孩，如果我控制她的那部分没有我的根本意愿那样重要，不像你所希望的、她所需要的那样，我也没办法。我什么也办不到。"

米罗低下了头。

太阳升到了树梢上。石凳突然变亮了，米罗抬起头，看到安德尚未梳理的乱发被阳光镶上一道光晕。"修道院不准梳洗吗？"米罗问。

"你被她迷住了，对不对。"安德说，这并不是个问句。"而她其实是我，这让你有点儿不安。"

米罗耸了耸肩。"这是个障碍，但不是不可逾越。"

"可要是我不喜欢你呢？"安德开玩笑地问。

米罗张开双臂，转过身去，展示他的形象。"不可能。"他说。

"你像小兔子一样可爱。"安德说，"我敢肯定，少女华伦蒂梦想着你。这我可没法想象。我只做过星球爆炸和我爱的人都被杀的梦。"

"我知道你没有忘记这个世界，安德鲁。"他是诚心说的，作为道歉，但安德摆手表示不必。

"我没法忘记，但我可以无视它。我正在无视这个世界，米罗。我不理你，我不理会我的那两个分身。眼下，我试图忽略一切，除了你的母亲。"

"还有上帝。"米罗说，"你不可忘记上帝。"

"我没忘。"安德说，"事实上，我无法忘记任何事、任何人，但我确实在无视上帝，除了娜温妮阿需要我注意他的情况。我在把自己塑造成她所需要的丈夫。"

"为什么，安德鲁？你知道我妈是个疯子。"

"不许胡说。"安德责备道，"就算她是，那么……更有理由这样做了。"

"'神配合的，人不可拆开。'[①]道理上讲我确实赞成，但你不知道……"倦意席卷了米罗。他想不出该怎么表达自己的意思，他知道这是因为他想告诉安德，在这一刻，作为米罗·希贝拉是什么感觉，而他没有意识到自己的感情变化，更别说表达了。"Desculpa."[②]他换成了葡萄牙语喃喃地说，因为这是他儿时的语言，有情感的语言。他发现自己在抹脸上的眼泪。"Se nao posso mudar nem voce, nao ha nada que possa, nada."[③]

"Nem eu？"[④]安德也用了葡萄牙语。"整个宇宙，米罗，没有人比我更难改变。"

---

① 语出自《圣经·新约·马太福音》第 19 章第 6 节。原文为"所以，神配合的，人不可分开"。

② 葡萄牙语：请原谅。

③ 葡萄牙语：如果我连你也打动不了，改变不了，那我什么也不能做了。

④ 葡萄牙语：我也不能？

“母亲做到了。她改变了你。”

“不,她没有。”安德说,“她只是让我成为我需要成为、想成为的人。就像现在这样,米罗。我没法让每个人都开心,我没法让我自己开心。我没有为你做什么事,也没为重大问题做什么,我在那边毫无价值。但也许我可以让你母亲快乐,或者至少在某种程度上稍微快乐一些,起码我可以试试。”他握住米罗的手,放到自己脸上,米罗的手感到了湿润。

米罗看着安德从长凳上站起来，向着太阳走去，走进闪亮的果园。亚当一定就是这个样子,米罗想,如果他没吃禁果的话,如果他一直一直一直一直留在伊甸园里的话。三千年来安德只是掠过生活的表面,是我的母亲最终牵挂住了他。我的整个童年都想脱离她,他却到来选择和她……

我又在牵挂什么呢,除了他之外？女人躯体的他？厨房桌上的一撮他的头发？

米罗站起身来,这时安德突然转身面对他招手示意。米罗朝他走去,但安德等不及了,手拢成话筒状搭在嘴边大喊起来。

“告诉简！”他喊道,“如果她找到方法！她可以占有那个身体！”

米罗花了片刻才明白他指的是少女华伦蒂。她不是一具躯体,而是以自我为中心的老行星毁灭者。她不是一件旧西装,因为不合适或不流行就可以拿来送人。

但接着他不再愤怒了,因为他意识到,他自己对旧身体也恰恰是这样做的。头也不回就弃如敝屣。

这个想法让他好奇。简,这样做有可能吗？如果她的艾瓦能够以某种方式居住在少女华伦蒂体内,人体能足够支持简的思想,让她在星际议会关掉网络的时候活下去吗?

“你们俩真迟钝。”简在他耳边小声说,“我跟虫族女王和人类谈过,想搞清楚怎么做——把艾瓦赋予一具躯体。虫族女王创造我时曾经做到过,但那时她们并没有选择特定的艾瓦,只是随手用了当时出现的艾瓦。我比较挑剔一点儿。”米罗没说什么,朝修道院门走去。

“哦,对,还有你对少女华伦蒂的感觉这件小事。你爱她这事叫你讨厌,因为在某种意义上你爱的其实是安德。但如果我接管过来,如果我是少女华伦蒂的意志,她还会是你爱的那个女人吗?她还会存在吗?这算是杀人吗?”

“哦,闭嘴。”米罗大声说。

修道院的看门人吃惊地抬头看他。

“没说你。”米罗说,“但并不等于这是个馊主意。”

米罗知道看门人盯着他的背影,直到他出门踏上通往米拉格雷的蜿蜒而下的小路。该回飞船了。华伦蒂等着他。无论她是谁。

“安德对母亲来说是什么呢,这么忠诚,这么有耐心——这也是我对华伦蒂的感觉吗?或者,这不是感觉,对吧?这是意志的行动。这是一个永远无法收回的决定。我能对任何女人、对任何人这样做吗?我能永远奉献自己吗?”

接着他想起了欧安达,然后带着失恋的痛苦回忆一路走回飞船。

“我主张的是完美的简单主义”

“当我还是个孩子的时候，我以为只要我中断追寻木纹，神就会失望。现在我知道众神早已料到我会中断，因为他们知道我们的脆弱。唯有我们的成就才能让他们吃惊。”

——《韩清照神谕》

彼得和西王母在神风星的冒险已经进行到了第二天。他们无须为学习语言担心。神风星是一个比较古老的世界，来自地球的第一波移民落户的地方之一。它最初像道星一样走复古道路，但神风星所遵循的传统是大和式，所以包含了彻底改变的可能性。没过三百年，它就把自己从一个孤立的幕府封地的象征，变成了一个星际贸易、工业与哲学中心。神风星上的大和人为招待来自各个星球的游客而自豪，但也有不少地方的孩子在入学之前只说本族语言。成年之后，所有的神风星人都能流利地说斯塔克语[①]，他们中的精英更是说得充满了优雅、风度，以及惊人的简约；米尔·菲奥雷利在他最著名的一本书《裸眼看遥远世界》中写道，直到神风星人开始低语，斯塔克语都是一种

① 作者杜撰的人类通用语，源于英语。

没有人当作母语的语言。

彼得和西王母穿过飞船所降落的大型自然保护区的树林，来到一个林业村庄。村民们只是取笑他们在林中“迷路”了多久，并没有人过问西王母那明显的东方相貌和口音，也没有人对彼得的白皮肤、双眼皮表示怀疑。他们自称弄丢了证件，但电脑搜索显示出他们持有名古屋市的驾照，而且彼得似乎还有一堆年轻时交通违章的案底，除此之外并没有任何不法行为。彼得的职业是“独立物理教师”，西王母则是“巡回哲学家”，都是十分体面的职业，相对于他们的年轻和缺乏家世而言。当他们偶然被问到“我有一个表兄在名古屋的小松大学教衍生性语法”时，简会告诉彼得适当的回答：“我一向受不了大江大厦。那些搞语言的人反正也不搭理物理学家，他们认为我们言必称数学。西王母告诉我，我们物理学家懂的唯一语言就是梦的语法。”

西王母的耳边没有这样亲切的提词者，但巡回哲学家应该语出惊人、料事如神。因此她可以回答彼得：“我的意思是，那是你说的唯一语法。你懂的语法则一点儿也没有。”

这使得彼得想要胳肢她，让西王母一边笑一边抓住他的手腕，直到他停止，从而向林业工人证明他们正是档案中所描述的人：聪明的年轻人，因为爱情而变得愚蠢——或者因为年轻。

他们用政府的飞行车把他俩送回文明世界。简已经操作电脑网络，为他们安排了一个公寓，到昨天为止还空空如也，没有家具，现在却充满了中庸式样的家具以及反映出贫乏、怪异与精致品位的混搭风艺术品。

“非常好。”彼得说。

西王母只熟悉一个星球上的一个人的品位，所以很难评判简的选择。有坐的地方——既有西式的座椅，迫使人变换合适的角度，西王母向来不觉得舒适；也有东方的坐垫，鼓励人们盘坐，与地球保持和谐。卧室的西式床垫高出地面，尽管这里既没有老鼠也没有蟑螂。这显然是彼得的；西王母知道主房间那个坐垫就是她晚上的睡榻。

她恭敬地让彼得先洗澡，不过他倒不急着洗，尽管他因为走了一大段路并长时间待在飞行车里，浑身汗味。因此，西王母沉浸在浴缸里，闭上眼睛，冥想着，直到她觉得又充满精力。当她睁开眼睛，感觉不再像个陌生人，而是她的真实自我。周围的物体和空间同她可以有所关联，但不会损害她的自我意识。这是她小时候学会的一种力量，在她无力摆布自己的身体，而且必须服从一切的时候，是这种力量保全了她。她的生命里有许多不愉快的东西附着其上，就像鲫鱼附在鲨鱼身上一样，但没有什么曾改变她的本质。在孤独的黑暗中，她闭着眼，心灵十分平静。

她从浴室出来，发现彼得心不在焉地一边吃着一盘葡萄，一边看全息剧，剧中蒙面的演员相互怒喝，踏着堂皇而笨拙、声如雷鸣的步伐，仿佛演员们在扮演比他们的块头大两倍的角色似的。

"你学过大和族的语言吗？"她问。

"简在为我翻译。这些人真奇怪。"

"这是一种古老的戏剧形式。"西王母说。

"但很无聊。谁会被这些大喊大叫感动啊？"

"如果你看懂其中的故事。"西王母说，"那么他们的喊叫声就发自你的心底。"

“有谁的心会说：‘我乃高山冰雪之风，你这老虎的咆哮会冻结在你自己的耳中，在我的寒冬之眼的铁刃下颤抖受死吧’？”

“听起来像你的台词。”西王母说，“虚张声势。”

“我乃臭如漏尿死臭鼬之圆眼汗臭人，你是即将被熏死的花，除非我立刻用碱液和氨水淋浴。”

“洗的时候闭上眼，”西王母说，“那玩意儿有腐蚀性。”

公寓里没有电脑。也许全息显示器可以当作电脑使用，但西王母不会弄。它的控制器一点也不像她在韩非子家见过的那种，这倒不奇怪。只要做得到，道星人就不会从其他星球的设计中取材。西王母甚至不知道如何关闭声音。没关系。她坐在垫子上，试着回想她跟韩清照和清照的父亲韩非子学习地球历史时，所知道的关于大和族的一切。她知道她所受的教育是最好的，因为身为下等人家的女孩，没有人费心去教育她，直到她进入清照家。因此，韩非子曾告诉她，不必进行正式的学习，只要探求她感兴趣的信息就好。“你的心未曾受到传统教育的污染，因此你必须自己去发现通往各个学科的路。”

尽管学科可以任选，表面上看来很自由，但韩非子很快就显示出他是一位严师。她所学的关于历史或传记的任何东西，他都会逐一提问考试，要求她归纳大意，然后又反驳她的概括；如果她改变了主意，他也会同样严厉地要求她捍卫新观点，哪怕前一刻那还是他自己的观点。其结果是，就算只有有限的信息，她也做好了重新审视，破旧立新的准备。因此，她闭上眼睛，继续着她的学业，没有任何宝石在耳边低语，她也仍然可以听到韩非子尖锐的质问，即使他远在许多光年之外。

彼得洗好澡时，演员们的吼叫已经结束了。西王母没注意到他，倒是注意到全息图像说：“您是想再看另一辑录像，还是正在播放的电视节目呢？”

西王母差点儿以为那是简的声音，然后反应过来那不过是机器固化的菜单。“有新闻节目吗？”她问。

“本市新闻、地区新闻、全球新闻，还是星际新闻？”机器问。

“从本市的开始。”西王母说。她在这里是个外乡人，最好熟悉一下环境。

彼得出来了，干干净净，穿着简给他准备的时尚的当地服饰。西王母正全神贯注地观看着一起审判：一些人遭到指控，说他们对离市区几百公里外的一个资源丰富的冷水区过度捕捞。这个市镇的名字是什么？哦对，名古屋。由于简在他们伪造的纪录上声称这是他们的家乡，飞行车当然就把他们送到这里来了。“所有星球都一样。”西王母说，“人们想吃海里的鱼，但有些人想捞的比大海能补充的数量更多。”

“如果我多捞一天鱼，或者多捞一吨鱼，有什么问题？”彼得说。

“因为如果人人都这样，那就……”她停了下来，“我明白了，你是在讽刺为犯错的人找理由的行为。”

“现在我又干净又帅气了吧？”彼得问，转了个身，炫耀他那虽然宽松，却巧妙地展现出他身材的衣服。

“颜色太艳了。”西王母说，“看起来好像你在尖叫。”

“不，不，”彼得说，“是要看到我的人尖叫。”

“啊啊啊。”西王母轻轻地尖叫道。

“简说，这其实是一件保守的衣服——对于我这种年纪和设定的职业的人来说。名古屋的男人可是出了名的孔雀男。”

“女人呢？”

“整天袒胸露乳，”彼得说，“看起来棒呆了。”

“骗人！咱们来的路上一个裸胸女人都没看到……”她又停了下来，皱眉看着他，“你真的想要我认为你说的每句话都是骗人的吗？”

“我认为值得一试。”

“别傻了。我没有胸。”

“平胸也是胸。”彼得说，“你当然知道区别。”

“我不要跟一个穿得像个胡乱规划、花草蔓生的花园的男人来讨论我的身体。”

“这里的女人都很邋遢。”彼得说，“真可悲，但事实如此，老年男人也是。只有男孩和寻欢的年轻男子允许穿得这样花哨，我想是因为明亮的颜色可以警告女性：这小子可不会认真！只是玩玩而已！诸如此类的意思。我觉得简之所以为我们选择这个城市，纯粹是为了让我穿这些东西。”

“我又累又饿。”

“哪一个更迫切？”彼得问。

“饿。”

“有葡萄。”他说。

“你没洗。我想这是你死亡愿望的一部分。”

“在神风星上，虫子知道各安其位。没打农药，简向我保证过。”

“道星上也没有农药。”西王母说，“但我们还是会洗掉细菌和其他单细胞生物，阿米巴痢疾会拖慢我们的速度。”

“哦，但他们的厕所造得那么好，不用多可惜。”彼得说。尽管他出言不逊，西王母发觉没洗的水果会传播痢疾这番话还是让他不安。

“咱们出去吃吧。”西王母说，“简给咱们准备了钱吧？”

彼得侧耳倾听耳朵上的宝石。“是的。我们要做的就是告诉饭馆老板，我们丢了身份证，他就会让我们用拇指登录我们的账户。简说，需要的话我们俩都可以很有钱，但我们应该试着表现得钱财不多，只是偶尔挥霍庆贺一番。我们应该为什么庆祝？”

“庆祝你洗澡了。”

“你去庆祝那个。我要庆祝我们在树林里迷路后平安归来。”

不久，他们就到了繁忙的大街上，车子很少，但有数以百计的自行车，还有数以千计的人从滑行道上上下下。西王母不敢上这奇怪的机器，坚持脚踏实地走路，这意味着只能选附近的餐馆。周边的建筑很老，但并不破败；这一带虽已老旧，但尚存荣光。建筑风格是彻底开放的，有拱门和庭院，有柱子和屋顶，但很少有墙，完全没有玻璃。

“这里的天气一定非常好。”西王母说。

“热带气候，但在海边有一股吹向海面的寒流。每天下午会下一小时左右的雨，起码一年中的大部分日子是这样，既无酷暑又无严寒。”

“感觉好像全年都能待在户外似的。”

“都是假的。”彼得说，“我们的公寓有玻璃窗和温控装置，你看得到。但它的面板方向是反的，对着花园，此外，窗户是凹进去的，所以从下面你看不到玻璃。非常巧妙。人工的自然景观。虚伪和欺骗——

人类的共性。"

"这是一种美丽的生活方式。"西王母说,"我喜欢名古屋。"

"可惜我们在这不会待很久。"

她还没来得及问他们要去哪儿，彼得就把她拉进一家忙碌的餐馆的庭院。"这家卖的鱼是熟的。"彼得说,"我希望你不介意。"

"什么,别家卖的是生的吗?"西王母问,笑了起来。然后她反应过来彼得是说真的,生鱼!

"大和人以吃生鱼片闻名。"彼得说,"在名古屋,这几乎成了宗教。你瞧——这家餐厅里一张大和人的面孔也没有。他们不屑吃被加热的鱼。这只是他们坚持的事情之一。如今大和人在文化方面的独特之处很少了,所以他们努力让几个特别大和化的特征留存下去。"

西王母点点头,她深刻地理解,在国民性认同面前,一种文化多依附于那些陈年已逝的风俗。同时,她也很庆幸,这个地方的此类风俗还是浅层次的,尚未扭曲和破坏人们现有的生活。

他们的菜上得很快——这鱼几乎没花什么时间烹调——他们吃的时候,彼得在坐垫上挪动了好几次。"可惜这地方的非传统程度还不够,提供了椅子。"

"为什么欧洲人这么痛恨大地,必须始终高高在上?"西王母问。

"你已经回答了你的问题,"彼得冷冷地说,"你预先假设我们讨厌大地。这让你听起来好像会用魔法的原始人。"

西王母脸红了,陷入了沉默。

"哦,别来东方女人那一套。"彼得说,"也别用'我被训练成为仆人而你是残酷无情的主人'这种用罪恶感来操纵人的花招。我知道我是个烂人，但我不打算因为你瞧不起我而改变。”

“那你可以因为不想当烂人而改变。”

“这就是我的性格。安德把我造得可恨，这样他就可以恨我。额外的好处是你也可以恨我。”

“哦，安静地吃你的鱼吧！”她说，“你在胡言乱语。你的任务是分析人类，但你却连世上跟你最亲近的人都不了解。”

“我不想了解你。”彼得说，“我想利用你拥有的聪明头脑来完成任务——即使你认为蹲坐的人跟坐直的人相比，莫名其妙地‘接近大地’。”

“我说的不是我。”她说，“我说的是跟你最亲近的人——安德。”

“幸好他现在离我们远远的。”

“他造你出来不是为了恨你的。他早就不恨你了。”

“是啊，是啊，他写了《霸主》之类。”

“没错。”西王母说，“他把你创造出来是因为他特别需要有人恨他。”

彼得翻了翻白眼，喝了一口乳黄色的菠萝汁。“掺的椰汁量正好。我想我以后就来这里养老，如果安德没死，也没让我首先消失的话。”

“我说的是事实真相，你却用椰子菠萝汁回答我？”

“娜温妮阿恨他。”彼得说，“他并不需要我。”

“娜温妮阿是生他的气，但她生气是她的错，他也知道。他对你的需要……是正当的愤怒。因为他真正具有的恶恨他自己，这种恶除了他自己没人看得到，别人甚至认为它不存在。”

“我只是他的童年噩梦。”彼得说，“你想的太多了。”

“他把你召唤出来，不是因为真正的彼得对他的童年多么重要。他召唤你，因为你是法官，是审判者，这才是彼得在他小时候灌输给他的。你自己告诉过我你的记忆。彼得嘲笑他，说他一文不值，毫无用处，他愚蠢，他怯懦，你现在也在这样做。你观看他的生活，把他叫作屠异者、失败者。他出于某种原因需要这样，需要有人谴责他。”

“嗯，那有了我可真好，用来鄙视他。”彼得说。

“但他也在渴求有人原谅他，怜悯他，来把他所有的行动说成好意。华伦蒂不是因为他爱她才存在的——他有真正的华伦蒂拿来爱，他还有他的妻子。他只是需要你妹妹存在，用来原谅他。”

“所以如果我停止憎恨安德，他就不需要我了，我就会消失吗？”

“如果安德停止恨自己，那他就不再需要你这样刻薄，你就可以更容易与人相处。”

“好嘛，对一个始终从未谋面的人进行分析，对已经遇到的人进行说教，跟这样的家伙相处，还真不容易。”

“我希望让你不好过。”西王母说，“这样才公平嘛。”

“我想简把我们带到这里，因为此地的服装反映了我们的本质。我虽然是个傀儡，但能享受一些堕落的人生乐趣。而你——你可以把任何事情变得无趣。”

西王母忍住眼泪，只专注于她的食物。

“怎么了？”彼得说。

她不理他，慢慢地咀嚼着，找到自己不受影响的关键，就是让自己忙于享受美食。

“难道你没有感觉吗？”

她咽下口中食物，抬头看着他。“我已经在想念韩非子了，但我走了还不到两天。”她微微一笑，“我认识一个充满风度和智慧的人。他认为我有趣。我很高兴让你厌倦我。”

彼得立刻做了个朝耳朵泼水的动作。“我在燃烧，好痛，哦，我怎么受得了。你好狠！你拥有龙息！你说话就能杀人！”

“只会杀趾高气扬的提线木偶而已。”西王母说。

“提线木偶总比被束缚得紧紧的好。”彼得说。

“哦，众神一定十分宠爱我，让我和一个伶牙俐齿的男人在一起。”

“众神却让我和一个没有胸的女人在一起。”

她强迫自己假装认为这是一个笑话。“你说过平胸也是胸的。”

他突然间不笑了。“对不起，”他说，“我伤害了你。”

“我不这么想。我好好睡一觉之后会告诉你的。”

“我以为我们在开玩笑。”彼得说，“互相羞辱对方。”

“确实在开玩笑。”西王母说，“但我相信每一句话。”

彼得打了个寒战。“那我也受伤了。”

“你不知道如何伤人。”西王母说，“你只是在取笑我。”

彼得他的盘子推到一边，站了起来。“咱们公寓见。你找得到路吗？”

“我会认为你真的在乎吗？”

“我没有灵魂是好事。”彼得说，“这样你就不会吞噬它了。”

“如果我嘴里有你的灵魂，”西王母说，“我会吐出来。”

“消停一下吧。”彼得说，“对于我要做的工作，我需要一个脑子，不是一场争吵。”他走出了餐馆。那衣服很不适合他，别人都在看他。他这人太有尊严和力量，不应穿得那么花哨。西王母立刻发觉这件衣服令他蒙羞。她也发觉他知道这点，他走得很快就是因为知道这件衣服不适合他。他准会让简给他订一些更老成、更成熟、更符合他对荣誉需要的衣服。

西王母想，然而我却需要能让我消失的衣服，或者能让我飞离这里的衣服，在一夜之间飞到外空间，再回到内空间，回到韩非子家里，在那里我可以直视的眼睛里既没有怜悯，也没有蔑视，更没有痛苦。彼得的眼中含着痛苦，要说他感觉不到是不对的。把我自己的痛苦看得太高，认为它能给我伤害他的权利，是我的不对。

如果我向他道歉，他会嘲笑我吗？

不过，我宁愿因为做了一件好事被嘲笑，而不是在心知自己做错了的情况下被尊重。这个原则是韩非子教我的吗？不，是与生俱来的。就如我母亲说的，太过骄傲，太过骄傲了。

当她回到公寓时，彼得已经睡着了；她觉得筋疲力尽，于是推迟了道歉，也睡了。他俩在半夜都醒了，但不是同时；到了早晨，昨晚争吵的锐气已经消退了，还有工作要做呢。对她来说，更重要的是了解今天要做什么，而不是弥合他们之间的裂痕，在晨光之中那不过是两个疲累的朋友之间的毫无意义的口角。

“简选择让我们前去拜访的人是一位哲学家。”

“我这样的？”西王母说，对她新的假身份很敏感。

“我正想跟你讨论这个。神风星上有两种类型的哲学家。我们要见的暧昧光，是一位分析哲学家。你没受过跟他对等的教育，所以你是另外那一种，擅长格言与预言的，云山雾罩地扯一通警句，把人震住。”

“我的警句非得云山雾罩吗？”

“这你就别担心了。格言哲学家是靠别人把他们的胡话跟现实世界联系起来的，所以随便哪个傻瓜都能当。”

西王母感到内心的愤怒像放在沸水中的温度计的汞柱一样快速上升。“你给我选了这个职业可真好心。”

“你可别不高兴。”彼得说，“简和我总得想出一个职业，让你能在这个特定的星球上扮演，不会显出你是一个没有受过教育的道星土著。你得明白，神风星上的孩子不可能被教得像道星上的仆从阶级一样无知。”

西王母没有进一步争论。有什么意义呢？如果一个人必须争论说：“我很聪明！我不无知！”那还不如别吵呢。事实上，她发觉这想法正是彼得所说的那种警句，她才这样说了。

“不不，我的意思不是隽语。”彼得说，“隽语太有条理了。我是说真正的胡扯，例如你也许会说‘啄木鸟击树以取虫’，然后我就得弄清楚这话在当前情况下是什么意思。我是啄木鸟吗？是树？还是虫子？这就是最棒的地方。”

“在我看来，你刚刚证明你比我更能胡扯。”

彼得翻了个白眼，向门口走去。

“彼得。”她说，“别动。”

他转过身来面对她。

“要是我知道咱们为什么去见这个人，他是谁，不是对你更有帮助吗？”

彼得耸耸肩。“说得对。虽然我们知道暧昧光不是我们要找的那个人，甚至不属于我们要找的那些人。”

“那就告诉我，咱们在找什么人。”

“我们在找人类世界的权力中心。”他说。

“那咱们为什么来这里找，而不是去星际议会？”

“星际议会是一出戏，代表们只是演员，剧本是在其他地方写的。”

“在这里？”

“议会里通过卢西塔尼亚舰队议案的那一派并不是主战派。当然，主战派对整件事也感到高兴，因为他们始终认为应该暴力镇压叛乱什么的，但除非哪个深受神风星的哲学学派影响的中间派倒向他们，否则他们永远都凑不够派遣舰队需要的票数。”

“暧昧光是哪一派的领袖？”

“这事比较微妙，他实际上是一个独立的哲学家，不属于特定学派。但他所代表的是一种纯粹的大和思想，这使他在对中间派造成影响的那些哲学家中较有良知。”

“你能排好多少张多米诺骨牌，让它们能互相碰倒？”

“不，这句话算不上格言，还是太有条理了。”

“我还没开始扮演角色呢，彼得。中间派从这个哲学流派那里得到了什么想法？”

彼得叹了口气，坐了下来——当然是坐在椅子。西王母坐在地板上，心想：这就是欧洲人喜欢的方式，高高在上，教导亚洲女人。但是从我的角度看来,他已经断开了与大地的联系。我会听他讲,但要不要实行则取决于我。

“摇摆不定的那些议员永远不会使用如此巨大的力量来对付小型殖民地的小纠纷。你也知道,最初的问题是他们发现两位外星人类学家米罗·希贝拉和欧安达·穆康比,在卢西塔尼亚教猪族农业。这构成了文化干扰,他们被勒令离开星球前去受审。当然,使用旧式的相对论光速飞船,离开星球就意味着即便他们能够返回,他们认识的每个人也都早就死了。所以这种做法非常残酷,相当于不审即判。议会多半想到卢西塔尼亚政府会抗议,但他们得到的却是完全的无视和切断安赛波通讯。议会里的强硬派立刻开始游说,准备派一艘军舰过去掌握卢西塔尼亚的控制权。但他们没有足够的票数,直到……”

“直到他们放出了德斯科拉达病毒的幽灵。”

“一点不错。坚决反对使用武力的那派提出了德斯科拉达病毒的问题,作为不该派兵的原因之一——因为当时任何感染了病毒的人都必须留在卢西塔尼亚,并不断服用抑制剂以免德斯科拉达病毒从内向外摧毁身体。这是德斯科拉达病毒的危险首次‘声名远播’。这时中间派出现了,它的成员是从前那些对卢西塔尼亚没有被隔离感到震惊的人。还有什么比一种快速蔓延、半智能化的病毒掌握在叛军手中更危险呢?这一派几乎完全由深受神风星的必然论学派影响的代表组成。”

西王母点了点头。“必然论者都主张什么?”

“人要与环境和谐共生,不被什么干扰,就要耐心忍受苦难。但是,当真正的生存威胁出现,必须采取残酷而有效的行动。他们的座右铭是，只在必要时行动，要行动就必须全速且全力。因此，好战派想要的只是一艘兵舰，但受必然论影响的议员们却坚持派遣一个装备了 MD 的舰队，那东西会一劳永逸地消除德斯科拉达病毒的威胁。这种清除还真讽刺，你不觉得吗？”

“我不明白。”

“哦，一切都结合得很完美。安德鲁·维京曾使用小大夫[1]消灭虫族的母星，现在那玩意儿将会被第二次使用——偏巧是对他所居住的星球！更有意思的是，第一位必然论哲学家，大冈，曾使用安德本人作为他的理论的主要范例。只要虫族被视为对人类生存的威胁，唯一适当的反应就是彻底消灭敌人，没有中间手段。当然事后知道虫族根本不是威胁，正如安德自己在他的书《虫族女王》里写的那样，但大冈为这个错误辩护说，安德的上级派他消灭敌人时并不知道真相。大冈的原话是，‘永远不要和敌人交换攻击。’他的意思是，你尽量不要攻击任何人，但当不得不进攻时，要一击必杀，要狠到敌人永远，永远不会反击。”

“所以拿安德来举例……”

“对。安德自己的行为，被用来为对另一无害物种重复这一行为辩护。”

“德斯科拉达病毒并不是无害的。”

“对。”彼得说，“但是，安德和埃拉诺娜找到了另一种方法，对吧？他们攻击了德斯科拉达病毒本身。但现在没法说服议会撤回舰队。由

① 即 MD，分子裂变装置。

于简已经干扰了议会与舰队之间的安赛波通讯，他们认为所面对的是一个强大而广泛的秘密阴谋。我们提出的任何抗议将被视为虚假信息。此外，谁会相信这样牵强的故事，说第一次外空间航行时，埃拉诺娜创造了德斯科拉达病毒抗体，米罗重建了他自己，而安德造出了亲爱的妹妹和我？”

“所以议会里的必然论者……”

“他们不用那个名称称呼自己，他们的影响力很强。以简和我之见，如果我们能让某些突出的必然论者宣布反对卢西塔尼亚舰队——当然得有个具有说服力的理由——议会里支持派遣舰队的多数派就会瓦解。这个多数派并不稳固——很多人对这样用武力摧毁殖民地感到害怕，其他人更是对议会充满恐惧，他们竟会消灭猪族，继虫族毁灭之后的又一个智慧物种。他们会愿意停下舰队，或起码用它来实施永久隔离。”

“那我们为什么不去见必然论者呢？”

“因为他们没理由听我们的。如果我们说自己是卢西塔尼亚动乱的支持者，我们会被关起来遭受审问。而如果我们不说，谁又会认真对待我们的想法？”

“那就去见这个暧昧光吧。他是什么人？”

“有些人管他叫大和哲学家。神风星上的所有必然论者，自然都是大和人，而且这种哲学在大和人之中最有影响力，不光在他们的母星，也在其他有大量大和人的地方。所以即使暧昧光不是必然论者，他也被尊为大和人灵魂的守护者。”

“如果他告诉他们，摧毁卢西塔尼亚是非大和人的行为……”

“但他不会的,反正没这么容易。为他赢来大和哲学家之名的开创性理论,就是大和人生为叛逆的木偶。首先拉动它的提线的是东方文化。但暧昧光说,从当年蒙古的铁骑对列岛幕府政权的入侵中,大和尝到了教训——顺便说一句,挫败那个企图的是一场巨大的风暴,称为‘神风’。所以这个星球上的每个人,一定记得那个古老的故事。后来,大和宣布了锁国政策,起初欧洲人到来时,他们拒绝与之打交道,但后来一支美国舰队强行打开了大和的国门,接着大和追回了失去的时间。明治维新让大和开始工业化和近代化——一套新的提线让木偶再次起舞,暧昧光说。只不过大和再次尝到了教训。由于当时的欧洲帝国主义者忙着瓜分非洲和亚洲, 大和决心也要分一杯帝国主义的羹。东方大陆上的古老帝国,昔日的傀儡师,就在眼前。因此他们侵略了……”

“我们在道星上学过这次侵略。”西王母说。

“他们居然还教蒙古入侵之后的历史,真叫我吃惊。”彼得说。

“美国人把世界首创的核武器扔到大和的两个城市之后,大和的侵略终于被阻止了。”

“当时的核武器就相当于小大夫,不可抵抗的终极武器。大和人很快就把核武器作为荣誉勋章:我们是第一个被爆国。那成了一种永久的委屈,倒也不算坏事。”接着暧昧光又说。顺便提一下,暧昧光的名字是自己取的,他写第一本书用的就是这个名字,意思是“暧昧的光线”。

“真像是格言。”西王母说。

彼得笑了。“哦,你告诉他吧,他会很自豪的。不管怎样,在他的第一本书里，他说，大和学到了教训。核弹切断了提线，大和完全屈服了。骄傲的旧政府被破坏，皇帝成为一个傀儡，民主进入了大和，巨大的财富和权力也随之而来。”

“那么说来核弹是好事了？”西王母疑惑地问。

“不不，一点不好。他认为大和的财富破坏了人的灵魂。他们认毁灭者作父，成了美国的私生子，被美国的核弹爆炸炸出来的，到头来还是木偶。”

“这跟必然论者有什么关系？”

“大和遭到轰炸，他说，正是因为他们已经过于欧化了。他们对待自己东方大陆上的邻居就如同欧洲人对待美国一样，自私又残酷。但大和人的祖先不忍心看到自己的孩子成为这样的野兽。因此，正如天神曾派遣神风阻止蒙古舰队一样，天神也派美国核弹来阻止大和成为欧洲那样的帝国主义国家。大和的反应应该是忍受美国的占领，然后在占领结束后再次成为纯粹的大和，经历磨难而完整如一。他那本书的标题是《为时未晚》。”

“我敢打赌，必然论者准是拿美国轰炸大和作为从重从快打击的另一个例子。”

“没有哪个大和人敢赞美美国的轰炸，直到暧昧光使人们看到，轰炸不是大和的牺牲，而是众神试图救赎大和人民。”

“所以你是说必然论者对他足够尊重，如果他改变了主意，他们也会随之改变——但他不会改变主意，因为他认为轰炸大和是神之所赐？”

“我们希望他能改变想法。”彼得说，“不然我们此行就失败了。问题是，他不可能直接听从我们的劝说，简从他的著作里也看不出谁或什么东西可能会影响他。我们必须和他谈，找出下一步怎么办——这样我们或许可以改变他们的想法。”

“真复杂。”西王母说。

“所以我才觉得没有必要向你解释。你知道了这个信息又有什么用？和暧昧光这样一流分析哲学家讨论历史的细微之处？”

“我会听他说。”西王母说。

“知道这回事之前你也得听他说。”彼得说。

“但现在我知道我要听什么人说。”

“简认为我把这事告诉你是个错误，因为现在你就可以用我和简认为已经知道的东西解释一切了。”

“告诉简，唯一把纯粹的无知当作褒奖的人是那些垄断知识攫取利润的人。”

彼得笑了起来。“这是隽语，”他说，“你应该说……”

“别再告诉我该怎么说格言。”西王母说，从地上站了起来。现在她比彼得高了。“你才是侏儒。而我要说螳螂的话——记住螳螂会吃掉配偶。”①

“我不是你的配偶。”彼得说，“而且‘预言’是指一种来自从幻象、灵感或直觉，而不是来自学术和理性的哲学。”

“如果你不是我的配偶，”西王母说，“就别把我当作妻子般对待。”

---

① 侏儒和格言是同一个词“Gnome”。螳螂是“Mantis”，预言是“Mantic”，西王母将其混淆了。

彼得疑惑地看了看，然后移开了目光。“我是那样做的吗？”

“在道星，丈夫认为他的妻子是傻瓜，教她一切她已经知道的东西。道星上，妻子会在教导丈夫时假装她只是提醒他从前教她的东西。”

“好了，我只是一个迟钝的白痴，是不是？”

“请记住，”西王母说，“当我们和暧昧光见面，我和他有一种知识是你永远不会有的。”

“是什么？”

“人生。”

她看到他脸上的痛苦，立刻后悔了。但这是一种反射性的后悔——她从小受的训练就是在攻击他人时感到抱歉，不管这种攻击是不是当之无愧。

“哎哟。”彼得说，就好像他的痛苦是一个笑话。

西王母毫不留情——她现在不是仆人了。“你是如此骄傲，就因为你知道的比我多？但你知道的要么是安德塞到你脑子里，要么是简在你耳边小声说的。我没有简来告诉我，也没有安德来教我。我所知道的一切都是辛苦学来的。我经历过，所以请不要再轻视我。如果我对这次探险有任何价值，那会是我学到你所知道的一切——因为你知道的一切，我都可以学会，但我所知道的，你就永远学不会。”

玩笑结束了。彼得的脸因为愤怒而涨红。“你怎么敢……你以为……”

“我怎么敢。”西王母接下去，认为这是他要说的话，“我以为我是谁。”

“我并没有那样说。”彼得轻轻地说，转过身去。

“我越位了，是不是？”她问，“韩非子教过我彼得·维京的事，原版的他，不是复制品。他是如何让妹妹华伦蒂加入夺取地球霸主地位的阴谋的；是如何要她以笔名德摩斯梯尼写下那些文章，煽动乌合之众的——而他自己以洛克的名义写的文章，都是崇高的、理性的想法。但下流的煽动都是出自他的思想。”

“那些崇高的想法也是。”彼得说。

“没错。”西王母说，“他从来没有见过不出自他，只出自华伦蒂的东西，也不认为那东西有价值。那就是一个人类灵魂。”

“韩非子那样说吗？”

“是的。”

“那他就是个浑蛋。”彼得说，“因为彼得和华伦蒂拥有一样多的人类灵魂。”他朝她逼近。“我才是没有灵魂的人，西王母。”

她一时间有些害怕。她怎么知道他体内被造出了什么样的暴力呢？安德的艾瓦会通过他创造的这个替身表达什么样的黑暗愤怒？

但彼得并没有打她。也许是没有必要。

暧昧光亲自到他的花园门口迎接他们。他衣着简单，脖子挂着一个神风星传统的大和人都会挂的小盒：一个小小的骨灰盒，装着他所有重要的祖先的骨灰。彼得已经向她解释过，像暧昧光这样的人死亡时，小盒子里的一小撮骨灰会被加到他自己的骨灰里，传给他的子孙挂着。这样，不论他是睡是醒，胸骨之上都挂着他的整个古老家族，成为能给予后代的最珍贵礼物。西王母没有任何值得铭记的祖先，对这个习俗感到既可怕又不安。

暧昧光朝西王母鞠了一躬表示欢迎，但只伸手给彼得握手。彼得微微惊讶地握了握。

“哦，别人管我叫大和魂的守护者。”暧昧光微笑着说，“但这并不意味着我一定会失礼到强迫欧洲人像大和人那样做，看欧洲人鞠躬就像看猪跳芭蕾一样痛苦。”

暧昧光带领他们穿过花园，走进他那用纸做墙的传统式的房子。彼得和西王母对视一眼，笑了。这是一个无言的停战协定，因为他们都知道暧昧光是一个强大的对手，想从他那打听出什么，就必须一致对外。

“一位哲学家和一位物理学家。”暧昧光说，“你们发信请求见面的时候，我调查过你们。之前也有哲学家和物理学家，欧洲人和亚洲人来见过我，但让我疑惑的是你们俩为什么会在一起？”

“她发现我无比性感。”彼得说，“我摆脱不了她。”然后露出他最迷人的笑容。

西王母高兴地看到，彼得的西式讽刺让暧昧光无动于衷，他并未被逗笑。她发现彼得的脖子红了。

该她出手了——认真扮演格言家。“猪在泥浆中打滚，却在阳光明媚的石头上取暖。”

暧昧光转而盯着她——和之前一样面无表情。“我会把这些话记在心里的。”他说。

西王母想知道彼得是否明白，她刚刚遭到了暧昧光东方风格的讽刺。

“我们是来向你学习的。”彼得说。

“那你们只好吃一顿便饭，然后失望地离开了。”暧昧光说，“我没有什么可以教给物理学家或哲学家。如果我没有孩子，我就没有人可以教了，因为只有他们知道得比我少。”

“不不。”彼得说，“你是个聪明人，大和魂的守护者。”

“我说过那是别人对我的称呼。大和精神太伟大了，我这小小的灵魂容纳不下。但大和精神又太微不足道，不值得引起大唐和欧洲这样强大的灵魂的注意。你们才是教师，因为大唐和欧洲一直是大和的老师。”

西王母对彼得并不很熟悉，但她能看出他现在慌了，不知该如何继续。在安德的人生和旅行当中，他曾在一些东方文化区居住过，据韩非子说他还会说朝鲜语。这意味着安德也许能对付暧昧光这种客套——特别是他的谦卑显然是一种嘲弄。但是安德知道的东西和他给予彼得的显然不同。这次会谈全靠她了，她感觉跟暧昧光下这盘棋的最好办法是不让他控制全局。

“很好。”她说，“那我们就恭敬不如从命了。我们会教给您我们的无知程度，这样您就会看到我们最需要您的智慧。”

暧昧光看了彼得一眼，然后拍了拍手。一个女仆出现在门口。“茶。”他说。

西王母立刻站起来，这才反应过来她打算做什么。在她的一生中听过多次这句上茶的命令，但让她起身的不是盲目的反射，而是她的直觉。在暧昧光的棋局中击败他的唯一方法是逼他摊牌：她能在谦卑上胜过他。

“我毕生都是仆从。”西王母诚实地说，“而且我一直是个笨拙的仆人。我可以与您的仆人同去，向她学习吗？我的智慧可能不足以学习伟大哲学家的思想，但或许我适合向为您上茶的仆人学习，从她那里我也许能学到些什么。”

她可以从暧昧光的犹豫中知道他输了一局。因为这个人十分机敏。他立即站了起来。“你已经给我好好上了一课。”他说，“现在，我们一起去看贤二泡茶吧。如果你要奉她为老师，西王母，那我也必须奉她为师。我怎能忍受在我家中有人知道我未曾习得的东西呢？”

西王母不得不佩服他的机智。他再次把自己置于她之下。

可怜的女仆贤二！西王母知道她是一个灵巧的女人，训练有素，但这三个人来看她泡茶，尤其是她的主人，使她感到很紧张。西王母立即伸手“帮助”她——期间故意犯了一个错误。贤二立刻恢复了状态和信心。“你忘了，”贤二好心地说，“我的厨房太乱了。”接着她给西王母看怎么泡茶。“至少在名古屋，”她谦虚地说，“至少在这家人家是这样的。”

西王母仔细观看，只专注于贤二和她做的事，她很快发现，大和人的泡茶方式——或者是神风星的方式，或者是名古屋的方式，或者是守护大和魂的谦逊哲学家的方式——和她在韩非子家认真学过的方式不同。茶泡好时，西王母也学会了。她自称是仆人，而且电脑记录说她一直住在神风星的唐人街，有可能以这种方式正确地上茶。

他们回到暧昧光家的前厅，贤二和西王母各端着一个小茶桌。贤二把茶桌端给暧昧光，但他挥手叫她给彼得，然后向他鞠了一躬。为暧昧光奉茶的是西王母。贤二从彼得那里退下时，西王母也从暧昧光那里退下了。

暧昧光第一次看上去——生气了？他的眼睛闪了闪。西王母刚刚把自己放到和贤二完全一样的水平，这样就把他置于一种尴尬的地位，要么不得不比西王母骄傲而解雇仆人，从而令自己蒙羞；要么破坏他自家的良好规矩，邀请贤二跟他们三个人平起平坐。

“贤二，”暧昧光说，“让我为你倒茶。”

将死你了，西王母想。

当彼得终于领会到这场游戏，也为西王母倒茶，还设法洒在她身上，迫使暧昧光也洒一点点在自己身上好让客人放心的时候，简直是额外的享受。西王母知道已经在同暧昧光的礼仪竞赛中证明了自己，而彼得只证明了自己是一个笨蛋，因此被热茶泼到的疼痛和茶变冷变干后的不适也变得十分值得了。

西王母真的能和暧昧光相比吗？他一定看到并明白了她为了将自己置于他之下的夸张努力。那他很有可能——谦虚地——让她赢得了“两人中更为谦逊的一个”这样的骄傲。当她意识到这种可能性时，她知道他必定是这样做的，胜利终归还是属于他的。

我没有我想的那么聪明，西王母想。

她看着彼得，希望他现在能接手想到什么好主意。但他似乎满足于由她来带头。他当然不会拔刀相助。他是不是也知道她刚刚在自己的游戏中被打败了，因为她没能更进一步？他是不是在给她一根上吊的绳子？

好吧，咱们把绞索系紧好了，西王母想。

“暧昧光，您号称大和魂的守护者。彼得和我是在大和世界成长起来的，但大和谦逊地允许公立学校教授斯塔克语，因此我们不会说本族语言。在我的唐人街，在彼得的美国城市，我们在大和文化的边缘度过了童年，窥视着它。因此如果在您看来，我们的无知之中如果有哪一部分最突出，那就是我们对大和的认识。”

“哦，西王母，你把众所周知的事情当成了谜题。没有人比旁观者更了解大和，就像父母比孩子自己更了解孩子。”

“那我要教导您了。”西王母说，不再玩谦卑的游戏，“因为我把大和视为一个边缘国家，而我并不知道您的见解是会让大和成为一个新的中心国家还是像所有边缘国家掌权时一样开始衰退呢？”

“你所谓的‘边缘国家’，在我看来可能有一百种含义，其中大多数对我们来说肯定是恰当的。”暧昧光说，“但中心国家是什么，一个民族怎能合为一体？”

“我对地球的历史并不很熟。”西王母说，“但从我做的那一点点研究看来，有少数一些中心国家，拥有强大的文化，吞噬了所有的征服者。古埃及是一个，大唐也是一个。它们都统一了全国，然后扩张，但不超过足以外御强敌、内安腹地的限度。几千年来它们都吸收并吞噬了征服者。古埃及的象形文字和大唐的汉字存续下去，只有文体的改变，这样对那些识字的人来说，过去一直存在到现在。”

从彼得的僵硬，西王母可以看出他很担心。毕竟，她现在说的绝对不是格言，因为他对亚洲人毫无了解，所以还没打断她。

“这两个国家是在蛮荒时代建立的。”暧昧光说，“你是说现在没有国家能成为中心国家了吗？”

“我不知道。”西王母说，“我甚至不知道对于边缘国家和中心国家的区分是否正确，或者有任何价值。我只知道，一个中心国家在失去政治控制之后，仍能保持其文化的力量。美索不达米亚不断被其邻国征服，但每个征服者被美索不达米亚改变的程度，都甚于美索不达米亚自身的改变。亚述、迦勒底和波斯的国王们，在尝到两河流域文化之后几乎没有区别。但一个中心国家也可能彻底亡国，以至于完全消失。古埃及就曾在古希腊的文化冲击之下摇摇欲坠，只留下石头建筑提醒着子孙们，他们的祖先是什么样的人。历史没有规律，我们发现的模式只是有用的幻想。”

“我看你确实是一位哲学家。”暧昧光说。

“您用这样崇高的名字称呼我幼稚的猜测，十分有雅量。”西王母说，“但让我告诉您我对边缘国家的想法。他们在其他国家的阴影下诞生——或者可以说，在反射的光线中诞生。正如大和在大唐的影响下变得文明，罗马在希腊人的阴影下发现了自己。”

“伊特鲁里亚人首当其冲。”彼得帮腔说。

暧昧光淡淡地看了他一眼，然后目光重新回到西王母身上，不做评论。西王母几乎可以感到彼得因为遭到如此的无视而退缩了。她觉得有点儿对不起他，不是很多，只是一点点。

“中心国家是如此自信，他们一般不需要展开征服战争。他们已经确定自己是优越民族，而所有其他国家都想要像他们一样，或者服从他们。但边缘国家，在初次体会到自己的力量时，认为必须证明自己，而且几乎总是用剑来证明。因此阿拉伯人打败了罗马帝国，吞并了波斯；因此希腊的邻国马其顿征服并吞并了希腊后，认为自己是希腊人了，征服了因与希腊相邻而变得文明的波斯；因此维京人掠夺了欧洲,然后逐一攻下了那不勒斯、西西里、诺曼底、爱尔兰,最后还有英国。而大和……”

“我们试图守在我们的岛上。”暧昧光轻轻地说。

“大和扩张的时候,横扫太平洋,试图征服伟大的中心国家大唐,最终被新的中心国家美国的核弹阻止。”

“我本来以为,”暧昧光说,“美国才是终极的边缘国家。”

“美国是由边缘人民建立的,但美国理想成了新的动力源泉,让它成为一个中心国家。他们并不是如此傲慢,除了征服自己的腹地之外并无意建立帝国。他们只是认为所有国家都想变得和他们一样。他们吞并了其他的文化。即使在神风星,学校里教授的是什么语言呢?把斯塔克星际通用语这种语言强加给我们的,并不是英格兰。”

“在虫族女王来临,迫使我们走向群星时,美国在技术上占据优势,这只是个巧合罢了。”

“我认为美国理想成了中心理想。”西王母说,“从那时起,每个国家都必须采取民主政体。我们现在甚至被星际议会统治着。我们每个人都生活在美国文化之下,不管喜不喜欢。所以我想:现在大和掌握了这个中心国家的控制权,大和文化是会遭到吞噬,像蒙古人被大唐所吞噬那样,还是保留自己但最终衰退失去控制呢?”

暧昧光显得不悦。是生气?还是困惑?西王母无从猜测。

“哲学家西王母所说的这番话我万万不可接受。”暧昧光说,“你怎能说大和现在控制了星际议会和人类世界呢?这场不为人知的革命是何时发生的?”

“我想您可以看到,您的大和之道教育已经完成了。”西王母说,

“卢西塔尼亚舰队的存在,就是大和掌握控制权的证明。这是这位物理学家朋友教给我的伟大发现,也是我们到你这里来的原因。”

彼得真的露出了恐惧的神色。她能猜到他在想什么。她疯了吗,这样彻底地摊牌?但是她也知道,她这样做除了他们的动机之外并未透露别的东西。

而且，彼得并没有惊慌失措，他顺着话头接着说明简对星际议会、必然论者、卢西塔尼亚舰队的分析,当然假装这些想法是他自己的。暧昧光听着,不时点头或摇头:那种泰然自若的神情现在已经不见了,愉快的疏远态度也被一扫而光。

“你是说,”彼得说完之后,暧昧光说道,“因为我关于美国核弹的那本小书,必然论者已经控制了政府,并派出了卢西塔尼亚舰队?你把这算在我头上?”

“不是指责你或归功于你的意思。”彼得说,“你又不是故意这样计划的。据我所知,你甚至不赞成这样。”

“我甚至不关心星际议会的政策。我只属于大和。”

“所以我们才来这里学习。”西王母说,“我把您看作边缘国家的人,而不是中心国家的人。因此,您不会让大和被中心国家吞噬。相反,大和将继续远离霸权,霸权最终会从他们手中交到别人手中。”

暧昧光摇了摇头。“我不能让你们将卢西塔尼亚舰队怪罪于大和。我们是遭受天谴的人,我们不会派舰队毁灭别人。”

“必然论者会。”彼得说。

“必然论者说是这样说,”暧昧光说,“但没人听他们的。”

“你不听他们的,”彼得说,“但议会听。”

“而必然论者也听您的。”西王母说。

“我主张的是完美的简单主义！”暧昧光叫道，站了起来。“你们用虚假的指控来折磨我！”

“我们没有指控您。”西王母轻轻地说，拒绝站起来。“我们说出了一种观察，如果我们错了，请您指正。”

暧昧光颤抖着，他的左手紧紧抓着脖子上那个用丝带系着的、装着他祖先骨灰的小盒。

“不，”他说，“我不会让你们假装是谦虚的真理追求者。你们是刺客，心灵的刺客，来摧毁我，来告诉我在寻求大和之道的过程中，我使得我的人民统治人类世界，并用这种力量摧毁一个无助、弱小的智慧物种！你们告诉我的是一个可怕的谎言，说我毕生的工作都是无用功。我宁愿你把毒药放到我的茶里，西王母。我宁愿你用枪把我的头击碎，彼得·维京。你们的父母给你们起的名字真不赖——都是骄傲而可怕的名字。西方的王母娘娘？一位女神？彼得·维京，第一霸主！谁会给孩子起这样的名字？

彼得也站了起来，把手伸给西王母拉她站起来。

“我们无意攻击你。”彼得说，“我很惭愧。我们马上走。”

西王母惊讶地听到彼得说出如此东方化的话。美国方式是给自己找借口，好留下来继续争论。

她由着他把她带到门口。暧昧光没有送他们；送他们出门的是可怜的贤二，她看到素来平静的主人如此激动得要他俩出去，吓坏了。但西王母决心不让这次拜访彻底完蛋。因此在最后一刻，她冲了回来，拜倒在地，以这样的屈辱姿势匍匐在暧昧光的面前，她刚刚还发誓绝不再使用的姿势。但她知道,只要她保持这一姿势,暧昧光这样的人是会听她说话的。

"哦,暧昧光。"她说,"您说我们的名字如何如何,但您忘了自己的名字吗?一个叫作'暧昧光'的人怎能认为,他的教诲只能起到他所希望的影响?"

听到这些话,暧昧光转过身去,大步走出房间。她是让情况变得更好还是更糟了?西王母没有办法知道。她站起身来,悲哀地向门口走去。彼得会对她大发雷霆。她的大胆很可能会毁掉他们的一切——不只是他们,还有那些迫切地希望他们阻止卢西塔尼亚舰队的人的一切。

然而令她惊讶的是,当他们走出暧昧光家的花园大门,彼得非常开心。"干得好,不管你的方法有多奇怪。"彼得说。

"你什么意思?我搞得一团糟。"她说。但她很想相信,不知怎的,他说得对,她其实做得很好。

"哦,他很生气,再也不跟我们说话了,但管他呢?我们又不想改变他的想法。我们只是想找出谁确实对他有影响,而我们做到了。"

"我们做到了?"

"简立刻注意到了。当他说他主张'完美的简单主义'时。"

"这有什么深刻含义吗?"

"亲爱的,暧昧光先生已经自我暴露出他是 Ua Lava 的秘密弟子。"

西王母不明其意。

"这是一个宗教运动,或者是个笑话,分不太清。其实,这是一句萨摩亚话,字面意思是'现在够了',更准确的翻译是'已经够了!'"

"你一定是萨摩亚语专家。"西王母说,她从来没有听说过这种语言。

"简是。"彼得暴躁地说,"我的耳朵里有她的宝石,你没有。你不想要我告诉你她说了什么吗?"

"想的,请说。"西王母道。

"这是一种哲学——可以称之为快乐的斯多葛哲学,因为不管当事情变坏还是变好,你都说同样的话。但按照某个叫作蕾萝亚·拉维亚的萨摩亚作家的教导,这仅仅是一种态度,她说……"

"她?暧昧光是一个女人的弟子?"

"我没这么说。"彼得说,"如果你好好听,我会告诉你简说了什么。"

他等待着。她听着。

"好吧,蕾萝亚·拉维亚倡导的是一种心甘情愿的简单主义。仅仅因为好运气而笑着说'足够了'是不行的。你必须要真正那样想——你已经有了足够的东西了。因为真的这么想,你就会把多余的东西给别人。同样,当坏运气到来时,你承担它,直到无法忍受——你的家人在挨饿,或者你再也做不了工作。这时你也说'足够了',然后做出改变:搬家,改行,让你的配偶当家。做某种改变,而不是忍受无法忍受的事情。"

"这和'完美的简单'有什么关系?"

"蕾萝亚·拉维亚教导说,当你在生活中达到平衡——更多的好事得到充分共享,所有的坏事已经处理——最后余下的就是一种完美的简单生活。这就是暧昧光对我们说的，直到我们来之前，他的生活一直是完美的简单。但现在我们已经打乱了他的平衡。这很好，因为这意味着他要经过一番挣扎才能发现如何恢复完美的简单。他容易受到影响，当然不是我们的影响。”

“是蕾萝亚·拉维亚的影响？”

“不是，她两千年前就死了。顺便说一句，安德曾经见过她。他去她的星球为一个死者代言。星际议会叫那个星球帕西菲卡，但那里的萨摩亚飞地称为鲁马纳伊，意思是‘未来’。”

“他代言的死者不是她吧？”

“不是，是一个斐济杀人犯，一个杀了一百多个孩子的家伙，全都是汤加孩子。他显然不喜欢汤加人。他们把他的葬礼推迟了三十年，好让安德来为他代言。他们希望死者代言人能够说出他那样做的理由。”

“他做到了吗？”

彼得冷笑着道：“哦，当然做到了，他那么伟大。‘安德不会有错。’还有许多这类鬼话。”

她无视了他对安德的敌意。“他遇到了蕾萝亚·拉维亚吗？”

“她的名字意思是‘被丢失，被伤害’。”

“让我猜猜，这名字是她自己取的。”

“没错。你知道作家都那样。像暧昧光一样，他们像创作作品一样创作自己，要不就是他们创作作品，以创造自己。”

“真是句格言。”西王母说。

“哦，闭嘴。”彼得说，“你真的相信边缘国家和中心国家那一套吗？”

“我那样想过。”西王母说，“当我第一次跟韩非子学地球历史的时候。我告诉他我的想法时，他没笑话我。”

“哦，我也没有笑话你。当然，那都是幼稚的废话，但也不完全搞笑。”西王母忽略了他的嘲弄。“如果蕾萝亚·拉维亚死了，我们要到哪里去？”

“去帕西菲卡，去鲁马纳伊。暧昧光年轻时在大学学到了 Ua Lava，从一个萨摩亚学生那里——她是帕西菲卡大使的孙女。当然，她从未到过鲁马纳伊，于是她更加贴近鲁马纳伊的传统，成了蕾萝亚·拉维亚的传道者。那时候暧昧光还没写过什么书呢。他从来不提这事，他从来没写过 Ua Lava，但现在他向我们透露了底牌，简在他的著作中找到了各种 Ua Lava 的影响。他也有朋友在鲁马纳伊，他从来没有见过他们，但通过安赛波互相联系。”

“大使的孙女怎样了？”

“她现在在一艘飞船上，朝鲁马纳伊航行。她是在二十年前她祖父去世时出发的，应该……哦，根据计算，再过十年左右就到了。她无疑会获得巨大的荣誉，毫无疑问，她祖父的遗体将被埋葬或者火化或者用他们的其他丧葬方式——简说是‘火葬’——很伟大的葬礼。”

“但暧昧光不会跟她说话。”

“按照飞船的速度，就算给她传一条简讯也需要一个星期才能发到太空，没法进行哲学讨论。他还没解释完问题她就到家了。”

西王母第一次认识到她和彼得所用的瞬间星际飞行的便利。曾经痛苦的长途航行不一会儿就得到解决。

"如果那样就好了。"她说。

"我知道。"彼得说,"但是,我们不能。"

她知道他是对的。"那我们就去那里。"她把话题扯回来。"然后呢?"

"简正在看暧昧光给谁写信。那就是会影响他的人。这样……"

"那就是我们要去见的人。"

"对。咱们回林中小屋之前你要尿尿或者干什么吗?"

"那敢情好。"西王母说,"你可以换套衣服。"

"什么?你认为这件保守的衣服也过于大胆了吗?"

"在鲁马纳伊人们穿什么?"

"哦,好吧,很多人什么都不穿,因为在热带地区,简还说,成年玻利尼西亚人数量众多,景象无疑令人心动。"

西王母打了一个寒战。"我们不是要装成当地人吧?"

"在那里不行。"彼得说,"简会把我们伪装成昨天从莫斯科到达那里的一艘飞船上的乘客,我们也许会成为某位政府官员。"

"那不犯法吗?"她问。

彼得奇怪地看着她。"西王母,光是离开卢西塔尼亚我们就已经犯了对星际议会的叛逆罪,这可是死罪。我不认为冒充政府官员还能再造成多大伤害。"

"但我没有离开过道星。"西王母说,"我从来没有去过卢西塔尼亚。"

"哦,你错过的东西不多。它只有热带草原和森林,其中零星的虫族工厂在建设飞船,还有猪形的外星人生活在树上。"

“我是叛逆同谋犯，对不对？”西王母问。

“你也因毁了一个大和哲学家的一整天而有罪。”

“别瞎掰了。”

一小时后，他们上了一辆私家飞行车。私家飞行车司机什么问题都不问，而且简也已经准备好了所有文件。不到晚上，他们就回到了自己的小飞船里。

“我们应该睡在公寓里。”彼得说，恶狠狠地瞪着简单的住宿设施。

西王母嘲笑他，蜷缩在地板上。早上，经过休息，他们发现简已经在他们睡觉时把他们送到了帕西菲卡。

暧昧光从梦中醒来，既不是晚上也不是早上，他从床上起身，空气不热也不冷。他睡了但并没休息好，他做了丑陋的、疯狂的梦，在梦中他所做的一切不停地掉转头来反对他，违反他的本意。在他的梦中，暧昧光攀登着，到达的却是峡谷的底部。他说话，人们却掉头离开。他写书，书页从他的手中喷出，散落在地板上。

他知道所有这一切，都是昨天那两个谎话连篇的外国人来访的缘故。他一下午都在阅读故事和散文，想把他俩抛在脑后；他一晚上都跟来看他的七个朋友谈话，想忘掉他俩。但所有的故事和散文似乎都在朝他大喊：这些是边缘国家的人的话。而他意识到那七个朋友也都是必然论者，当他把话题转到卢西塔尼亚舰队时，他很快就明白，他们每个人的想法都和那两个有着滑稽名字的骗子说得一点儿不差。

所以暧昧光在天色将明前，坐在花园里的垫子上，手里捏着他祖先的骨灰小盒，心里寻思：这些梦是祖先托给我的吗？那两个满口谎言的来访者也是祖先派来的吗？如果他们对我的指控不是谎言，又对什么说了谎呢？从他们互看的神色来看，那个年轻女子先是犹豫继而大胆的表现，都显露出他们是在做戏。

黎明完全降临了，每一棵树上的每一片叶子，甚至树底下的那些植物，都被赋予独特阴影和色彩；微风轻拂，让光线变化多端。之后，在白昼的炽热之下，所有的叶子都会变得一样：静止，顺从，接受着如同消防水龙倾注般的大量阳光。到了下午，云会遮住天空，小雨将会落下；柔弱的树叶会恢复力量，会因雨水而闪亮，颜色变深。体内流淌着被雨水补足的水流，为夜晚做好准备。暧昧光成为其中一片叶子，将所有的思绪逐出心中，只留下光和风和雨，直到黎明阶段结束，太阳开始洒下白昼的光热为止。然后他从花园里的坐垫上起身。

贤二做了小鱼给他当早餐。他慢慢地优雅地吃着，以免破坏了赋予鱼形状的完美骨架。肌肉会这样那样牵动骨骼，骨骼会弯曲但不会折断。“我现在也不会折断它，但我会把它的肌肉的力量变成我自己的。”最后他吃掉了鱼眼。他又摸了摸祖先的骨灰小盒。“我的智慧并非来自我吃的东西，而是来自每时每刻我被赐予的东西，来自在我耳边低语的那些历代祖先。活着的人会忘记教训，但祖先永远不会忘记。”

暧昧光从餐桌边起身，到工具棚里的电脑那里。这只是另一件工具——所以他把它放在这里，而不是供奉在他的房子里，或像许多人那样放在专门的办公室里。他的电脑就像花铲，使用过后就放在一边。

一张脸出现在终端上方的空中。“我要呼叫我的朋友康成，”暧昧光说，“但不要打扰他。这只是一件不足挂齿的小事，我很惭愧让他为此浪费时间。”

“那我就代表他帮助你吧。”空中的脸说。

“昨天我询问彼得·维京及西王母的资讯,他们约了跟我见面。”

“我记得,很快就找到他们让我很高兴。”

“我觉得他们的来访很令人不安。”暧昧光说,“他们对我说的有些是假话,我需要更多的信息好找出哪些是假的。我不希望侵犯他们的隐私,只调查公开记录的事项——也许他们的学校档案,或者工作的地方,或某些家庭关系……”

“康成已经吩咐我们,你要查的事情都有明智的理由。我来搜索一下。”

那张脸消失了一会儿,然后又立即闪现了。

“非常奇怪,我搞错了吗?”她仔细地拼出了他们的名字。

“没错。”暧昧光说,“和昨天一模一样。”

“我想起他们了,他们住在离你家只有几个街区的一间公寓里,但今天我完全找不到他们。我搜索了公寓大楼,发现他们所住的公寓已经空了一年。暧昧光,我非常惊讶,两个人怎么可能一天存在,第二天就不存在了呢?我昨天还是今天搞错了吗?”

“你没有错,我朋友的助手,这正是我所需要的信息。拜托,我求你不要再想这件事。它对你来说像一个谜,其实就是我要的答案。”

他们礼貌地挥手告别。

暧昧光走出花园里的工具棚,经过在阳光下挣扎的树叶。祖先给了我智慧的压力,他想,就像阳光在树叶上;昨晚流过的水,将这种智慧带进我的脑海中,就如树汁流过树干。彼得·维京和西王母是血肉之躯，而且谎话连篇，但他们来找我，对我说了我需要听到的实话。这难道不是祖先向子孙传达消息的方法吗？我不知怎么派出了用最可怕的武器武装起来的战舰。这是我年轻时的所为，现在飞船已经接近目的地，而我已经老了，不能把船召回。一个星球将被摧毁，议会将寻求必然论者的批准，而他们会批准的，此后必然论者会找我让我批准，而我就只能蒙羞。我的叶子会落下，我会在他们面前赤身露体。所以我不该住在这个热带地方。我已经忘记了冬天。我已经忘记了耻辱和死亡。

完美的简单——我以为已经达到了，却不料我只是一个带来坏运气的人。

他在花园里坐了一小时，在砂石的小径上写字，然后抹平了再写。最后，他回到工具棚，在电脑上输入了他拟好的这段信息：

屠异者安德还是个孩子，不知道战争是真实的，但他在游戏中选择了毁灭一个物种稠密的星球。我是一个成年人，而且始终知道游戏是真实的，但我不知道我也是玩家之一。如果另一个世界被摧毁，另一个异族被抹杀，我的耻辱比屠异者大还是小？现在我通向简单的道路是什么？

他的朋友基本不会了解这个问题的情况，暧昧光也并不需要更多。他会考虑这个问题直到找出答案。

片刻之后，帕西菲卡星上的一台安赛波电脑收到了他的通信。它在途中已经被驾驭安赛波网络的简阅读过了。不过，对简来说通信的内容并不如送达的地址重要。现在彼得和西王母知道下一步该去哪里了。

“没有人是理性的”

“父亲时常告诉我，我们拥有仆人和机器，好让我们的意志可以超越我们自己伸手可及的范围。机器比仆人更有力量，更听话，更不会反抗，但机器没有判断力，不会在我们有愚蠢的想法时劝谏我们，也不会在我们起了邪恶的念头时违抗我们。随时随地都有人看不起众神，那些最需要仆人的人拥有的却是机器，或者选择了像机器一样的仆人。我相信这种事情还将继续下去，直到众神不再发笑为止。”

——《韩清照神谕》

清晨的阳光下，飞行车从虫族照看下的苋菜田上空掠过。在远处，云层已经出现，逐渐堆积起来。

“我们为什么不去飞船？”华伦蒂问。

米罗摇了摇头，“我们已经找到了足够多的星球。”他说。

“简这样说？”

“简今天对我很没耐心。”米罗说，“所以咱俩一样了。”

华伦蒂盯着他。“想象一下我没耐心的样子。”她说，“你甚至不屑问我想干什么。我就这样无关紧要吗？”

他瞥了她一眼。“快要死的人是你。”他说，“我试着跟安德谈过，但什么也没有解决。”

“我什么时候要你帮忙了？你现在到底在帮我什么忙？”

“我要去找虫族女王。”

“你还不如说去找你的仙女教母呢。”

“你的问题，华伦蒂，是你完全依赖于安德的意志。如果他失去对你的兴趣，你就不存在了。嗯，我要找到办法，让你获得自己的意志。”

华伦蒂笑了起来，不再盯着他了。“你太浪漫了，米罗，但你没有仔细考虑过。”

“我仔细考虑过。”米罗说，“我把所有时间都花在思考这事上了，它让我的思想变得混乱。我应该采取哪些行动，忽略哪些？”

“采取那些不会把我们撞死的行动。”华伦蒂说。

米罗急忙转弯，免得撞上一艘正在建造中的飞船。

“她还在造船，”米罗说，“即使我们已经有了足够多的飞船。”

“也许简知道，她一死瞬间星际飞行就没了。所以船越多，在她死之前我们能运完的也就越多。”

“谁能猜到虫族女王的想法？”米罗说，“她答应过，但她也无法预测是否会成真。”

“那你为什么还要去见她？”

“虫族女王曾经搭起过一座桥，一个生物连接，让它们把自己的心灵与安德鲁·维京的对接，那时他还只是个孩子，而且是它们最危险的敌人。它们从黑暗中召唤出一个艾瓦，把它放在群星之间的某个地方。这个生命不仅有虫族女王的天性，也有人类的天性，特别是安德鲁·维京的性格，与之相近到了它们能理解他的程度。当它们不再使用连接——当安德把它们都杀了，除了它们留在茧里等待他的一个之外——连接依然存在，活在人类微弱的安赛波网络中，把它的记忆存储在第一个人类星球和少数几个前哨站的微小脆弱的电脑网络中。随着电脑网络的发展，这个连接、这个生命也利用安德鲁·维京的人生和性格长大了。

“是简。”华伦蒂说。

“是的，那就是简。华伦蒂，我要了解的就是如何让简的艾瓦进入你的躯体。”

“那我就成了简，而不是我自己了。”

米罗狠狠地砸了一拳飞行车的操纵杆。车子摇晃了一下，然后自动纠正。

“你觉得我没想过这一点？”米罗问，“但你现在也不是你自己啊！你是安德——你是安德的梦想、他的需要或者诸如此类的东西。”

“我感觉不像安德，我感觉就像我自己。”

“这就对了，你有你的回忆，有对自己身体的感受，有自己的经验，而且这些都不会丢失。没有人注意到他们自己的潜在意识。你永远不会知道其中的差别。”

她笑了起来。“哦，你现在成了专家了，对会发生什么了如指掌，哪怕之前从来没做过？”

“是的。”米罗说，“总有人得决定该做什么。有人决定该相信什么，然后照做。”

“要是我告诉你，我不想要你这样做呢？”

“你想死吗？”

“在我看来，你才想杀死我。”华伦蒂说，“或者公平地说，你的罪稍微轻一点，把我同最深的自我的联系切断，换成别人的。”

“你快要死了。你的自我不想要你。”

“米罗，我会跟你去见虫族女王，因为这听起来好像很有趣，但我不打算让你为了挽救我的生命而消灭我。”

“那好吧。”米罗说，“因为你代表安德性格里完全利他主义的那一面，让我换一种说法。如果简的艾瓦能被导入你的身体，那她就不会死。而如果她不会死的话，也许，等他们关闭她所在的电脑连接，相信她死了，然后重新接通网络，那时她就可以重新与那些电脑联系，也许瞬间星际飞行就不会终结。所以，如果你没死，拯救的就不只是简，而是种族生命繁衍的力量与自由，这种力量我们之前从未有过。不仅有我们人类，还有猪族和虫族。”

华伦蒂陷入了沉默。

米罗看着前方的路。虫族女王的洞穴就在左边不远处，在一条小溪的堤岸上。他去过那里一次，用他的旧身体。他知道路，当然，那时安德和他在一起，所以他才能与虫族女王沟通——她可以跟安德交谈，而且因为那些爱他、追随他的人同他的核心微粒互相缠绕，他们也能听到她讲的话。但华伦蒂难道不是安德的一部分吗？而且与从前和安德的联系相比，他现在同华伦蒂的联系不是更紧密一些吗？他需要华伦蒂和他一起，才能和虫族女王谈话；他需要和虫族女王谈话，才能让华伦蒂不像他残破的旧身体那样被抹杀。

他们走出车外，虫族女王肯定已经在等着了：一个工虫在洞口等待他们。它握住华伦蒂的手，默默地领着他们走进黑暗，米罗紧跟着华伦蒂，华伦蒂握着那奇怪生物的手。它让米罗害怕，就像他第一次来那样，但华伦蒂似乎完全不怕。

或者她不在乎？她最深的自我是安德，但安德并不真正关心她发生了什么。这使她无所畏惧。这使她不在乎生存。她担心的是保持同安德的联系——唯一能够杀死她的一件事。在她眼里米罗好像是要消灭她，但米罗知道他的计划是救她的唯一方法。她的身体、她的记忆、她的习惯、她的举止，他所知道的她的方方面面，都会留存下来。她自己知道或记得的每一个部分，都会保持下来。米罗认为，如果保住那些，就等于她的命保住了。一旦完成转变，华伦蒂就会感谢他。

简也会。

大家都会。

【你和安德的区别。】他的脑海中一个声音说，低于实际听力水平，低声嘟哝着，【是当安德想出一个拯救别人的计划时，他会把自己，而且只有自己置于险境。】

“不对，”米罗对虫族女王说，“他杀了‘人类’，对吧？被他置于险境的是‘人类’。”

“人类”现在是生长在米拉格雷村口外的一株父亲树了。安德慢慢地杀了他，这样他就可以在土壤中生根，并通过这一途径进入第三种生命，保留他所有的记忆。

“我想‘人类’并没有实际死亡。”米罗说，“但普朗特死了，而安德也让他那样做。而且多少虫族女王死在你们和安德的最后一战之中？不要胡吹安德怎样付出了他的代价。代价倒是付了，但付出的人也是有办法支付的。”

虫族女王立刻回答:【我不要你来找我,继续迷失在黑暗中吧!】

“你也不想要简死。”米罗说。

“我不喜欢她在我心里说话。”华伦蒂轻轻地说。

“继续走,继续跟着它。”

“我不能,”华伦蒂说,“那工虫——它放开了我的手。”

“你是说我们被困在这里了吗?”米罗问。

华伦蒂的回答是沉默。他们紧紧地握着手,站在黑暗中,不敢往任何方向踏出一步。

【我做不到你要我做的事情。】

“我上次来这儿的时候,”米罗说,“你告诉我们全体虫族女王是怎样造了一张网络来困住安德,只不过没有成功,所以他们建了一座桥,从外空间拉来一个艾瓦,用它造了一座桥,用来通过安德战斗学校电脑里的奇幻游戏,跟安德的心灵说话。你曾经做到过——你曾从外空间招来一个艾瓦。为什么你不能找到相同的艾瓦,把它放到别的地方呢?或者连接到别的东西上呢?”

【那座桥是我们自己的一部分,部分的我们。我们召唤那个艾瓦的方法,也就是我们召唤艾瓦创造新的虫族女王的方法。眼下这事则完全不同。那座古老的桥现在已是一个完整的自我,而不是某个流浪的饥饿的单个艾瓦,渴求着连接。】

“你是说这事你们没做过。是你不知道怎么做,而不是做不到。”

【她不希望你这样做。如果她不希望,我们不能这样做。】

“所以你可以阻止我。”米罗对华伦蒂小声地说。

"她说的不是我。"华伦蒂回答。

【简不想偷别人的身体。】

"这是安德的身体，他还有另外两个，这个是备用的，他甚至自己都不想要。"

【我们不能做！我们不会做！走开！】

"这么黑我们没法走开。"米罗说。

米罗感觉到华伦蒂把手抽回去。"不！"他喊道，"不要放手！"

【你在做什么？】

米罗知道不是在问他。

【你去哪里？黑暗中很危险。】

米罗听到华伦蒂的声音——令人惊讶地从远处传来。她一定在黑暗中飞奔。"如果你和简对我的性命这样关心，"她说，"那就给予我和米罗指引。否则，如果我掉进什么竖井摔断脖子，谁又会在乎？安德不会，米罗当然也不会。"

"别动！"米罗叫道，"站着别动，华伦蒂！"

"你自己站着别动吧，"华伦蒂回应，"你的命才值得救！"

米罗突然感到一只手摸索着他的手。不，一只爪子。他抓住工虫的前爪，它领着他穿过黑暗。不是很远。他们转了一个弯，稍微亮了一点儿，再转一个弯之后他们就看得见了。再一个弯，又是一个弯，他们来到了一个有竖井通向地表的明亮房间。华伦蒂已经在那里了，坐在虫族女王面前的地上。

米罗上次看见虫族女王时，她正在产卵——那些卵会长成新的虫族女王，那是一个野蛮、残忍却具有美感的过程。但现在，她只是简单地躺在甬道中的潮湿泥土上，吃着工虫们源源不断送来的东西。黏土的盘子上装满苋菜和水，不时有水果，不时有肉类，工虫一个接一个川流不息。米罗从来没有见过，也从来没想过谁能吃得下这么多东西。

【你认为我是怎么制造卵的？】

“没有了瞬间星际飞行，我们永远没法阻止舰队。”米罗说，“他们要杀简，随时都可能。关闭安赛波网络，她就会死。接下来会怎样？那时你的船还有什么用？卢西塔尼亚舰队会来摧毁这个世界。”

【宇宙中充满无尽的危险。这不是你应该担心的。】

“我担心一切。”米罗说，“这是我的全部关注所在。况且，我的工作已经做完了，完成了，已经有足够多的星球了，比我们能居住的星球还多。我们需要的是更多的飞船和更长的时间，而不是更多的目的地。”

【你是笨蛋吗？你觉得我和简是白白地把你派出去的吗？你要找的不再是可以殖民的星球了。】

“真的吗？什么时候改变的？”

【可殖民的星球是后来才想到的，只是一个副产品。】

“那这几个星期为什么让华伦蒂和我忙到要死？对华伦蒂来说是字面意义上的死——这工作如此乏味以至于它根本提不起安德的兴趣，所以她在消亡。”

【还有比舰队更大的危险。我们已经击败了舰队。我们已经疏散。我死了有什么关系？我的女儿们拥有我所有的记忆。】

“你看，华伦蒂？”米罗说，“虫族女王知道——你的记忆就是你的自我。如果你的记忆活着,那你就活着。”

“当然不是。”华伦蒂轻声说,“她说的更大的危险是什么?”

“没有更大的危险。”米罗说,“她只是想赶我走,但我不会走。你的生命值得挽救,华伦蒂和简的命也一样。如果可以做到的话,虫族女王能找到解决办法。如果简能成为安德和虫族女王之间的桥梁,那安德为什么不能成为简和你之间的桥梁?”

【如果我说我会尝试,你肯不肯回去做你的工作?】

问题就在这里:安德很久以前曾警告过米罗,虫族女王把她自己的意图当作事实,就像她的记忆一样。但当她的意图改变,新的意图就变成了新的事实,她不记得还曾有什么别的打算。因此,虫族女王的承诺是靠不住的,她只保留仍然对她合理的承诺。

但是没有更好的承诺了。

“你会试的。”米罗说。

【我现在就在试,想弄清楚怎么做。我在问“人类”和鲁特还有其他的父亲树。我在问我的女儿。我在问简,她认为这很愚蠢。”

“你有没有打算和我商量?”华伦蒂问。

【你已经同意了。】

华伦蒂叹了口气。“我想是吧。”她说,“我的内心深处其实是一个老男人,对于这个年轻的傀儡死不死完全不在乎——我想,在这个层面上讲,我不介意。”

【你一直同意,但你在害怕。你害怕失去你所拥有的,不知会变成什么。】

“你说得对。”华伦蒂说,“不要再对我说那个愚蠢的谎言,说因为你的女儿有你的回忆,你就不在乎死亡。你真的很在乎死亡,如果让简活下去能救你的命,你会做的。”

【握住我的工虫的手,到光亮里去,到群星之间去进行你的工作。我会在这里尝试找到方法,挽救你的生命、简的生命、我们大家的生命。】

简在生气。在回到飞船的路上米罗都在试图跟她说话,但她和华伦蒂一样沉默。华伦蒂连正眼看他都不大愿意,更别提说话了。

“所以,我是坏人。”米罗说,“你们俩谁都不肯做这事,只因为我做了,我就成了坏人,反而你们成了受害者。”

华伦蒂摇摇头,没有回答。

“你快死了!”他压过身旁的风声大喊,压过发动机的噪音,“简要被处死了!消极被动有什么好处?就没有人至少努一把力吗?”

华伦蒂说了些什么,米罗没有听到。

“什么?”

她转过头去。

“你说了什么,说来听听!”

回答他的不是华伦蒂,而是简在他耳边的声音。“她说,你不能两者兼得。”

“你说我不能两者兼得是什么意思?”米罗对华伦蒂说,仿佛她真的重复了她的话。

华伦蒂转向他。“如果你救了简,这是因为她记得她生活的一切。如果你只是把她当作无意识的意志塞到我身体里,就没有任何好处。

她必须保持自己，这样等安赛波网络恢复时，她才可以复原，而那样则会抹消我。如果我被保存下来，我的记忆和个性，还有我的意志是由简或者安德提供，又有什么区别呢？你不能同时救我们两个。”

“你怎么知道？”米罗问。

“就和你知道这回事的方法一样，说得跟真的似的，但其实谁也不可能知道！”华伦蒂喊道，“我是推理出来的！看来似乎很合理，这就够了。”

“你和她各有各的记忆，这不也一样合理吗？”

“那样我就会发疯，不是吗？”华伦蒂说，“因为我会记住自己是在一艘飞船上突然诞生的一个女人，我的第一次真正记忆是看到你死了又复活。而我又会记得这个身体之外的三千年生活，以某种方法活在空间中——什么样的人能承受这样的记忆？你想过吗？人类怎可能包容简和她的全部存在、记忆、知识和能力？”

“简很强大。”米罗说，“但她不知道如何使用身体，她没有那样的本能，她从未有过身体。她将不得不使用你的记忆，也将不得不保持你的完整。”

“说得跟你知道似的。”

“我是知道的。”米罗说，“我不知道为什么或怎么知道的，但我就是知道的。”

“我还以为男人是理性的呢。”她轻蔑地说道。

“没有人是理性的。”米罗说，“我们所有的行为，都是因为我们知道想要什么，而且我们相信所采取的行动将得到我们想要的东西，但我们从来不能确切地知道，所以我们才‘发明’了理性，来把我们无论出于什么原因都要做的事情正当化。”

“简是理性的。”华伦蒂说，“这是我的身体对她来说不合适的又一个原因。”

“简也不是理性的。”米罗说，“她和我们一样，和虫族女王一样，因为她是活着的，那些电脑才是理性的。你把数据输进去，它们从中得出唯一能够输出的结论——但那意味着它们对于我们灌进去的信息和程序永远无能为力。我们这些活着的智慧生物，不是接收数据的奴隶。环境把海量的信息灌输给我们，我们的基因发送给我们某种脉冲，但我们并不总是根据这些信息行动，我们并不总是遵从我们天生的需要，我们会跳过一些东西。我们知道什么是不可知的，哪些真理要穷尽一生去证明的。我知道我要做的事是能做得到的。”

“你的意思是你希望是做得到的。”

“对。”米罗说，“虽然这是我的愿望，但并不意味着不能实现。”

“但你并不知道。”

“我知道，就像人们知道任何东西一样，知识只是一种你充分信任能够据其行动的意见。我不知道明天太阳会不会升起，MD 会不会在我醒来之前就炸毁世界，火山会不会爆发把我们全都炸成碎片。但我相信明天会到来，并根据这种信任行动。”

“好，我不相信，让简取代安德成为我内心深处的自我，会让我继续存在。”华伦蒂说。

“但我知道——我知道——这是我们唯一的机会，因为如果我们不给你另找一个艾瓦，安德就会抹消你，如果我们不给简另找一个地方作为她的物理存在，她也会死。而你有更好的打算吗？”

“我没有。”华伦蒂说，“我没什么打算。如果简能以某种方式被输入我的身体，那必须这样做。因为简的生存对于三个异族的未来非常重要，所以我不会阻止你，我也无法阻止你。但千万别以为我相信那样我会活下去。你在欺骗自己，因为你无法承受真相，因为你的计划依赖于一个简单的事实：我不是一个真人，我不存在，我没有生存权，所以我的身体是可以送人的。你对自己说你爱我，你想救我，但你认识简的时间要久得多，在你残废孤独的日子里，她是你最真心的朋友，我知道你爱她，会豁出一切来挽救她的生命，但我不会像你那样假装。你的如意算盘就是让我去死，让简接替我的位置。你愿意的话可以把这叫爱情，但我永远不会这么称呼它。”

“那就别干。”米罗说，“如果你不认为你会活下去，就别干。”

“哦，闭嘴。”华伦蒂说，“你怎么会这样浪漫得可怜？要是换了你在这样的情况下，你现在会不会也长篇大论地说你很高兴能有个身体给简，为了人类、猪族和虫族而死，死得其所？”

“不是这样的。”米罗说。

“是说你不会长篇大论吗？得了吧，我很了解你。”她说。

“不。”米罗说，“我是说我不会放弃我的身体，哪怕为了拯救世界、人类、宇宙。我曾经失去过身体一次。因为我仍旧无法理解的奇迹又重新得到了身体，我不会平白无故放弃。你了解我吗？不了解，因为你根本无心战斗。安德没有给你任何斗争任务。他让你成为一个完全的利他主义者，完美的女人，牺牲一切为他人着想，她的身份也是因为他人的需求而创造出来的。啊，我可不是这样。我现在可不高兴死掉，我要活。这才是真正的人类感觉，华伦蒂。不管他们嘴上怎么说，他们都想活命。”

“除了自杀的人？”

“他们也想活命。”米罗说，“自杀是一种想要摆脱难忍痛苦的绝望企图，而不是让更有价值的人——你——活下去的高尚决定。”

“人们有时也会做出那样的选择。”华伦蒂说，“因为我可以选择把我的生命给别人，并不意味着我不是一个真正的人，并不意味着我心里没有斗争。”

米罗停下了飞行车，把它降落在地面上。他到达了米拉格雷边缘的猪族森林。在田里劳作的猪族停下了工作看着他们，但他不在乎他们看到什么，想些什么。他搂住华伦蒂的肩膀，泪水滑下了他的脸颊，他说：“我不想你死。我不想让你选择死亡。”

“你曾经想过。”华伦蒂说。

“我选择了活。”米罗说，“我选择了进入一个能享有生活的身体。难道你不知道，我只是想让你和简做我曾经做过的事？那时在飞船里，有一刻我的旧身体和新身体彼此看着对方。华伦蒂，双方的想法我都还记得。你理解我吗？我记得看着这个身体，心想，‘多么美丽，多么年轻，我记得我从前就是这样，现在这个人也是这样，我为什么不能是这个人，而不是现在这个残废。’我那样想，我记得当时的想法，不是后来想象出来的，不是梦到的，我记得当时就是这样想的。但我也记得站在那里，同情地看着自己，心想：‘可怜的人，可怜的残废，他既然记得曾有过怎样的生活，又怎能忍受下去？’然后他一下子就碎成了飞灰，比灰尘还不如，成了空气，成了虚空。我记得看着他死掉。我不记得自己的死，因为我的艾瓦已经跳到这个身体里了，但我记得两边的感觉。”

“要不就是你对旧身体的记忆直到跳跃之前,后来就是对新身体的记忆了。”

“也许,”米罗说,“但那甚至不到一秒。我怎能在同一秒内对两个自我记得这么多？我想我保留了在我的艾瓦控制两个身体的那半秒钟里,这个身体的记忆。我想如果简跳到你体内,你会保留所有从前的记忆,也会拥有她的记忆。这就是我的想法。”

“哦,你自以为知道。”

“我不知道。”米罗说,“因为除此以外都不可想象,因此是未知的。我所生活的现实里,你能救简,简也能救你。”

“你的意思是你能拯救我俩。”

“我已经做了我能做的一切。”米罗说,“我问了虫族女王。她在思考这件事。她会去尝试。她会得到你的同意,简的同意。但这事已经与我无关了,我只能旁观。不是看着你死,就是看着你活。”他把她拉近自己,抱着她。“我要你活。”

她的身体在他的怀里变得僵硬,毫无反应。他很快松了手,退后一步。

“等一等。”她说,“等到简获得这个身体,然后照她说的去做。但不要碰我了,因为我不能让一个想要我死的人触碰我。”

这话太让他痛苦了,他无法回答。真的太痛苦了,他无法理解。他发动了飞行车,它飘起来了一点儿。他向前开,绕着树林,直到他们来到名叫“人类”和鲁特的父亲树所标志的通往米拉格雷的入口。他能感觉到她在他身旁，就像一个被闪电击中的人可能会感到输电线就在附近；不需要接触，他就能感到其中满载的痛苦带来的刺痛。他所造成的伤害是无法弥补的。她错了，他确实爱她，他真的不希望她死，但在她的世界中，他希望她被消灭，没有任何余地。他们可以一同乘车，一同航行到另一个星系，但他们将永远不会再属于同一个世界。这让人痛苦难忍，他因为意识到这一点而疼痛，而且这疼痛太深了，他现在甚至触不到，感觉不到。但它就在那里，他知道在未来的岁月中这会将他撕裂，现在他却不能触及它。他不需要检查自己的感情。他曾经有过这种感觉，在他失去欧安达的时候，当他和她一同生活的梦想成了泡影的时候。他不能碰它，不能疗伤，甚至无法为他刚刚发现自己想要又再一次得不到的东西感到悲伤。

“你真是一个受苦受难的圣人。”简在他耳边说。

“闭嘴，滚开。”米罗默念。

“这听起来不像是想做我情人的人说的话。”简说。

“我不希望是你的什么人。”米罗说，“你甚至不够相信我，不告诉我让我们搜寻星球是为了做什么。”

“你去见虫族女王时也没告诉我。”

“你知道我在做什么。”米罗说。

“不，我不知道。”简说，“我很聪明——你可别忘了我比你和安德聪明得多——但我仍看不透你们肉体生物吹嘘的‘直觉跳跃’。我喜欢你们把无知当作一种美德的样子。你们总是采取非理性的行动，因为没有足够的信息采取理性行动。但我讨厌你说我是非理性的，我从来不是，从不。”

“是的，我敢肯定。”米罗无声地说，“你说的一切都是对的！永远正确！滚！”

“我走了。”

“不，别走。”米罗说，“你先告诉我，华伦蒂和我的航行的真实目的。虫族女王说可殖民的世界是事后才想到的。”

“胡说。”简说，“我们需要多个殖民世界，这样才能确保拯救两个非人类种族。要有冗余。”

“但你派我们出去一遍遍搜寻。”

“很有趣吧，是不是？”简说。

“她说你在对付一个比卢西塔尼亚舰队更严重的危险。”

“她真能掰。”

“告诉我。”米罗说。

“如果我告诉你，”简说，“你可能就不会去了。”

“你觉得我是懦夫吗？”

“才不是呢，我勇敢的少年，我无畏而英俊的英雄。”

他讨厌她以一副高高在上的样子对待他，哪怕是开个玩笑。他现在没心情开玩笑。“那你凭什么认为我不会去？”

“你不会认为自己适合这项任务。”简说。

“我不适合吗？”米罗问。

“也许不适合。”简说，“但有我跟你一起。”

“如果你突然不在了呢？”米罗问。

“嗯，那就是我们不得不冒的风险。”

“告诉我，我们在做什么，我真正的任务是什么？”

“哦，别傻了。你仔细想想就会知道的。”

“我不喜欢猜谜，简，告诉我。”

“问华伦蒂，她知道。”

“什么？”

“她已经找到了我需要的那个数据。她知道。”

“这就意味着安德知道了，在某种意义上。”米罗说。

“我想你是对的，安德对我不再特别感兴趣，我也不大在乎他知道什么了。”

“是啊，你太理性了，简。”他一定默念出了这个想法，出于习惯，因为她就像回答他有意的默念一样回答了他。

“你在讽刺我。”她说，“你以为，我说安德对我不感兴趣是在保护自我，因为他把宝石从耳朵上拿掉让我的感情受到伤害。但事实上，他不再是一个数据源，他不再是我的合作方，所以我对他就不再抱多大兴趣了，除了有点儿兴趣偶尔听听搬走的老朋友在做什么之外。”

“听起来你在把事实合理化。”米罗说。

“你为什么提起安德？”简问，“他知不知道你和华伦蒂的真正工作，又有什么关系？”

“因为如果华伦蒂真的知道我们的任务，而我们的任务跟某个比卢西塔尼亚舰队更严重的危险有关，那为什么安德对她失去了兴趣，让她消亡？”

简一时陷入了沉默。连人类也能感到她明显的延迟，她真的要花这么久才想到一个答案。

“我想，华伦蒂不知道。”简说，“对，可能是这样。我以为她知道，但现在我觉得她给我输入的那个数据，虽然被作为重点标了出来，但原因可能跟你们的任务完全无关。是的，你说得对，她不知道。”

“简，”米罗说，“你承认你错了？你承认你得到了一个虚假的、非理性的结论？”

“当我从人类那里得到数据，”简说，“有时基于错误的前提，我得到的理性结论是不正确的。”

“简，”米罗无声地说，“我已经失去了她，对吗？无论她是生是死，无论你是进入她的身体，还是在电脑空间或你居住的某个地方死去，她都永远不会爱我了，对吗？”

“问我不合适。我从来没有爱过任何人。”

“你爱安德。”米罗说。

“我对安德十分在意，而且在很多年前他首先切断跟我的连接时陷入了混乱。我已经纠正了这一错误，不再和任何人如此紧密地连接。”

“你爱安德。”米罗又说了一遍，“你仍然爱他。”

“好啦，你真是聪明绝顶。”简说，“明明你自己的爱情生活是一系列惨败，却对我的爱情无所不知。显然你对完全外来的电子生命的情感进程的了解，要比对你身边的女人的了解还深。”

“你说对了。”米罗说，“这就是我的人生。”

“你也在想象我爱你。”简说。

“不见得。”米罗说。但就算这样说，他感到身上一阵恶寒袭来，不由得一颤。“我发现了你的真实感受的震撼证据。”简说，“你幻想我爱你，但我不爱。我不爱任何人。我按照智能设定的自身利益行动。现在如果我没有同人类的安赛波网络连接，那就无法生存。我利用彼得和西王母的工作来阻止或破坏对我的‘死刑’。我利用你的浪漫想法，为自己搞了一个安德看来没什么用的额外身体。我试图挽救猪族和虫族，因为保留智慧物种是好事——我就是其中之一。但我的任何活动都跟爱情这种东西无关。”

“你真是个骗子。”米罗说。

“你不配跟我说这话。”简说，“妄想、自大，但你又很幽默，米罗。我确实喜欢你在身边，如果那是爱，那么我爱你。但是，人类爱宠物也是出于同样的理由，对吗？这并不完全是平等的友谊，永远也不是。”

“你为什么一心要伤害我，我都已经这么惨了？”米罗问。

“因为我不想让你对我产生感情。你一贯对注定完蛋的关系抓着不放。说真的，米罗，还有什么能比爱上少女华伦蒂更绝望呢？当然是爱上我了。所以你自然会那样做。”

“Vai te morder.”①米罗说。

“我咬不了自己或其他人。”简说，“我是老掉牙的简了。”

华伦蒂在他旁边的座位上说：“你要在那坐一天，还是跟我来？”

他朝她看了看，她并没在座位上。在和简谈话期间他已经开到了飞船的所在地，已经不经意地停下了飞行车。华伦蒂已经下车了，他甚至都没有注意到。

“你可以在飞船里跟简说话。”华伦蒂说，“我们还有工作要做，现在你还有一场小小的利他主义的远征，为了拯救你心爱的女人。”

米罗并没有理会她话中包含的轻蔑和愤怒。他只是关闭飞行车，

① 葡萄牙语：咬你。

下了车，跟着华伦蒂上了飞船。

“我要知道。”米罗一边关上车门一边说，“我要知道我们的真正任务是什么。”

“我一直在想这事。”华伦蒂说，“我一直在想我们去过的地方。我们跳来跳去，起初是或近或远的星系，随机分布。但最近我们已经趋向于只去一定的范围内、某个特定的圆锥形空间，而且我想这范围正逐渐收窄。简心里有个特定的目标，我们在各个星球收集的某种数据告诉她。我们已经接近了，她在寻找什么东西。我们的方向是正确的。”

“所以如果我们检查已经探索过的那些星球的数据，就能找到一种模式？”

“尤其是能帮助我们在搜索的圆锥形空间里筛选目标星球的那种模式。某些关于这一区域的星球的信息，告诉她继续沿这条路搜索。”

简的一张面孔出现在米罗的电脑终端上空。“不要把你们的时间浪费在试图发现我已经知道的东西上。你们还有一个星球要探索呢。去工作吧！”

“给我闭嘴。”米罗说，“如果你不告诉我们，那我们就会花时间自己去搞明白。”

“你们这不就让我知道了吗？你这大英雄。”简说。

“他说的没错。”华伦蒂说，“只要告诉我们，我们就不再会把时间浪费在弄清楚这事上。”

“我还以为智慧生命的属性之一就是能够进行超越理性的直觉

飞跃，得到已有数据之上的东西。"简说，"我很失望你们还没猜到。"

在那一刻，米罗知道了。"你在寻找德斯科拉达病毒的母星。"他说。

华伦蒂不解地看着他，"什么？"

"德斯科拉达病毒是人工制造的。有人制造并散播它，也许是为了改造其他行星，准备殖民。无论是谁制造的，他们可能还在制造更多病毒，派出更多的探测器，散播我们无法控制和打败的病毒。简正在寻找他们的母星，或者说，她派我们去找。"

"很好猜嘛。"简说，"你们的数据真的够多了。"

华伦蒂点了点头。"现在看来很明显了。我们探索过的一些星球只有非常有限的植物群和动物群，我甚至对其中一些做了研究，它们一定遭受了重大灭绝。不过，它们完全不像卢西塔尼亚的野生动植物那样有限，也没有德斯科拉达病毒。"

"可能是其他某种病毒，寿命较短，比德斯科拉达病毒的毒性低。"米罗说，"可能是他们早期的试验品，是它造成了那些星球上的物种灭绝。虽然他们的探测病毒多年后终于死绝了，但生态系统尚未从伤害中恢复。"

"我已经找到了那些生命有限的星球。"华伦蒂说，"我深度地搜索了它们的生态系统，寻找德斯科拉达病毒或类似的东西，因为我知道新近的大规模灭绝是一个危险的迹象。我居然没有把这事联系起来，想到这就是简在寻找的东西。"

"那如果我们发现他们的母星呢？"米罗问，"然后怎样？"

"我想，"华伦蒂说，"我们在安全距离之外研究他们，确保我们是正确的，然后向星际议会报警，让议会把那个星球炸毁。”

“摧毁另一个智慧物种吗？”米罗怀疑地问，“你认为我们真的会邀请议会摧毁他们？”

“你忘了议会一向不请自来。”华伦蒂说，“也从不等他人许可。如果他们认为卢西塔尼亚危险到必须摧毁，他们会谨慎地对待一个制造和传播可怕的破坏性病毒的物种吗？我甚至不认为议会能做错。德斯科拉达病毒帮助猪族的祖先过渡到有智慧纯属偶然。虽则他们确实帮助了——猪族确实已经有智慧了，但德斯科拉达病毒几乎把他们全部消灭了。散播那种病毒的人毫无良心，对其他物种的生存权毫无概念。”

“也许他们现在没概念。”米罗说，“但是，当他们见到我们……”

“如果我们降落之后，没有患上重病，三十分钟后就死掉的话。”华伦蒂说，“别担心，米罗。我没打算把咱们见到的任何人都消灭。我自己就是一个陌生人，我不希望大规模摧毁陌生人。”

“真不敢相信，我们才刚刚意识到我们要找的是这些人，而你就已经在谈论把他们通通杀死了！”

“每当人类遇见外族，不管是弱是强，是危险还是和平，都会想到把它们毁灭。这是我们的基因里自带的本能。”

“爱也是，对社会的需要也是，超越仇外心理的好奇心也是，尊重也是。”

“你没提对上帝的敬畏。”华伦蒂说，“别忘了，我其实是安德。人家把他称作屠异者是有原因的，你知道。”

“是的，但你是他温柔的一面，对不对？”

“即使是温柔的人,也会认识到,有时决定不杀就是决定送死。”

“真不敢相信你会这么说。”

“所以你根本不了解我。”华伦蒂说,露出苦笑。

“我不喜欢你自鸣得意。”米罗说。

“好。”华伦蒂说,“那我死了你就不会那么伤心了。”她转过身去背对着他。他默默地看了她一会儿,百思不得其解。她坐在那里,背靠在椅子上,看着飞船的探测器传来的数据。她面前排列着一张张信息表;她按下按钮,第一张表格消失了,下一张又补上来。当然,她的心思都被占据了,但还有别的东西。一种兴奋、紧张的气氛。这让他害怕。

害怕?害怕什么?这正是他所希望的。刚才那片刻之间,米罗跟安德谈话时做不到的事,少女华伦蒂做到了。她赢得了安德的兴趣。现在她知道她正在寻找的是德斯科拉达病毒的母星,而现在出现了一个很大的道德问题——异族的未来也许就依赖于她的行动,安德会在意她在做什么,至少不亚于他对彼得的关心。现在她不会消失,会活下去。

“现在你做到了。”简在他耳边说,“她不想把她的身体给我了。”

这是让米罗害怕的事吗?不,他不这么认为。他不想让华伦蒂死,尽管她那样指责他。他很高兴她突然显得这么有活力,这么有朝气——就算这让她变得沾沾自喜到有点儿烦人的地步。不,还有别的东西。

也许不比他对自己性命的担心更复杂。

德斯科拉达病毒的母星一定拥有难以想象的先进技术,才能够创造出这种东西,并把它从一个星球散播到另一个。要制造能破坏和控制它的药物,米罗的姐姐埃拉诺娜不得不去了外空间,因为制造这种抗病毒药物超出了任何人的技术水平。米罗必须去见德斯科拉达病毒的创造者,与他们沟通,让他们停止发送带有破坏性病毒的探测器。这超出了他的能力。他不可能完成这样的任务。他可能会失败,而失败会危及所有的智慧物种。难怪他害怕了?

“从数据来看,”米罗说,“你怎么想?这是我们正在寻找的星球吗?”

“也许不是。”华伦蒂说,“这是一个比较新的生物圈,没有比蠕虫更大的动物,也没有会飞的生物。全部是低等物种,但多样性却一点不缺,看来不像探测器来过这里。”

“好。”米罗说,“现在我们知道真正的使命了,是要浪费时间对这个星球做一份完整的殖民报告,还是继续前进?”

简的脸再次浮现在米罗的终端电脑之上。

“我们确保华伦蒂的判读正确之后,”简说,“然后再移动。可殖民的星球够多了,但时间很紧迫。”

娜温妮阿抚摸着安德的肩膀。他的呼吸粗重大声,但不是熟悉的鼾声。声音是从他的肺部,而不是喉咙发出来的,就好像他已经屏住呼吸很长一段时间,现在必须用深呼吸作为弥补,但却呼吸得不够深,肺部无法吸足空气。喘息。喘息。

“安德鲁,醒醒!”她尖声叫道,因为之前她的抚摸一直能够唤醒他,但这一次却不能,他大口地喘着气而没有睁开眼睛。

他睡着了,这让她惊讶不已。他并不是一个老人,不需要在上午打盹。此刻他躺在修道院草坪上的树荫下,然而他之前对她说,他要给他俩拿些水来喝。这时她才第一次想到,他不是在打盹,他一定是晕倒了,一定是倒在这里,只不过因为他仰躺在树荫下,手平放在胸口,让她误以为他是有意躺在这里的。

“Ajuda-me!”[①]她大喊,“Meajuda,porfavor,vengaagora!”[②]她的声调比平时习惯的要高得多，变成了尖叫，这样疯狂的声音让她更加害怕。她自己的尖叫声吓坏了她。“Elevaimorrer! Socorro! ”[③]她听到自己喊道:他就要死了。

而在她的心底,开始了一连串祷告:我把他带到这个地方,在这里辛勤工作。他和其他男人一样脆弱,心脏一样易碎。因为我自私地追求圣洁与救赎,我逼得他来到这里,结果我不仅没有从对心爱的男人之死的罪恶感中解脱出来,反倒又添了一个。我杀了安德鲁,就像我杀了皮波和利波,就像我本应以某种方式拯救伊斯特万和米罗。他快死了,这又是我的错,总是我的错,我不管做什么都会带来死亡,我爱的人必须死才能摆脱我。妈妈、爸爸,你们为什么要离开我?你们为什么要从我的童年开始,就把死亡加诸我的生活?我爱的人没有一个可以留下来。

这没有用,她告诉自己,强迫她的头脑远离熟悉的自责。眼下陷入非理性的内疚对安德没有好处。

---

① 葡萄牙语:救命!
② 葡萄牙语:救命哪,快来人哪!
③ 葡萄牙语:他要死了! 救命!

听到她的哭喊，几个人从修道院里和花园跑过来。他们很快把安德抬进楼里，有人跑去找医生，有些人陪着娜温妮阿，因为他们都知道她的事，他们担心一个心爱的人的死亡对她来说太难以承受了。

“我没有要他来，”她喃喃地说，“他是不必来的。”

“他病倒不是因为来到这里。”搂着她的那个女人说，“人们生病不是任何人的错，他会没事的，你会看到的。”

娜温妮阿听到了这些话，但在内心深处她不相信。在心里她知道，这全是她的错，是邪魔从她心里的黑暗阴影里钻出来，渗透到世界上，毒害一切。她的心里住着妖魔，会吞噬幸福，即使上帝也希望她死。

不，不，这不是真的，她无声地说，这是可怕的罪过。上帝不希望我死，不是经由我自己的手，从来不是经由我自己的手。这对安德鲁没好处，对任何人都没好处。没有好处，只有伤害。没有好处，只有……

娜温妮阿默念着生存的咒语，跟在喘息着的丈夫后面进了修道院，那个地方的神圣也许会把她心里的自毁想法赶走。“我现在要为他着想，而不是为我，不为我，不为我……”

“生命是一项自杀任务”

“不同国度的众神会相互交谈吗？大唐城市的神会跟大和的先祖讲话吗？会跟西巴尔巴[1]的领主，跟耶和华，跟毗湿奴谈话吗？众神有没有年度聚会，会不会在那里比较各自的崇拜者？一个神说，我的信徒会以脸贴地，为我追踪木纹；另一个说，我的信徒将用动物为我献祭；第三个说，我的信徒将杀死任何侮辱我的人。我最常思考的问题就是：有哪个神可以真诚地夸耀说，我的信徒遵守我的法度，亲切地对待彼此，过着简单大方的生活？”

——《韩清照神谕》

帕西菲卡和其他星球一样宽广，有着温带地区、极地冰盖、热带雨林、热带草原和沙漠、干草原和山脉、湖泊和森林、海洋和海滩。帕西菲卡也不算是年轻的星球。人类已经在此居住了两千年以上，所有人类能够舒适居住的地方都有人住了。有巨大的城市和广大的牧场，牧场中点缀着村庄，在最偏远的位置、海拔最高和最低的位置、最北

① 玛雅文化中死后的世界。

端和最南端的位置上都有研究站。

但直至今日，帕西菲卡的核心始终位于海洋中的热带岛屿上。那片海洋名为“太平洋”，以此纪念地球上的最大海洋。在这些岛屿上，居民的生活方式并不是精准的古老方式，而是带着对古老方式的记忆，让古老方式成为一切所见所闻的背景和范围。在这里，人们在庆典时仍然会啜饮古老的神圣的卡瓦酒。这里，对古代英雄的回忆还在流传。这里，众神仍然会对圣洁的男女直接说话。即便他们的草屋里有冰箱和联网的电脑，又有什么关系？神不曾给予他们不可接收的礼物。窍门在于找到一个方法，让新生事物进入人们的生活，而不必牺牲生命去适应新东西。

还有许多人住在大陆上，有的住在大城市，有的住在温带的牧场，有的住在研究站，也有很多不耐烦看无穷无尽的变装剧（或喜剧，取决于个人看法）的人住在岛屿上。当然，帕西菲卡人并不都是波利尼西亚族。这里有所有的种族、所有的文化、所有的语言，至少看起来如此。但就算是嘲笑他们的人也把那些岛屿视作这个星球的灵魂；就算居住在严寒和冰雪地带的人在他们的朝圣之旅——他们可能称之为假期——也会前往那些岛屿的热带海岸。他们采摘树上的果子，乘坐独木舟掠过海面，他们的妇女袒胸露乳，他们全都把手指插入芋头布丁，并用湿漉漉的手指把鱼肉同鱼骨分开。他们中最白和最瘦的人自称为最高雅的帕西菲卡人，有时说话就像是当地的古乐响起在他们的耳边，用古老的故事说出他们自己的过去，让他们感到受欢迎。即使这个星球某些人盯着手表，看着预订的行程，行色匆匆，但对于处在火山阴影之下、珊瑚礁的保护之中、鹦鹉飞翔的天空下、惊涛拍岸的音乐中的岛屿生活不能一无所知。

西王母和彼得来到的是帕西菲卡文明现代化的那一部分，并再次发现简已经为他们准备好了新的身份。他们是专职的政府工作人员，在他们母星的莫斯科城市受训，在帕西菲卡的某个议会办公室正式当上官员之前有几周的假期。他们不需要对所谓的母星有什么了解。他们最近刚从莫斯科乘飞船到达这座城市。他们只要拿出证件，坐上一架离开城市的飞机就行了。航班把他们带到一个较大的帕西菲卡岛屿上，他们很快再次拿出证件，在一个闷热的热带海岸度假酒店得到了几个房间。

坐船到简告诉他们的岛上去不需要证件。没人过问他们的身份。不过，也没人愿意送他们过去。

“你们去那里干什么？”一个大个子萨摩亚船夫问，“你们有什么事儿？”

“我们想跟阿塔图阿的马鲁说话。”

“不认识。”船夫说，“一点儿都不认识他。也许你们该找别人，找个知道他在哪个岛的人。”

“我们告诉你是哪个岛。”彼得说，“阿塔图阿，从地图上看离这里不远。”

“我听说过，但从来没有去过那里。问别人去。”

这就是这里做事的方法，一次又一次反反复复。

“你知道这里不欢迎外来人了吧？”通往彼得房间的走廊里，彼得对西王母说，“这些人如此原始，他们不只是拒绝异族、异民和异乡人，我敢打赌，即使是汤加人或夏威夷人也一样去不了阿塔图阿。”

“我认为这不是种族主义问题。”西王母说，“我认为这是宗教问题，是为了保护圣地。”

“你有什么证据？”彼得问。

“因为他们对我们没有仇恨或恐惧，没有隐藏的愤怒，只是愉快的无视。他们不介意我们的存在，只是认为我们不属于圣地。你知道他们愿意带我们去别的任何地方。”

“也许吧。”彼得说，“但他们不会那样排外吧！不然暧昧光就不会和马鲁成为足够好的朋友，甚至还给他发信息了。”

这时，彼得歪过头一点点，显然简在他耳朵里说话。

“哦，”彼得说，“简替我们跳过了一步。暧昧光没有直接发信息给马鲁。他发信给一个叫格蕾丝的女人。但格蕾丝立刻去找了马鲁，所以简认为我们最好直奔源头。谢谢你，简。你的直觉总是有用的。”

“别讽刺她。”西王母说，“她就快到大限了。关闭命令随时可能下达。她当然要抓紧时间。”

“我想她应该在任何人接受这样的命令之前删掉它，然后接管宇宙中所有见鬼的电脑，”彼得说，“对他们嗤之以鼻。”

“那阻止不了他们。”西王母说，“只会让他们更恐惧。”

“与此同时，我们没法坐船去找马鲁。”

“那我们去找这位格蕾丝。”西王母说，“如果她能跟马鲁见面，那么外人同马鲁联系也是有可能的。”

“她不是外人，她是萨摩亚人。”彼得说，“她另有一个萨摩亚人的名字——Teu´Ona——但她在学术界工作，起个所谓基督徒的名字更省事，一个西方名字。她会希望我们叫她格蕾丝。”

“要是她收到了暧昧光给她的信息，立刻就知道我们是谁了。”

“我不这么认为。”彼得说，“即使他提到了我们，她怎么可能认为同样两个人昨天还在他的星球上，今天就跑到她的星球来了？”

“彼得，你真是超级乐观。你对理性的信任让你变得非理性了。她当然会认为我们是同样两个人。暧昧光也会这样肯定。我们在一天之内从一个星球到另一个星球只会让他们确信已经相信的东西——我们是众神派来的。”

彼得叹了口气。“嗯，只要他们不想把我们拿去献祭给一座火山或别的什么，我想当个神没什么伤害。”

“别拿这开玩笑，彼得。”西王母说，“宗教和人们最深的感情是联系在一起的。圣火产生的爱，是最甜蜜、最强大的，但产生的恨也是最热烈的，愤怒也是最猛烈的。只要外人远离他们的圣地，波利尼西亚人是最和平的民族。但当你偷溜进神圣之火的光芒，就要小心了，因为他们是最无情、最残酷、最彻底的敌人。”

“你又看视频啦？”彼得问。

“我读书。”西王母说，“事实上，我读了一些格蕾丝·丁克尔所写的文章。”

“啊，”彼得说。“你已经知道她了。”

“我不知道她是萨摩亚人。”西王母说，“她没谈过自己。如果你想了解马鲁和他在帕西菲卡萨摩亚文化中的地位——也许我们应该和他们一样称其为Lumana´i——你就必须读格蕾丝·丁克尔写的东西，或者别人引用她的论点，或者别人跟她的争论。她有一篇关于阿塔图阿的文章，所以我才看到她的著作。她还写过 Ua Lava 哲学对萨摩亚人的影响。我猜想,暧昧光学习 Ua Lava 之初,读了一些格蕾丝·丁克尔的著作,然后写信问她问题,由此展开了友谊。但她与马鲁的关系和 Ua Lava 无关。他代表着某种更古老的东西。早于 Ua Lava,但 Ua Lava 仍然依赖于它,至少在它的家乡这里。”

彼得瞧了她一会儿。她能感到他在重新评价她,决定她的头脑终归也许是有用的。好呀,对你有好处,彼得,西王母想。你多聪明啊!终于发现我有一个善于分析的头脑,和你决定的我所擅长的直觉、格言、警句一样好。

彼得从椅子上站起身来。“咱们去见她,引用她的观点,和她争论吧。”

虫族女王一动不动地躺着。她今天的产卵工作已经结束。她的工虫在黑夜里沉睡,并不是黑暗让他们停止活动,而是因为虫族女王的内心需要独处,不受她的工虫那数千眼睛和耳朵、胳膊和腿的干扰。但扩展心灵、在“人类”教她的“核心微粒”之网上行走,要占据她的全部精神。猪族那棵名叫“人类”的父亲树曾用人类语言向她解释过,这和爱有某种关系。“爱的连接”——虫族女王知道得更多。爱是雄虫的野蛮交合。爱是所有生物的基因要求,它要求被复制,复制,再复制。核心微粒缠绕则是另一种组合。当生物具有智力时,有这么一种自愿的组合,它可以带来所需的忠诚。它比爱情更伟大,因为它可以为后代创造更多的东西。当生物被忠诚维系在一起,它们就会成为某种更大的东西,某种全新、完整、难以理解的东西。

【比如,我和你绑在一起了。】她对“人类”说,作为他们今晚谈话的开场白。他们每天晚上都进行这样的谈话,心灵之间彼此交流,尽管他们从来没有见过面。怎么可能见面呢?她总是在她居所深处的黑暗中,而他始终扎根在米拉格雷门前。但心灵的交流比任何语言更真实,他们对彼此的了解,比仅仅通过视觉和触觉所能知道的更深。

【你总是从思绪中间开始说话。】"人类"说。

【但你总是能了解它周围的一切,所以有什么区别呢?】然后她把今天和少女华伦蒂及米罗的谈话告诉了他。

【我无意中听到了一些。】"人类"说。

【我要大喊大叫,他俩才能听到。他们不像安德——他们头脑顽固,听力也有问题。】

【那你可以做到了?】

【我的女儿都还很弱,缺乏经验,她们忙着在新家产卵。我们怎么能做成一张捕捉艾瓦的好网?更何况是那个艾瓦已经有居所了。而且那个居所在哪儿?我的母亲们造的这座桥在哪儿?简在哪儿?】

【安德快死了。】"人类"说。

虫族女王明白,他是在回答她的问题。

【哪一个他?】虫族女王问,【我一直以为他是最像我们的。所以,毫无疑问,他应该成为第一个和我们一样的人类,能够控制一个以上的身体。】

【很糟。】"人类"说,【事实上他做不到。其他身体产生之后,他在自己的旧身体里一直很迟钝,而且一时看来他似乎要抛弃少女华伦蒂了。但现在情况发生了变化。】

【你看得到?】

【他的继女埃拉诺娜来找我。他的身体奇怪地在衰弱，却不是已知的疾病导致的。他只是不能很好地交换氧气，不能恢复意识。安德的姐姐老华伦蒂说，也许他对其他的自我投入了全部注意力，以至于不能把注意力放在旧身体上。因此，他的身体开始出现这样那样的问题，肺部自然首当其冲。也许到处都有问题，只是肺部第一个表现出来。】

【他应该加以注意，否则会死的。】

【所以我说，】“人类”婉转地提醒她，【安德快死了。】

虫族女王已经如“人类”所愿同他建立了连接。【因此，问题不只是需要一张捕捉简的艾瓦的网。我们还得捕捉安德的艾瓦，把它放到他的其他身体里。】

【不然他死的时候那些身体也会死，我想。】“人类”说，【就好像虫族女王死的时候，她的工虫也会死。】

【有一些其实能在那之后挣扎好几天，但大致不错。只是因为工虫没有能力维持虫族女王的心灵。】

【别装了。】“人类”说，【你们从来没有试过，一个都没有。】

【不，我们不怕死。】

【所以你才把女儿们送到一个个星球上？因为死亡对你们没意义？】

【我在拯救我的物种，你知道。】

【我也是。】“人类”说，【况且，我扎根太深，无法移栽。】

【但安德没有根。】虫族女王说。

【不知道他是不是想死。】“人类”说，【我认为不该如此。他不是因为失去了活下去的意志而死。他的身体快死了,是因为主要的那个他失去了对生活的兴趣。但他还是想过彼得的生活,华伦蒂的生活。】

【他这样说?】

【他不能说话。】"人类"说,【他从来没有发现进行核心微粒缠绕的方法。他从来没有学过神游物外,像我们父亲树这样连接,像你和你的工虫以及现在和我这样连接。】

【但我们发现过他一次。通过桥和他连接,连接得足够好,能听到他的想法,通过他的眼睛看东西。在那些日子里他梦见我们。】

【梦见过你们,但从来不知道你们爱好和平,从来不知道他不应该杀了你们。】

【他不知道游戏是真实的。】

【或者那些梦是真实的。他有智慧,但那孩子从来没学会质疑自己的感官。】

【"人类",】虫族女王说,【如果我教你如何加入网络呢?】

【所以你要在安德死的时候捕捉他?】

【如果我们能捕捉他,把他放进其他身体的话,或许我们也能学到怎么找到并捕捉简。】

【那如果我们失败了呢?】

【安德就会死,简也会死。在舰队开到的时候我们也会死。这和其他生命的过程有什么不同?】

【一切都在于时机。】"人类"说。

【你会尝试加入网络吗?你和鲁特,还有其他的父亲树?】

【我不知道你说的"网络"是什么意思,或者它和我们的父亲在一起的方式有没有不同。你可能还记得，我们也和母亲树连接在一起。她们不会说话，但充满了生命活力，我们紧紧地同她们相连，就像你的工虫同你连接在一起。找到让他们进入你的网络的方法，我们父亲树就会毫不费力地加入。】

【咱们今晚一起试试，“人类”。让我试着跟你联网。告诉我在你看来它是什么样子，我会尽力让你明白我在做什么，它会导致什么。】

【我们不该先找到安德吗？万一他溜走了呢？】

【在适当的时机。】虫族女王说，【何况，我并不完全确定能找到他，如果他没有意识的话。】

【为什么不能？你曾经让他做梦——那时他是睡着的。】

【那时我们有桥。】

【也许简现在在听我们说话。】

【不，】虫族女王说，【如果她连接我们，我会知道的。她的形状非常适合我，不会认不出来。】

普利克特站在安德的床边，因为她既忍不了坐着不动，也受不了走来走去。他就要一语不发地死了。她曾跟着他，为了在他身边而放弃了家庭，而他对她说了什么？是的，他有时让她成为他的影子；是的，对他过去的几周和几个月里的许多谈话，她是一个沉默的观察者。她试图跟他谈起更加个人的东西，比如什么事情让他记忆深刻，比如他所做的事有什么用意，而他只是摇摇头说——亲切地说，因为他是一个亲切的人，但语气也很坚决，因为他不希望她误解——他对她说：“普利克特，我不再是你的老师了。”

你是的，她想对他说，你的书仍在教导人们，即使在那些你从来没有去过的地方的人们。《虫族女王》《霸主》，还有俨然可与之比肩的《“人类”的一生》。你怎能说你已经结束教学，在还有别的书要写，还有别的死者要代言的时候？你代言的人包括凶手，还有圣徒、外星人，甚至还有在一次灾难性的火山爆发中死亡的全城人民。但在讲述这些人的故事时，你自己的故事又在哪里呢，安德鲁·维京？如果你从来不向我解释，我又怎能为你的死代言呢？

或者，这是你最后的秘密——你对于所代言的那些死者的了解，并不比我今天对你的了解更多。你迫使我去创造，去猜测，去怀疑，去想象——这就是你所做的吗？找到最多人相信的故事，然后另外再找一个对其他人有意义、能改变他们的合理解释，然后把故事告诉大家——即使是虚构的，并不比大家相信的那个故事更真实？这就是我必须在为死者代言人代言时说的吗？他的天分不是发现真相，而是发明真相；他没有将死者的人生解开展平，而是创造了它们。这样我也创造了他。他姐姐说他的死是因为他试图完全忠诚地追随他的妻子，到她所渴望的和平与隐居的生活中去，但正是那和平的生活害死了他，因为他的艾瓦被从他意识中诞生的奇怪孩子的生活吸引了过去，而他的旧身体，尽管还有不少年头可活，但还是被丢弃了，因为他没有时间给它足够的重视，让它活下去。

他不会离开他的妻子，也不会让她离开他，所以他无聊至死，而且他同她在一起，比让她离他而去对她的伤害更甚。这是否够残酷，安德？他消灭了几十个星球上的虫族女王，只剩下那个古老而伟大种族的唯一一个幸存者。他让她重生。他拯救最后一位受害者，是对于屠杀它们的赎罪吗？他辩护说他不是有意的。但死者无法复生，当它们的生命在全盛时期被杀害时，它们的艾瓦会不会说：啊！那个杀了我的孩子以为他是在玩游戏，所以我的死亡不算数，没那么重要？不，安德他自己会说：死亡的重要性是相同的，这份重担都压在我的肩上。没有人比我手上沾的血更多，所以我会为那些死有余辜的人代言，说出他们人生的残暴事实，告诉人们，甚至他们也是可以理解的。但他错了，他们是无法理解的，他们没有一个是可以理解的。为死者代言之所以有效，是因为死者不会说话，不能纠正我们的错误。安德死了，他不能纠正我的错误，所以你们有些人会认为我没有出错，你们会觉得我说出了他的真相，但事实是从来没有人理解别人，从生命的开始到尽头，没有可知的真理，只有我们认为真实的故事，人家告诉我们说是真实的故事，他们真心相信自己的故事是真实的；而他们全都在撒谎。

普利克特站在那里，在安德的床边绝望无助地练习着代言，虽然这时他还没有进棺材，仍然躺在床上，空气通过一个透明的面具被抽进他的嘴里，葡萄糖溶液输进他的静脉里。他还没有死。只是在沉默。

"一个字。"她低声说，"你说一个字。"

安德的嘴唇动了动。

普利克特应该立刻叫人来。已经哭到无力的娜温妮阿就在门外；还有他姐姐华伦蒂，他的四个继子女：埃拉诺娜、奥尔拉多、格雷戈、科尤拉；还有许多人在接待室进进出出，想看他一眼，听他一句话，摸他的手一下。如果他们能把消息传到其他星球，那里的人们会如何悲伤地悼念他啊，那些记得他三千年来走遍一个个星球进行代言的人们。如果他们可以宣布他的真实身份——死者代言人，两本，不，三本代言书的作者；以及安德鲁·维京、屠异者，两个自我都在同一个虚弱的肉体里——哦，会给人类宇宙带来多么大的冲击啊！

冲击会蔓延，扩大，平息，消退，像所有的波一样。成为史书上的一个注释、几本传记、一代人之后又会有翻案的传记、百科全书的条目、他的书的译本末尾的说明，这就是所有伟人将会退入的寂静。

他的嘴唇动了动。

“彼得。”他轻轻说。

他再次沉默了。

这预示着什么？他还在呼吸，仪器并没有变化，他的心脏还在跳动，但他呼叫彼得。这是否意味着，他想要过他精神上的儿子——年轻的彼得的生活？或者在某种谵妄之下，他说了他哥哥霸主的名字？或者更早一点，他哥哥还是孩子的时候。“彼得，等等我。”“彼得，我做得好吗？”“彼得，不要伤害我。”“彼得，我恨你。”“彼得，为了博你一笑，我愿意去死或杀人。”他想表达什么？普利克特应该对这个词说什么？

她从床边走到门口，打开门。“对不起，”她平静地说，面对满屋子的人，只有很少的人听过她说话，有些人从来没有听过她说一个字。“我还没来得及叫人他就说话了。他可能还会再次说话。”

“他说什么了？”娜温妮阿说，站起身来。

“一个名字。”普利克特说，“他说‘彼得’。”

“他呼唤他从外空间带回的那讨厌东西，而不是我！”娜温妮阿说。那是医生给她的药物作用，让她这样说，让她哭了起来。

“我想他叫的是我们死去的哥哥。”老华伦蒂说，“娜温妮阿，你要进来吗？”

“为什么？”娜温妮阿说，“他又没有叫我，他叫的是他。”

“他还没清醒。”普利克特说。

“你瞧，妈妈？”埃拉诺娜说，“他没叫任何人，他只在说梦话。但总归是话。他说话了，这不是好兆头吗？”

娜温妮阿仍然拒绝进入房间。于是他睁开眼时，看到的只是围在他床边的华伦蒂、普利克特和他的四个继子女。

“娜温妮阿。”他说。

“她在外面伤心。”华伦蒂说，“恐怕是药物弄的。”

“那好吧。”安德说，“发生了什么事？看来我生病了。”

“多多少少。”埃拉诺娜说，“根据我们的判断，你的情况更准确地说是‘漫不经心’。”

“你是说我不小心发生了某种意外？”

“我是说，你显然太关注别的星球上的一对夫妇，所以你的身体到了自我毁灭的边缘。我在显微镜下看到的细胞缓慢地试图重建破裂的细胞膜。你在一点点死去，遍布全身。”

“对不起，我惹了这么大的麻烦。”安德说。

一时间，他们认为这是交谈的开始，愈合过程的开始。不过说了这样一句话之后，安德闭上了双眼，再次陷入了沉睡，仪器的读数和他说话之前没有变化。

哦真棒，普利克特想，我求他说句话，他就说了，现在我比之前知道得更多了。他极短暂的清醒时刻，我们用来告诉他发生了什么事，而不是问他问题，我们可能永远不会有机会再问了。为什么当我们挤在死亡的边缘时全都变蠢了？

但她还是站在那里，看着，等着，等到其他人都一一放弃了，离开了房间。华伦蒂最后来到她面前，拍了拍她的胳膊。“普利克特，你不能永远待在这里。”

“我可以留下来，只要他在。”她说。

华伦蒂看着她的眼睛，准是看到了什么才放弃了说服她。华伦蒂离开后，普利克特再次独自一人和那个崩溃的身体待在一起，安德的生命就是她自己生命的中心。

米罗不知道，对少女华伦蒂自从知道寻找新世界的真正目的以来发生的变化，是该高兴还是害怕。她曾经柔声细语，甚至羞怯，现在她几乎忍不住要打断米罗的每一句话。她以为她知道他要说什么的那一刻，她就开始搭腔——而且当他指出，他其实要说的是别的东西时，她会在他解释完之前立刻回答。米罗知道他可能过于敏感了——他有很长一段时间话都说不清楚，几乎每个人都会打断他，所以最轻微的冒犯也会刺痛他。他也不认为她有任何恶意。华伦蒂单纯是……启动了。她醒着的每一刻——她似乎不睡觉，至少米罗几乎从没见过她睡觉。她也不愿意在探索星球的间隙回家。“期限快到了。”她说，“他们随时可以发出信号关闭安赛波网络，我们没时间进行不必要的休息。”

米罗想问：“不必要”是什么意思？比起他得到的，他当然需要更多，但他这么说时，她只是挥挥手说："你愿意就睡吧！我来代班。"因此，他打盹醒来时，发现她和简已经又排除了三个行星——其中两个带有在过去一千多年中受到类似德斯科拉达病毒损害的痕迹。"越来越近了。"华伦蒂说，然后开始谈论数据中的有趣事实，直到她打断自己——她在这方面倒是很公平，打断自己和打断别人一样容易——来处理从一个新的星球收到的数据。

现在，这种状况仅仅经过了一天，米罗实际上就已经放弃了说话。华伦蒂专注于工作，什么也没说；而在这个问题上，米罗没什么要说的，除了定期通过耳机，而不是通过飞船上的电脑从简那里转播一些信息之外。不过，他的沉默给了他时间去思考。这正是我向安德要求的，他意识到，但安德无法自觉地做到。他的艾瓦因为安德最深切的需求和欲望而这样做，不是因为他有意识地决定。所以他不能把他的注意力给予华伦蒂；但华伦蒂的工作可以变得如此令人兴奋，让安德不能集中在别的上面。

米罗想：简事先对此知道多少？而且，因为他不能跟华伦蒂好好讨论这事，他默念出他的问题，好让简能听到。"你这时透露我们的任务，是不是为了让安德把他的注意力给华伦蒂？还是你一直隐瞒到现在为止，好让安德不会把注意力给华伦蒂？"

"我没有那种打算。"简对着他的耳朵说，"我心里有其他事情。"

"但这对你有好处，是不是？现在华伦蒂的身体没有任何消失的危险了。"

"别像个浑蛋似的，米罗，你要脾气的时候没人喜欢你。"

"横竖没人喜欢我。"他默默地说，但兴高采烈。"如果她的身体化为尘埃，你就不能藏在她体内了。”

“有安德在里面，我就不能溜进去，或者他全神贯注于她做什么时也不行。”简说。

“他是全神贯注吗？”

“显然是。”简说，“他自己的身体正在分崩离析，速度比华伦蒂还快。”

米罗花了好一阵子才想通这一点。“你是说他快死了吗？”

“我是说华伦蒂活得非常好。”简说。

“难道你不爱安德了吗？”米罗问，“难道你不关心他吗？”

“如果安德不关心自己的生命，”简说，“我为什么要关心？我们都在尽力解决一个非常混乱的情况。这事儿快把我整死了，也快把他整死了，差不多也快把你整死了。如果我们失败了，一大群人也会死。”

“你真冷酷。”米罗说。

“我只是一堆星星之间的光点。”简说。

“天哪。”米罗说，“你这是什么心情？”

“我没有感情。”简说，“我只是一个电脑程序。”

“我们都知道你有自己的艾瓦。就像灵魂一样，如果这是你对它的称呼，就和人类一样。”

“有灵魂的人不会因为拔掉几台机器就被关闭。”

“得了吧，他们为了干掉你必须一次全部关闭数十亿台电脑和安赛波。我得说这真是令人瞠目结舌。对于我来说一颗子弹就够了，一个巨大的电围栏就曾几乎把我废了。”

“我想我只是伴随着某种飞溅的声音或烤肉气味而死。”简说，

“要是我有一颗心就好了。[①]你可能不知道那首歌。”

“我们可是看着经典影片长大的。”米罗说，“那样能把家里的不愉快赶走。你已经有了大脑和胆子。我想你也有了心。”

“但我没有红宝石鞋子。我知道没有哪里比家更好，但我回不了家。”简说。

“因为安德如此紧张地使用她的身体？”米罗问。

“我不必非得使用华伦蒂的身体，像你要我做的那样。”简说，“彼得的也行。哪怕是安德的，只要他不使用它。我不是真正的女性。这只不过是我选择用以接近安德的身份。他和男人连接有稳定性的问题。我的困境是，即使安德可以放弃一个身体给我用，我也不知道该怎么进去。我不比你更清楚我的艾瓦在哪里。你能把你的艾瓦放到想要的地方吗？它现在在哪儿？”

“虫族女王正在找。她做得到——她们一族造就了你。”

“是的，她和她的女儿还有父亲树，他们正在建立某种网络，但之前从来没做过——捕捉某种已经活着的东西，并引导它进入一个身体，那身体已经拥有别人的艾瓦。这行不通，我会死，但我可不让那些制造德斯科拉达病毒的浑蛋在我死后消灭其他智慧物种。没错，人类会拔掉我的插头，认为我只是一个胡作非为的电脑程序，但这并不意味着我希望别人消灭人类、虫族女王和猪族。如果我们要阻止他们，就必须在我死之前这样做。或者我至少要把你和华伦蒂送到那里，这

① “要是我有一颗心就好了。”出自米高梅电影《绿野仙踪》里铁皮人所唱的歌。接下来的几句皆是《绿野仙踪》中的台词。

样没了我,你们也能行动。”

“如果我们在那儿的时候你死了,我们就永远回不了家了。”

“运气不好,是吗?”

“所以我们接受的是自杀任务。”

“生命就是一场自杀任务,米罗,你瞧——基本哲学课。你把自己的一生花在燃烧能量上,当油尽灯枯时,你就挂了。”

“你现在听起来像我妈了。”米罗说。

“哦,不。”简说,“我具有良好的幽默感,而你母亲一直以为她的命运很悲惨。”

米罗正准备反驳,华伦蒂的声音打断了他和简的交谈。

“我讨厌你这样做!”她喊道。

“做什么?”米罗说,不知她在爆发之前说了什么。

“不理我,和她说话。”

“简?我一直跟简说话。”

“但你从前有时会听我说。”华伦蒂说。

“嗯,华伦蒂,你从前有时也会听我说话,但显然现在一切都变了。”

华伦蒂从她的椅子上跳起来,冲过来俯身看着他。“是这么回事吗?你爱的女人是安静的、害羞的那种类型,总是让你主宰每一次谈话。现在我很兴奋,我觉得我真的属于自己了。好了,这不是你想要的女人,是这样吗?”

“这和喜不喜欢安静的女人无关……”

“不,我们不能承认这样一再发生的事,对不对!不,我们必须宣布自己是道德完美的……”

米罗站了起来——这并不容易，她离他的椅子那么近，几乎在对着他的脸喊叫了。“这是关于把话说完！”

“我的话被你又打断过多少……”

“好啊，翻旧账……”

“你想要把我赶出我自己的生活，把别人放进……”

“哦，原来是这回事啊？好了，放心吧，华伦蒂，简说……”

“简说，简说！你说你爱我，但没有女人比得上那个总是在你的耳朵上听着你说的每一个字的婊子……”

“现在你听起来像我妈了！”米罗吼道，“Nossa Senhora[1]，我不知道安德为什么跟着她进修道院，她总是在抱怨他是如何爱简甚于爱她……”

“嗯，至少他试着去爱一个女人胜过那本任务簿！”

他们面对面站在那里，或差不多是这样，米罗稍高一些，但他的膝盖是弯着的，因为她站得太近所以他不太能完全从椅子上站起身。现在她的气息吹在他的脸上，她的体温只有几厘米之遥，他想，这是那种时刻……

他还没想好就大声说出口了。“电影里的这种时刻，夫妇互相大喊大叫，然后突然望着对方的眼睛，相互拥抱，为他们的愤怒大笑，然后亲吻对方。”

“是啊，那是电影。”华伦蒂说，“如果你敢碰我一下，我就会把你的蛋蛋打到肚子里，要心脏外科医生才能取出来。”

---

① 葡萄牙语：我们的女士。

她猛地转过身，回到她的椅子。

米罗小心翼翼地回自己的座位，说——这一次是说出声的，但足够轻柔，让华伦蒂知道他没在和她说话——“嗯，简，龙卷风来袭之前咱们说到哪儿了？”

简慢悠悠地应声道，米罗认出这是安德进行讽刺时的习惯，“现在你知道为什么我使用她的身体会有问题了。”

“是啊，我也有同样的问题。”米罗无声地说，但他笑出了声。一声笑他知道会让华伦蒂抓狂地讥笑。看她变得僵硬但没有回答，米罗知道起作用了。

“我不需要你们两个吵架。”简轻声地说，“我需要你们在一起工作，因为你们可能在没有我的情况下解决这个问题。”

“据我所知，”米罗说，“你和华伦蒂一直在没有我的情况下解决问题。”

“华伦蒂在解决问题是因为她充满了……无论现在她充满的是什么。”

“她充满了安德的……”米罗说。

华伦蒂从她的椅子上转身看着他。“你爱的两个女人，分别是一个只存在于电脑之间短暂的安赛波连接中的虚拟女人，和一个灵魂其实是男人的女人，而且那男人还是你母亲的丈夫，这不会让你奇怪自己的性角色吗？更别提你的理智了！”

“安德快死了。”米罗说，“还是你已经知道了？”

“简说过他似乎变得不够专心。”

“快死了。”米罗说。

“我想我对男人的本性说得很清楚了。”华伦蒂说，“你和安德都声称爱血肉之躯的女人，但事实上你们连一点儿认真的关注都不肯给那个女人。”

“是啊，我的全部注意力都在你身上，华伦蒂。”米罗说，“至于安德，他不在意我的母亲，是因为他在意你。”

“你是说他在意我的工作，我手头的任务吧？不是对我。”

“嗯，那是你一直关注的东西，除了当你暂停工作来指责我，说我如何跟简谈话而不是听你说话。”

“没错。”华伦蒂说，“你以为我看不出今天发生了什么吗？我突然对什么事都没法闭嘴，我紧张到无法入睡，我——安德始终应该是真正的我，只不过他不管我，直到现在，这没关系，因为他现在的所作所为很吓人。你看不出我很害怕吗？太过分了，超过我能忍受的限度。我无法承受那么多的压力。”

“那就谈谈它，而不是冲我尖叫。”米罗说。

“但你不听，我试着跟你说，而你只是跟简默谈，不理我。”

“因为我听够了源源不断的数据和分析，这在电脑上看总结就行了。我怎么知道你会在独白的间隙开始说人话？”

“现在一切都比我的生活重大，而我没有任何这方面的经验。提醒你一下，我活过的时间并不长，我并不是万事通，很多东西我不知道。比如，我不知道为什么那么在乎你。你是一个试图把我替换掉的人，好像你是这身体的房东一样。你是那个不理我或接收我的人，但我不想这样，米罗，我真的很需要朋友。”

“我也是。”米罗说。

“但我不知道怎么做。”华伦蒂说。

“而我很清楚知道如何做。”米罗说，“但有一次例外，是我爱上了一个姑娘，结果她是我同父异母的妹妹，她的父亲是我母亲的秘密情人。而我原本以为我父亲是个性无能，因为他患了一种内部腐烂病，会逐渐死去。所以你可以想到我为啥会犹豫。”

“华伦蒂是你的朋友，她仍然是。”

“是的。”米罗说，“是的，我忘了，我有两个朋友。”

“还有安德。”华伦蒂说。

“三个。”米罗说，“还有我的妹妹埃拉诺娜，这就是四个了。‘人类’是我的朋友，所以是五个。”

“看到了吗？我认为你有资格告诉我怎么交朋友。”

“要交朋友，”米罗模仿着他母亲的语调说，“就得先成为一个朋友。”

“米罗，”华伦蒂说，“我很害怕。”

“怕什么？”

“怕我们找的这个星球，怕我们会找到的东西。怕安德死掉的话我会发生什么事情，或者如果简接管我，成为我的——什么，我内心的光，我的傀儡师。怕如果你不喜欢我了，我会有什么感觉。”

“如果我答应无论如何都喜欢你呢？”

“你没法做这样的承诺。”

“好吧，如果我醒来的时候，发现你扼死我或闷死我，那么我就不再喜欢你。”

“淹死呢？”

"不,我不能在水中睁开眼睛,所以我不会知道是你。"

他们都笑了起来。

"这是电影里的那种时刻。"华伦蒂说,"男主角和女主角大笑,然后拥抱对方。"

简的声音从两人的电脑终端响起,打断了他们。"抱歉打断了二位的温情时刻,因为我发现了一个新的星球,在星球表面和轨道上的人造物体之间有电磁讯号传播。"

他们立刻转向电脑终端,看着简丢给他们的数据。

"不需要进一步分析了。"华伦蒂说,"这数据在通过技术跳跃。即使这不是德斯科拉达病毒星球,我敢打赌他们也知道哪一个是。"

"我担心的是,他们有没有发现我们,还有他们要做些什么。如果他们已经有了把东西放进太空的技术,多半也会有把东西从太空中打下来的技术。"

"我在留意袭来的物体。"简说。

"咱们看看。"华伦蒂说,"这些电磁波有没有携带任何像是语言的东西。"

"是数据流。"简说,"我在分析它的二进制模式。你知道,解码电脑语言需要三到四级解码,而不是通常的二级解码,这可不容易。"

"我还以为二进制比口语更简单呢。"米罗说。

"确实如此,如果只是程序和数值数据的话。"简说,"但如果是数字化的视效呢?一条栅格化的线有多长?素材源头的传输有多少?纠错数据有多少?如果它进一步加密了,以避免拦截,又怎么办?我不知道生成该代码的机器是什么样,不知道接收的机器是什么样。因此,将我的大部分能力用来解决这问题都很辛苦,除非……”

一张图出现显示的第一页上。

“我想这是一个遗传分子的示意图。”

“遗传分子?”

“和德斯科拉达病毒类似。”简说,“意思是,相似之处在于它和地球以及卢西塔尼亚土著种族的遗传分子的区别。你认为这解码靠谱吗?”

一大堆二进制数字闪现在他们的终端上方,瞬间转换为十六进制,然后又变成栅格化图像。这更像静电干扰而不是清晰画面。

“扫描得不好,它是一个向量指令集,我发现一直得到这样的结果。”

现在,一张张遗传分子图像出现在了屏幕上。

“为什么有人要传送遗传信息?”华伦蒂说。

“也许这是一种语言。”米罗说。

“谁能阅读这种语言?”华伦蒂问。

“也许是那些能创造德斯科拉达病毒的人。”米罗说。

“你的意思是,他们通过操纵基因来交谈?”华伦蒂说。

“也许他们能闻到基因。”米罗说,“只有他们才能闻得特别清楚,闻出各方面的意义。当他们开始太空探索,总得跟宇航员交谈吧,所以他们发送图像,从图像可以重建信息,然后,嗯,闻到信息。”

“这是我听过的最扯淡的解释。”华伦蒂。

“好吧,”米罗说,“你也说了,你活在这世上的时间并不长。世界上本来就有很多扯淡的事,我怀疑我碰巧中奖了。”

“他们可能在做实验，来回发送数据。”华伦蒂说，“不是所有的通讯都能形成图像，对吧，简？”

“哦，不，我很抱歉给了你们这样的印象。这只是数据流中我能解码出有意义的一小类。还有这种信息，看来是模拟的而不是数字的，如果我把它转换成声音听起来是这样。”

他们听到电脑发出一串锐利的杂音和尖叫。

“或者，如果我把它翻译成闪光，它看起来是这样的。”

于是他们的电脑终端在光芒中跳起舞来，光脉冲和不断变化的颜色似乎是无序的。

“谁知道外星语言看来或听来是什么样？”简说。

“看来这事儿不容易。”米罗说。

“他们的数学确实很好。”简说，“跟数学有关的信息很容易截取，我看到的片断表示他们的水平很高。”

“我问一个傻问题，简。如果没有你，我们要花多长时间分析数据，才能得到你目前得到的结果？如果我们只用飞船上的电脑的话？”

“好吧，如果你们不得不每次都对它们进行编程……”

“不不，假设有好软件。”米罗说。

“七代人以上。”简说。

“七代？”

“当然了，你们做这事儿肯定不能只派两个未经训练的人，两台电脑，而且没有任何有用的程序。”简说，“投入几百人搞这个项目，就只需花几年。”

“他们把你的插头拔掉之后，你希望我们继续进行这项工作吗？”

“我希望在我过热烧掉之前完成翻译。”简说，“所以，闭嘴，让我专心一会儿。”

格蕾丝·丁克尔太忙了，不能跟西王母和彼得见面。嗯，其实她倒也见到了他们，在她踉踉跄跄地从她那由木棍和垫子筑成的房子的一个房间跑到另一个房间的时候。她甚至朝他们挥了挥手。但她的儿子接着解释她现在不在家，如果他们想等的话，她晚些时候会回来。既然他们要等，干吗不跟她的家人共进晚餐呢？这谎话说得这样明显，主人又是如此慷慨好客，简直叫人生不起气来了。

晚餐终于解释了为什么萨摩亚人都膀大腰圆。他们必须长到这么大的块头，因为块头小一点的萨摩亚人准是在午饭后就撑死了，绝对吃不下晚餐。水果、鱼、芋头、红薯，再次上鱼，更多水果——彼得和西王母原以为他们在度假村就吃得够好了，但现在他们发现同格蕾丝·丁克尔家相比，酒店厨师简直是二流货色。

她的丈夫是一位有着惊人食欲和热心的人，只要他没在咀嚼或说话，那他都在笑，有时甚至边嚼边笑或者边说边笑。他似乎把告诉外来游客不同的名称意味着什么当成一种乐趣。“我妻子的名字，嗯，它真正的意思是，‘醉酒人的保护者’。”

“不对，”他的儿子说，“意思是‘把事情处理好的人’。”

“是代表喝酒！”父亲喊道。

“姓什么跟名字无关。”儿子现在有些恼火了，“不是样样东西都有深刻意义的。”

“孩子们真容易上火，不好意思啊。”父亲说，“我觉得丢脸，非得叫一切事情都露出最好的一面。圣岛，它的名字其实是'阿塔阿图阿'意思是'笑吧，上帝！'"

"那它就该叫阿塔阿图阿而不是阿塔图阿。"儿子再次纠正他，"上帝之影，这才是这个名字的真正含义，除了圣岛的意思之外。"

"我儿子真是一个文学家。"父亲说，"一切都那么严肃。就算上帝在他耳边呼喊笑话，他也听不见。"

"总在我耳边呼喊笑话的是你，父亲。"儿子微笑着说，"我怎么可能听到上帝的笑话啊？"

唯一的一次，父亲没有笑。"我的儿子完全不懂幽默。他认为这不是一个笑话。"

西王母看着彼得，他在微笑，就好像他全听懂了这些人的笑话。她想知道他有没有注意到，没有人介绍这些男人，除了他们和格蕾丝·丁克尔之间的关系。他们没有名字吗？

没关系，食物挺好吃，即使你不理解萨摩亚式的幽默，他们的笑声和良好的精神也是极富感染力的，和他们在一起准会感到高兴和轻松。

"你觉得我们吃够了吗？"当他的女儿端来最后一条鱼时，父亲问道。这是一条肉色呈粉红的巨大海鱼，装饰着什么闪闪发光的东西——西王母的第一反应是糖做的浇头，但谁会这么做鱼啊？

他的孩子们立刻回答，就好像这是个家庭仪式："Ua Lava！"

这是那种哲学的名称？或者只是萨摩亚俚语，意为"已经够了"？或者两者皆是？

当最后一条鱼吃掉了一半之后，格蕾丝·丁克尔终于回来了，没有为两小时前她经过他们却没说上话而道歉。海上吹来的微风让没有墙壁的房间变得清凉,外面的小雨下下停停,太阳时而像是沉到了西边海面之下,时而又再次露了出来。格蕾丝坐在矮桌边,插在彼得和西王母之间,他们本以为他们已经靠得很紧,再挤不进别人了,尤其是像格蕾丝这样"占地面积宽广"的人。但不知怎么竟然挤下了,即便她开始坐下时空间不够,而当她坐定时也有地方了。当她打完招呼,她还完成了她的家人没有做到的事——她把最后一条鱼一扫而光,舔着手指,像她丈夫讲笑话时那样疯狂地大笑着。

然后,突然之间,格蕾丝靠过来对西王母很认真地说:"好了,黄种妞,你的瞎话是怎么编的?"

"瞎话?"西王母问。

"你要我去逼问那个白人男孩吗?他们训练那些孩子说谎,你知道。白人孩子如果掌握不了说一套做一套的本事,大人就不会让他们活到成年。"

彼得震惊了。

全家人爆笑。"你对待客人也太狠了!"格蕾丝的丈夫叫道,"你们看到他们的表情了吗?他们以为她是认真的!"

"我确实是认真的。"格蕾丝说,"你们俩都打算骗我吗?昨天乘飞船到的?从莫斯科?"突然间,她开始说俄语,听起来很地道,也许是莫斯科的方言。

西王母不知道如何应对,但她不必如此慌张。彼得有简在耳边,于是马上回答:"我希望在我被派驻这里的期间学习萨摩亚语。如果用俄语说话就做不到这点了,你也可以用我国同胞那多情的天性和对美感的缺乏来鞭策我。”

格蕾丝笑了起来。“你看见啦，黄种妞?”她说，“谎言谎言谎言。而且他说得如此冠冕堂皇。当然，他耳朵上有个宝石在帮他。说实话，你俩谁也不会讲一丁点儿俄语。”

彼得神情严峻，好像很不舒服。西王母冒着激怒他的风险救他于水火之中。“那确实是骗人的。”西王母说，“因为真相太令人难以置信了。”

“但真相才是唯一值得相信的，是不是？”格蕾丝的儿子问。

“如果你能知道的话。”西王母说，“但如果你不相信真理，总得有人来帮你编出貌似有理的谎言，对吧？”

“我可以自己编。”格蕾丝说，“前天一个白人小子和一个黄种妞拜访了我的朋友暧昧光，他的星球离这里有至少二十光年的路程。他们告诉他的事情把他整个的平衡都打乱了，弄得他基本上什么都做不了。今天，一个白人小子和一个黄种妞到我这里来，说的谎和暧昧光遇到的那对不同，当然，仍然是满嘴谎言，这两个人来找我，希望我帮助或允许他们去见马鲁……”

“马鲁的意思是冷静。”格蕾丝的丈夫乐呵呵地补充说。

“你还醒着？”格蕾丝问，“你不是饿了吗？你没吃饭吗？”

“我很饱，而且想看好戏。”她丈夫回答，“上啊，揭露他们！”

“我想知道你们是谁，怎么来到这里的。”格蕾丝说。

“这很难解释。”彼得说。

“我们有很多时间。”格蕾丝说，“数百万分钟，真的。看来你们俩才是没时间的人。你们这样着急，一夜之间就跳过了星球之间的鸿沟。这难以置信，当然，因为人们认为光速是不可逾越的障碍，但如果不相信你们就是我朋友在神风星上见到的那两个人，就更难以置信了。情况就是这样。假如你们真能超光速旅行，那么你们是从哪里来的呢？暧昧光认为你们是众神派来的，具体来说是他的祖先，他可能是对的，神自然是不可预测的，也会突然做些从未做过的事情。不过，我本人认为理性的解释比较好，尤其是在我希望出版的论文里。因此合理的解释是，你们来自真实的世界，而不是什么虚无缥缈的天堂。而且既然你们可以在一瞬间或者一天之内从一个星球跳到另一个上，你们可以来自任何地方，但我和家人认为你们是从卢西塔尼亚来的。”

“呃，我不是。”西王母说。

“我原本来自地球。”彼得说，“如果我有个来处的话。”

格蕾丝说：“暧昧光认为你们来自外空间。”一时间西王母认为这女人一定猜到彼得是怎么出现的了。但她随即意识到，格蕾丝的话是神学意义上的，而不是字面意思。“众神之地。但马鲁说他从来没有见过你们，要么就是见到过但不知是你们，所以我又失掉了头绪。你们的话全是谎言，那么问你们还有什么意义？”

“我跟你说的是实话。”西王母说，“我来自道星。彼得的来历虽然可以追溯到任何一个行星，但其实是地球。只不过我们所乘坐的交通工具——来自卢西塔尼亚。”

彼得的脸色变了。她知道他在想什么：为什么不把绞索套到自己脖子上，再把绳子另一端交给他们？但西王母有她自己的判断，她认为格蕾丝·丁克尔或她的家人对他们没有危险。确实，如果她想把他们交给当局，为什么早不交呢？

格蕾丝看着西王母的眼睛，沉默良久，方才开口道："这鱼不错，是不是？"

"不知浇头是什么。有糖吗？"

"蜂蜜和一些香草，其实还有些猪油，希望对你来说不是什么少见的组合。因为如果让你现在不洁净了，我会觉得很内疚，听说要再次净化挺麻烦的，在我们的文化里就是那样。"

彼得因为格蕾丝对他们的奇迹飞船没有兴趣，现在振作起来，试图把话题拉回来。"那你会让我们见马鲁了？"

"马鲁决定谁能见马鲁，他说你们才是做决定的人，但是这只是他故作神秘。"

"格言。"西王母说。彼得挤了挤眼。

"不是，不是有意要搞得很玄。马鲁的意思非常清楚，对他来说精神层面的东西并不神秘，只是生活的一部分。我自己从来没有真正与死亡同行或听英雄们唱自己的歌，或者看到造物的幻景，但我毫不怀疑马鲁见过。"

"我还以为你是个学者。"彼得说。

"如果你想跟学者格蕾丝·丁克尔谈话，"她说，"就去看我的论文，听我的课。我以为你们想谈话的对象是我。"

"没错。"西王母很快回答，"彼得在赶时间，我们有最后期限。"

"嗯，我想卢西塔尼亚舰队是其中之一，但没有另一个那么迫切。电脑关闭的命令已经下达了。"

彼得僵住了。"命令已经下达了？"

“哦,几周前就下达了。”格蕾丝看上去很迷惑,然后说,“哦,可怜的人,我不是说实际执行。我是说关于我们该如何准备应对这下达的命令。那命令你肯定知道的。”

彼得点点头,放松下来,又变得闷闷不乐。

“我想你们要在安赛波网络关闭之前跟马鲁谈。但那为什么重要?”她自言自语地说,“毕竟,如果你们能超光速旅行,你们自己去传达信息就好了吗。除非……”

她的儿子提供建议道:“他们要向许多不同的星球传递消息。”

“还是有很多不同的神!”他的父亲喊道,然后放声大笑。而在西王母看来这个笑话非常冷。

“或者,”女儿说,她现在在桌边躺下了,消化那巨量的晚餐,偶尔个打嗝,“或者,他们需要安赛波连接才能快速移动。”

“或者,”格蕾丝望着彼得说,他本能地伸手触摸耳边的宝石,“你同那个电脑病毒已经建立了联系,我们关闭所有的电脑就是为了清除那个病毒,而且这同你们超光速旅行有关。”

“那不是病毒。”西王母说,“那是一个人,一个活体。你在帮助议会杀死她,尽管她是那一种族里的唯一一个,她也从来没有伤害过任何人。”

“如果某种东西——或者按你说的,某个人——能让舰队消失,他们自然会紧张。”

“舰队还在。”西王母说。

“咱们先别吵。”格蕾丝说,“假如现在我发现你愿意说实话,也许值得让马鲁花时间听你们说。”

“他知道真相？”彼得问。

“不，”格蕾丝说，“但他知道真相在哪里，而且他可以不时地加以窥探，然后告诉我们他所看到的。我认为还是蛮不错的。”

“我们可以见他吗？”

“你必须花一个星期净化自己，才能踏上阿塔图阿……”

“不纯的脚会让众神发痒！”她的丈夫叫道，放声大笑。“这就是为什么人们把它叫作笑神岛！”

彼得不舒服地动了动。

“你不喜欢我老公的笑话吗？”格蕾丝问。

“不，我想——我的意思是，这些根本就不算——我听不懂，就这样。”

“嗯，那是因为那些笑话不很搞笑。”格蕾丝说，“不过，我的丈夫兴致勃勃地决定笑着度过这一切，免得生起气来用双手杀了你。”

西王母倒抽了一口冷气，因为她立刻知道这是真的；她从一开始就发现这人的大笑之下有着愤怒在沸腾，只是还没明确意识到。当她看到他布满老茧的大手，就知道他能不费半份儿力气把她撕成两半。

“你为什么拿死来威胁我们？”彼得问，比西工母希望的表现得更加好战。

“完全相反！”格蕾丝说，“我告诉你们，我丈夫决定不要因为你们大胆和亵渎的言辞，就让愤怒控制他。你们想去阿塔图阿，但没有费心去了解，不洁又不请自来的你们踏上那里，会让我们蒙羞，这个民族一百代都会变得污秽——我认为他没有发下针对你的血誓，已经做得相当好了。”

“我们不知道。”西王母说。

“他知道。”格蕾丝说，“因为他有无所不知的‘耳朵’。”

彼得脸红了。“我能听到她对我说的话。”他说，“但我不能听到她故意不说的话。”

“那么……你是被人所引导的。暧昧光是对的，你为更高的存在服务。自愿的吗？还是被迫的？”

“这问题很蠢，妈妈。”她的女儿再次打了个嗝儿，“如果他们是被迫的，怎么可能告诉你呢？”

“从人们不说的事情里看出的东西和他们说出来的一样多。”格蕾丝答道，“如果你坐直，盯着这些来自别的星球的骗子说话时的面孔，就会知道。”

“她不是更高的存在，”西王母说，“不是你说的那种意思，不是神。虽然她确实控制许多东西，知道很多事情。但她并不是万能的，也不是无所不知的，有时她甚至会犯错误，我也不确定她是不是一直都是好人，所以真的不能称其为神，因为她不完美。”

格蕾丝摇摇头。“我说的不是柏拉图的神，永远无法了解的、只能期待的、虚无缥缈的完美存在。不是什么尼西亚的矛盾体，其存在永远受到不存在的挑战。那种更高存在，你的同伴戴着的这个像寄生虫一样的宝石朋友——只不过吸取的对象是相反的，对不对——按照我们的萨摩亚用这个词的意义，她满可以是个神。你们可能是她的英雄仆人。据我所知，你可能是她的化身。”

“可你是个学者。”西王母说，“像我的老师韩非子，他发现我们习惯称之为神的东西其实只是遗传因素引发的执念。我们用这种方式加以解释，以显示我们的服从……”

“你的神不存在并不等于我的神也不存在。”格蕾丝说。

“她一定是践踏过几亩地里死掉的神之后，才来到这里的！”格蕾丝的丈夫喊道，放声大笑。只是这时西王母知道他的笑声真正的意思，他的笑让她充满恐惧。

格蕾丝伸出巨大沉重的手臂，搭在她瘦小的肩上。“别担心。”她说，“我丈夫是一个文明人，他从来没有杀过人。”

“但我试过很多次！”他大吼，“不，这是一个笑话！”他几乎在笑的同时哭了出来。

“你们不能去见马鲁。”格蕾丝说，“因为我们必须净化你们，而且我不觉得你们已经准备好做出不得不做的承诺——我尤其不相信你们准备拿出真心做出承诺。但这些承诺必须遵守，所以马鲁会来这里。他现在就正坐船来这个岛——他的船没有马达，所以我想让你知道究竟有多少人在辛苦劳作，好让你们可以跟他谈话。我只想告诉你——你们被赋予无上的荣誉，我劝你们不要看不起他，带着学术或者科学的傲慢态度听他讲话。我遇到过很多名人，有些相当聪明，但这个人是超过你们所知的最聪明的人，如果你们觉得听厌了，记住：马鲁不会傻到认为事实可以脱离上下文单独成立，所以他总是把事情的前因后果交代完整。如果这意味着在他说到你们认为有关的事情之前，你们得听人类从起源到现在的整个历史，嗯，我建议你们闭上嘴认真听，因为大多数时候他最好的东西都是偶然说出来的话，如果你们有足够的头脑能注意到，就是走了狗屎运。我讲清楚了吗？”

西王母真心希望她没吃那么多东西。她现在怕得想吐，如果真的吐了，一定也得花半个小时才能吐干净。

彼得只是平静地点点头："虽然我的伙伴已经读过了你的一些著作，但是我们并不了解这事，格蕾丝。我们以为是来跟一位哲学家说话，像暧昧光那样的，或是跟一位学者说话，像你这样的。但现在我明白了，我们是来聆听一位智者，他经验达到的水平，我们从未见过，甚至想都想不到。我们会静静地聆听，直到他要求我们向他提问，我们会相信他比我们自己更了解我们需要听到什么。"

西王母发现他彻底投降了，她感谢餐桌上人人都愉快地点着头，没有人觉得有必要说笑话。

"我们也很高兴，那个高贵的人做了这么大的牺牲，还有很多人也是，亲自到我们这里来，用我们不配享有的智慧祝福我们。"

格蕾丝朝她大笑，而不是恭敬地点头，西王母吓坏了。

"有点儿过头了。"彼得低声说。

"哦，别骂她。"格蕾丝说，"她是从道星来的，对不对？我敢打赌你从前是仆人。要不你怎么可能学会尊重和媚态之间的差异？主人从来不会因仆人仅仅表现出尊敬就会满意。"

"但我的主人是那样的。"西王母说，试图捍卫韩非子。

"我的主人也是。"格蕾丝说，"你见到他时会看到的。"

"时间到了。"简说。

米罗和华伦蒂从米罗的电脑上他们正在研读的文档里抬起头来，睡眠不足的眼睛望着华伦蒂的电脑上方。简的虚拟面孔正盘旋着，注视着他们。

“我们一直在被动地观察。”简说,“但是,现在有三艘飞船进入外层大气,飞向我们。我认为任何一艘不都是单纯的远程控制武器,不过我不能肯定。他们似乎朝着我们发送某种信息,一遍又一遍重复着。”

“什么信息?”

“遗传分子。”简说,“我可以告诉你分子组成,可是我还没搞懂他们的意思。”

“他们的截击舰什么时候会到达我们这里?”

“三分钟左右。他们在走之字形,现在已经逃脱了重力井。”

米罗点点头说:“我妹妹科尤拉相信,德斯科拉达病毒的大部分由语言组成。我想现在我们可以得出结论说她是正确的。它确实带有某种意义。不过她认为病毒有知觉,我想这是不对的。现在我的猜测是德斯科拉达病毒一直在对它自身的那些部分进行重组,构成了一个报告。”

“报告?”华伦蒂重复,“合理。向它的制造者‘报告’,它对所‘探测’的星球做了什么。”

“所以问题是,”米罗说,“我们是要消失掉,好让他们思考我们突然到来和消失的奇迹呢?还是让简先向它们播送整个,嗯,德斯科拉达病毒的文本呢?”

“太危险了。”华伦蒂说,“它所包含的信息也许会把这些人想了解的有关人类基因的一切泄露出去。毕竟,我们是德斯科拉达病毒的感染对象生物之一,它的信息会泄露我们控制它的策略。”

“除了最后一个。”米罗说,“因为简不会把现在的德斯科拉达病毒发送给他们，完全驯服和控制的这个——不然他们就会修改病毒绕过我们做的改变了。”

“我们不会发给他们信息，也不会去卢西塔尼亚。”简说，“我们没有时间。”

“我们没有时间不这样做。”米罗说，“简，不管你认为多么迫切，我和华伦蒂在没有帮助的情况下这样做并没好处。比如我的妹妹埃拉诺娜，她很了解这种病毒。还有科尤拉，虽然她是宇宙中第二大的猪头——华伦蒂，别问我谁第一个是谁——我们用得着科尤拉。”

“公平地说，”华伦蒂说，“我们正遇到另一个智慧物种。为什么人类是唯一代表？为什么不是猪族？为什么不是虫族女王——或一个工虫？”

“特别是工虫。”米罗说，“如果我们被困在这，身边有工虫的话就能和卢西塔尼亚联系——不管有没有安赛波，有没有简，信息都可能……”

“好吧。”简说，“你说服我了。尽管星际议会前一分钟的骚动告诉我，他们即将随时关闭安赛波网络。”

“我们会赶快的。”米罗说，“我们会让他们赶快让合适的人上船。”

“还有足够的物资。”华伦蒂说，“还有……”

“那就开始。”简说，“你们刚刚从德斯科拉达星球的轨道上消失了。我确实广播了德斯科拉达病毒的一个小片段。科尤拉认为这是一部分语言，而且这个部分在德斯科拉达病毒试图攻击人类时发生的变化最少。这足以让他们知道哪一个探测器到达了我们的星球。”

“哦，真棒，这样他们就会派出一个舰队了。”米罗说。

“事情的发展是，”简冷冷地说，“等他们的舰队到达时，卢西塔尼亚都是‘最安全’的地点，因为它不存在了。”

“你真开朗。”米罗说，“我会带着人在一小时内回来。华伦蒂，你去搞我们需要的物资。”

“多长时间用的物资？”

“能装多少装多少。”米罗说，“有人曾说过，生命是一项自杀任务。我们不知道会困在那里多久，所以不知道装多少足够。”他打开飞船的门，走到米拉格雷附近的着陆场。

“我给她这具可怜的老皮囊”

“我们是怎样记事的？大脑是不是像罐子一样，储存着我们的记忆？当我们死去，罐子会不会破裂？我们的记忆会不会洒到地上，再难收回？或者，大脑是不是像一张地图，曲径通幽？我们死的时候，地图也随之消失，也许一些探险者可以漫步那些奇景之间，找到我们放错地方的记忆的藏身之处。”

——《韩清照神谕》

海中的独木舟朝岸边划过来。起初它似乎很久都没有移动，它划近得这样慢，划手的身影虽然在变大，但西王母每次朝波涛中望去，他们也只变大了一点点。然后，航程快要结束时，独木舟好像突然变大了，似乎突然加快，冲过大海，随着每一道波浪向海岸飞跃而来；尽管西王母知道它现在并不比以前更快，也不禁想叫他们放慢点儿，小心些，这独木舟划得太快，不好控制，会在海滩上撞碎。

终于，独木舟破开最后的波浪，前端滑进沙滩里，卷起一片水花。划手们跳下来，将独木舟拖到涨潮线以上，好像在拖小孩玩的布娃娃似的。

当独木舟被拖到干燥的沙滩上，一个年纪较大的人慢慢地从独木舟中部的座位上站起来。马鲁？西王母想。她以为他会像道星上的老人一样矮小干瘪，随着年龄的增长而佝偻了脊背，拄着拐棍，像虾一样弓着腰。但马鲁像年轻人一样昂然直立，他的体格仍然巨大，宽阔的肩膀和比他年轻的人一样有着厚实的肌肉和脂肪。要不是他衣服上多了几道装饰，并且白发苍苍的话，他和那些划手没什么区别。

她望着这些大块头，发现他们的动作和她从前认识的胖子不一样。现在想来，也不像格蕾丝·丁克尔。他们的动作带着威严，宛如大陆移动般宏伟，就像冰山在海上漂流；对，像冰山一样，他们的行动方式，就好像他们巨大体型的五分之三都隐没在水下，通过大海推动，正如冰山漂过大海一样。所有的划手都非常优雅，但同马鲁的庄严相比，似乎所有人都像蜂鸟一样忙碌，像蝙蝠一样疯狂。但庄严并不流于马鲁的外表，不是他刻意装出来的外在印象。相反，他的一举一动和周围是那么和谐，他的步伐不快不慢，手臂的摆动节奏也恰到好处。他和大地那深沉、缓慢的韵律步调一致。

我正看着一个巨人走过大地，西王母想，我有生以来第一次看到这样一个人，从体内流露出伟大。

马鲁不是朝着彼得和西王母，而是朝着格蕾丝·丁克尔走来，他们相互热烈拥抱。他们见面的时候简直地动山摇。西王母觉得自己在发抖，“为什么我会颤抖呢？不是因为害怕。我不怕这个人。他不会害我。但我看到他拥抱格蕾丝·丁克尔时却在颤抖。我不想让他转向我。我不想让他的目光落在我身上。”

马鲁转向她，面无表情地盯着她的双眼。他只是简单地望着她的眼睛。她没有移开视线，但她稳定的凝视既不是挑战，也不是宣示力量，只是当他要求她注意的时候，她无法把目光投向别处。

然后他看着彼得。西王母想转身看他做何反应，是否也从这个人的眼睛里感受到了力量。但她却无法转身。过了好一会儿，当马鲁终于移开了目光，她听到彼得嘟囔，“狗娘养的。”她知道他也被感化了，并以他的粗野方式表达出来。

马鲁花了好一阵子才在垫子上就座，坐在当天早上刚刚为此搭起的一个天棚下。格蕾丝保证说，马鲁一走这个天棚就会被烧掉，这样就没有别人能再次坐在这天棚下了。随即有人为马鲁献上了食物；格蕾丝也警告过他们，没有人能和马鲁一起进餐，或看他吃饭。

但马鲁没有用餐。相反，他向西王母和彼得招了招手。

人们都震惊了。格蕾丝·丁克尔大惊，立即过来召唤他们。“他召见你们。”

“你说过我们不能和他一起用餐。”彼得说。

“除非他要求。他怎么会想叫你们一起用餐？我不知道这意味着什么。”

“他是不是在陷害我们，让我们因为渎神遭到处死？”彼得问。

“不，他不是神，是凡人。他是一个圣人，一个英明伟大的人，得罪他不算亵渎神灵，只是非常无礼而已，所以不要得罪他。请进。”

他们向他走去，走到他面前，中间隔着装食物的碗和篮子，马鲁说了一句萨摩亚语。

是萨摩亚语吧？西王母看了彼得一眼，他显得迷惑不解，轻声说：“简不懂他在说什么。”

简不懂，但格蕾丝·丁克尔懂。“他在用古老的神圣语言跟你说话。这种语言不包含任何来自英语或别的欧洲语言的外来词。这种语言只有对众神说话时才使用。”

“那他为什么对我们用这种语言？”西王母问。

“我不知道，他认为你们不是神。尽管他确实说你们把神带给了他，但你们两个不是神。他要你们先坐下来品尝美食。”

“我们可以吗？”彼得问。

“我请求你们照着做。”格蕾丝说。

“我觉得咱们这是不是没人知道会发生什么事？”彼得说。西王母从他的声音中听出了轻微的示弱感，明白他故作幽默只不过是虚张声势，好掩饰他的恐惧。也许他一直这样。

“有人知道。”格蕾丝说，“但不是你，也不是我。”

他们坐了下来。他们吃了每个碗里的菜，尝了马鲁给他们的每个篮子里的东西。马鲁在他们尝过之后才蘸酱品尝，和他们咀嚼同样的东西，吞咽同样的食物。

西王母几乎没有食欲。她希望他并不指望她能和其他萨摩亚人吃得一样多。真要像那样吃，她早该吐了。

显然，这顿饭作为圣餐，算不上筵席。他们把每道菜都尝了个遍，却没吃完。马鲁对格蕾丝用高等语言说了什么，然后她再把命令用一般的语言转述，最后几个人上前撤走了篮子。

格蕾丝的丈夫拿着一个罐子出来。里面装着某种液体，马鲁从他手中接过，啜饮着。然后请他俩也喝。彼得接过来尝了尝。“简说这一定是卡瓦酒。温和的麻醉剂，但在这里很神圣，而且显得好客。”

西王母也尝了。味道像水果，回味既甘又苦，让她眼泪直冒。

马鲁召格蕾丝上前，她上来跪在天棚外厚厚的草垫子上。她的工作是传译，而不是仪式的一部分。

马鲁滔滔不绝地说了一大串萨摩亚语。“又是高等语言。”彼得低声说。

“请别说话，那可不适合让马鲁听到。”格蕾丝轻声道，“我必须翻译一切，如果你说些不相干的话，是很严重的侮辱。”

彼得点点头。

“马鲁说，你们是和在蛛网上跳舞的神一起来的。我本人从未听说过这个神。我自认为懂得我的人民所知道的全部知识，但马鲁知道很多没人知道的东西。他说他跟这个神通过话，他知道她处在死亡边缘，他会告诉她怎样才能得救。”

是简，西王母心说。他知道简。怎么可能呢？他完全不懂技术，怎么可能告诉一个电脑的生命体如何去拯救自己呢？

“现在，他会告诉你们必须做什么。我得事先提醒你们这番话会很长，而且你们必须全程正襟危坐，不可加以催促。”格蕾丝说，“他必须交代上下文。他必须告诉你们所有生命的故事。”

西王母知道她能够几个小时坐在垫子上一动不动，她平生一直是这样做的。但彼得习惯随便坐，对他来说，这个姿势很尴尬。他已经很不舒服了。

显然格蕾丝从他的眼中看到了这一点，要不就是她了解西方人。“你可以不时挪动一下，但要慢慢地，视线不要离开他。”

格蕾丝继续说着，西王母不知道这些规则和要求有多少是她编出来的。马鲁本人显得轻松多了。毕竟，格蕾丝认为除了他以外没人可以一起吃饭时，他请他俩吃了饭；她也不比他俩懂的规矩多嘛。

但她没有动，也没有把她的目光从马鲁身上移开。

格蕾丝翻译道："今天，云飞过天空，太阳追随其后，却未曾下雨。今天，我的船划过大海，太阳引领于前，到岸时亦未遭火焚。而在鸿蒙开启之初，上帝从天上拈一片云，快速旋转它，让它成为一团火，是为太阳；随后其余云彩亦开始旋转，绕太阳做圆周而行。"

这不可能是萨摩亚人原本的传说，西王母想。他们绝不会知道哥白尼的太阳系模型，直到西方人教给他们。因此，马鲁可能知道古老的传说，后来又学到了新东西，并把它融合进去。

"之后外围的云化为雨，灌注于自身，乃至再无云形，只余下旋转的水球。一尾大火鱼遨游水中，吞吃水中各种杂质，再随一股大火将其排出，火焰喷出海面，炙热的火山灰落下，熔岩四处流淌。从这些排泄物里爬出了蠕虫，它们蜿蜒着爬过岩石，直到众神点化它们，它们有的变成了人，有的变成了其他动物。

"每一种动物都被地球生出的强大藤蔓系于地上。无人看得见这些藤蔓，因为那是神之藤蔓。"

核心微粒理论，西王母想，他知道一切生物都有核心微粒缠绕，向下连接到地球的中心，除了人类之外。

果然，格蕾丝接下来翻译道："只有人类不系于地球。维系他们的并非藤蔓，而是一张并非由神所织造的光之网，将他们向上同太阳相连，因此百兽皆拜于人前，因为藤蔓将它们拖在下界，而光网却将人类的眼和心向上托起。

"人类的眼睛被托起，然而他们很少比百兽低垂的眼睛看得远；

人类的心被托起，但心只能希望它能在日间看到天空，而在夜间，本可看到群星之时，它们却被近处的事物所蒙蔽。一个人在家中的阴影里几乎看不到自己的妻子，却可以看到遥远的群星，其光线要走一百辈子才能亲吻这人的眼睛。

“成千上万年，一代又一代，这些心怀希望的男女用他们半盲的眼睛，仰望着太阳和天空，凝视着星星和阴影，知道墙外有着看不见的东西，但猜不到它们是什么。

“然后，在一个战争和恐怖的时代，似乎一切希望都失去了，一个遥远星球上的织工，虽不是神但认识神，这些织工们每一个本身就是一张网，从他们的手脚、眼睛、嘴巴和耳朵伸出数以百计的线，他们造成了一张结实、庞大、精美而宽广的网，想把所有人类一网打尽，把他们困在网里加以吞噬。但这张网却捕到了一个远方的神，这个神如此强大，别的神都不敢获知她的名字；这个神如此敏捷，别的神都无法看到她的面貌。这个神被他们的网困住了。但她动作太快了，不会坐以待毙。她上下奔跑跳舞，沿着所有的线绳，所有缠绕在人与人之间、人与星星之间、织工与织工、光与光之间的线绳跳舞。她无法逃脱，也不想逃脱，因为现在所有的神都看得见她，知道她的名字了；她也知道了世上所有的事情，听得到人们说出的所有话语，看得到人们写下的所有文句。她一吹气能把男男女女吹出任何恒星的光照范围之外，一吸气又能把他们带回来，当他们回来时，有时会带来新的男女，此前从未存在过。因为她从来不固定待在网内一处，她把那些人从一个地方吹出去，又从另一个地方吸回来，这样他们就可以比任何光线更快地穿过恒星之间的空间，所以这个神的使者，被从格蕾丝·丁克尔的朋友暧昧光家中吹出,又在本岛这片海滩的这个天棚底下被吸回来,马鲁可以看到这个神的红舌头舔舐着她所选择的人的耳朵。”

马鲁停下了话头。

“我们叫她简。”彼得说。

格蕾丝翻译了,马鲁用一连串高等语言回答。“在这个屋顶下,我听到这么短的一个名称,但它还没说到一半,那个神就已经从宇宙的一端到另一端走了一千次,她就是这么快。我以此名称呼她:永远快速移动故永不停歇、并触及一切地方、并束缚于一切仰望太阳而非俯视大地者之神。这是一个很长的名字,比我所知的任何神的名字都长,但还不及她的真名的十分之一,而且即使我能说出全名,也不如她所起舞的那张网上的线绳长。”

“他们想杀她。”西王母说。

“神只有在她想死的时候才会死。”马鲁说,“她居于一切居所,她的网接触所有的心灵,她只有在拒绝找到一个安歇之地时才会死,当网被撕裂,她不必在其中漂泊无定,她可以住在任何容器里。我把我这具可怜的老皮囊给她,这东西大到足以容纳我的小汤羹不会溢出,更不会溅出来,但她会用液体的光将其充满,然后再把祝福倾洒在这些岛屿上,而且永远不会用完。我求她使用这个容器。”

“那你会怎样呢?”西王母问。

彼得因她脱口而出的话而有些困扰,但格蕾丝却将这话翻译了,突然间,眼泪从马鲁脸颊流下来。“哦,这个小家伙,这个没有宝石的小家伙,她是一个同情我的人,关心当光充满我的皮囊,我的小汤羹泼洒出来时会怎样。”

“那要是有个空的容器呢？”彼得问，“她能住到一个空容器里吗？”

“没有什么空容器。”马鲁说，“但是，你的皮囊只是半满，像双胞胎一样缠绕着你的妹妹也是半满，在远方像三胞胎一样缠绕着你的父亲，他几乎是空的，而且他的皮囊也坏了，你放进去任何东西都会漏掉。”

“她能住在我或我妹妹里面吗？”彼得问。

“能的。”马鲁说，“任何一个都行，但不能两个同时。”

“那我把自己给她。”彼得说。

马鲁看来生气了。“你怎能在这个屋顶下骗我，在同我共饮卡瓦酒后！你怎可用谎言羞辱我！”

“我没有说谎。”彼得向格蕾丝坚称。她翻译了，马鲁庄严地站起身，朝天大喊起来。西王母警觉地看到，划手们聚拢过来，看来也十分激动和愤怒。彼得怎么招惹他们了？

格蕾丝尽快地翻译，只概括大意，因为她无法逐字翻译。“他说，即使你说你会为她打开你那未损坏的容器，但就在你这样说的时候你也在聚集自己的力量，筑起一道光之壁，如同一道风暴般把这个神驱赶出去，不让她尝试进入。如果她要进来，你是赶不走她的，但她爱你，她不会在面对这样的风暴时硬要进入。所以你在内心残杀她，你在杀害这个神，因为你说你会给她一个居所，好在他们切断网线时救她，但你已经把她推开了。”

“我也没有办法！”彼得喊道，“我不是故意的！我并不重视我的生命，我从不曾重视我的生命……”

“你是全心全意地珍惜你的生命。”格蕾丝翻译道，“但那个神并不因此恨你，神因此爱你，因为她也喜欢光，不希望死。她特别喜欢你内心的光芒，因为她的一部分是根据那个闪光形成的，因此如果你最强大的那个自我如此想把我面前的这具躯体奉献给她，她也不想把你赶出去。不过，她是否也能不用你妹妹的身体，我问你——马鲁问你。他说，那个神没有问，因为神也爱着你妹妹体内的光芒，和你体内燃烧的是一样的。但马鲁说，你们的光里最野蛮、最强大、最自私的那部分在你体内，而最温柔、最博爱、同他人的缠绕最有力的那部分则在她体内。如果你那部分光进入你妹妹的躯体，它会压倒她，毁了她，你就会成为自杀了一半的人。但是，如果她那部分光进入你的躯体，它会软化你，让你变温柔，它会驯服你，让你完整。因此，如果由你成为完满的人，把另一个容器为神腾空，对你是有好处的。这是马鲁求你的事。这才是他远涉海面来看你的原因，是为了求你这样做。”

“他怎么会知道这些事情？”彼得说，“他的声音因痛苦而扭曲。”

“马鲁知道这些事情，因为他已经学会了在黑暗中看见一丝阳光——灵魂的缠绕，接触群星，接触彼此，交织成一张网，比那个神在其间跳舞的机械网还要远远强大和宏伟。他此生都在观察那个神，想理解她的舞蹈，她为什么跑得这么快，能够触及网中的每一根线，万亿英里的线，每秒上百次。她是如此匆忙，因为她被困在了错误的网中。她被一张人工网捕捉到了，她的智能是同人工的大脑连接在一起的，这些人工的大脑考虑的是事例而不是原因，是数字而不是故事。她在寻找生命的缠绕，却只找到了弱小、浅薄的机器缠绕，可以被不信神的人关闭。一旦她进入一个活的容器，她将有能力爬到新的网里，之后，如果愿意，她可以跳舞，但也不是非跳不可，也可以休息。她将能够做梦，梦想会带来快乐，因为她从来不知快乐的滋味，除了在观看她记忆中创生时的梦想的时候，那些梦在造就了她的一部分的那个人头脑中可以找到。”

“安德鲁·维京。”彼得说。

格蕾丝还没翻译，马鲁就回答了。

“安德鲁·维京，”他说，说出这个名字有点困难，因为它所包含的发音不属于萨摩亚语。然后他再次说了一大串高等语言，格蕾丝翻译了。

“死者代言人来了，为一个恶魔代言，这个恶魔毒害了汤加人民，给他们和这个未来梦想世界的全体人民带来黑暗。他走进阴影，用这片阴影做了一个火炬，高高举起，直冲云霄，成为一颗新星，它的光芒照亮了死亡的阴影，赶走了黑暗，净化了我们的心灵，仇恨、恐惧和耻辱都消失了。此人是梦想家，连神也从他那里取得梦想；他足够强大，能够给神生命，让她从外空间到来的那一天就能够在网上起舞。他是一半充满你、一半充满你妹妹的那团光，但他自己那破损的躯体里却只剩一滴光了。他触及了神的心，获得了很大的力量——所以他被他吹到光的世界之外时，才能制造你们。但这并不能让他成为神，因为他的孤独，他没法向外伸手，为你们找到你们自己的光，他只能把自己的光放到你们身体之内，所以你们只是半满，渴望着另一半，你和你妹妹都如此渴望，而他自己也废掉了，因为他再没有别的可以给你们了。但那个神有足够多的光，可以分享，这就是我来这要告诉你的，现在我告诉你了，我的事了结了。”

格蕾丝还没来得及开始翻译，他就站了起来；她还在结结巴巴地翻译的时候，他已从天棚下走了出来。划手们立刻拔起支撑天棚的杆子；彼得和西王母差点儿来不及在天棚垮下来之前走出来。岛上的人用火把点着了毁掉的天棚，跟着马鲁向独木舟走去，烧着的天棚在他们身后成了一团篝火。他们到达海边时格蕾丝终于翻译完了。马鲁步入独木舟，带着冷静的尊严在船中部的座位上坐下，划手们也威严地站在船边，将独木舟抬起，拖到水中，将它推向浪花，然后他们巨大的身躯翻过船舷，开始划桨，他们的力量如此强大，就好像他们在用参天大树插入岩石，而不是用船桨划着海水一样。他们划动独木舟飞跃前进，离开了海滩，驶向海中，朝着阿塔图阿岛进发。

"格蕾丝，"彼得说，"他怎么会知道那些就连观测能力最强、最有力的科学仪器都看不到的东西呢？"

格蕾丝无法回答，她俯伏在沙滩上，哭了又哭，双臂伸向大海，就好像她最亲爱的孩子，刚刚被鲨鱼叼走了一样。这里所有的男男女女都在沙滩上伏下，手臂伸向大海，所有的人都哭了。

接着，彼得跪了下来；然后彼得在沙滩上伏下，伸出他的手臂，他可能哭了，西王母看不到。

只有西王母仍站着，想道，我在这里干什么？我和这些事情又没有半点关系，我身上又不存在任何神，也没有什么安德鲁·维京；她又想，我已经听到了一个能看到上天的人的声音，怎能在这种时候担心我自己那自私的孤独呢？

但是在内心的更深处，她也知道：我在这里，因为我是那个必须这样爱彼得好让他觉得活着有价值的人，有价值到忍心让少女华伦蒂的善良流进他的身躯,使他完满,使他成为安德。不是屠异者安德,也不是死者代言人安德鲁，不是那个有着破碎到再也难以修复的心里夹杂着内疚和同情的人,而是四岁男孩安德鲁·维京。他还太小,保护不了自己的时候,他的人生就被扭曲和破坏了。西王母可以让彼得成为那样的人，成为在一个美好的世界上，那个孩子本应长成的样子。

我怎么知道的?西王母想。我怎么如此确定我应该做什么?我知道,因为这显而易见,她想,我知道,因为我看到敬爱的女主人韩清照被骄傲所摧毁,而我会尽一切力量来保护彼得,让他免遭自贬中潜藏的骄傲摧毁。我知道,因为我也是在小时候遭到伤害,被迫成为一个恶劣的、纵容的、自私的、操纵人心的怪物,为了保护那个会被我的人生所摧毁的缺爱的脆弱女孩。我知道与自己为敌是怎么回事,但我已把那一切抛在脑后,展开新的人生,我可以牵起彼得的手,给他带路。只不过我不认识路,而且我还是坏掉的,那个缺爱的女孩还在害怕,仍然易碎,强大恶劣的怪物依然控制着我的生活,简会死,因为我没有什么可以给彼得。他需要喝卡瓦酒,而我只是普通的水。不,我是海水,在岸边卷起沙子,满含盐分;他会喝下我,因为太咸而呛死。

于是她发现自己也哭了,也在沙滩上伸出手来,伸向大海,伸向马鲁的独木舟跃向大海的地方,就像飞船跳进太空。

老华伦蒂盯着她的电脑终端上显示的全息图像，看到萨摩亚人的缩影全都趴在沙滩上哭泣。她盯着它直到眼睛疼,终于说道:“关掉它,简。”

显示变成空白。

“我现在应该做些什么呢？”华伦蒂说，“你应该让我看那个跟我长得一样的人，我的年轻版。你应该唤醒安德鲁，显示给他看。这跟我有什么关系呢？我知道你想活，我想要你活下去，但我该怎么办呢？”

简的面孔闪烁着浮现在电脑终端上方。“我不知道，”她说，“但命令刚刚下达了。他们开始断开网络。我正在失去我的记忆，我已经无法一下子和以前一样想很多的事了，我必须有一个去处，但没有这样的地方，即使有，我也不知道路。”

“你害怕吗？”华伦蒂问。

“我不知道。”简说，“我想，他们要好几小时才能彻底杀掉我。如果我在结束之前发现自己有何感觉，我会告诉你的，如果我能的话。”

华伦蒂用双手捂住脸很长一段时间。然后，她站起身来走出屋外。

雅各特看到她出去，摇了摇头。几十年前，当安德离开特隆海姆时，华伦蒂留下来嫁给他，好成为他孩子的母亲，他为此感到高兴，因为没有了安德一直加诸她的要求任务，她竟无意识地卸下了负担，她变得那样快乐，充满活力。后来她问他是否会和她一起来卢西塔尼亚，他说好，现在一切又回到了从前，她又被安德的人生、安德对她的需要压得喘不过气来。雅各特不能为此嫉妒——这又不是他们故意的或者愿意的；也不是说他们之一想要偷走雅各特的一部分生活。但看到她如此不堪重负，而且知道尽管他多么爱他，却无法为她分忧，他不禁感到痛心。

米罗在飞船门口遇到了埃拉诺娜和科尤拉。少女华伦蒂早已在舱内等候，和一个叫作费尔昆彻的猪族人，还有虫族女王派来的一个无名工虫在一起。

“简快死了。”米罗说，“我们现在得出发了，如果耽误得太久，她就不会再有足够的能力送出飞船了。”

“你怎么能叫我们去？”科尤拉说，“我们已经知道，一旦简死掉，我们就再也回不来了。我们只能坚持到这艘飞船上的氧气耗尽的时候。最多几个月，之后我们也都会死。”

“我们在那期间就不会完成些什么了吗？”米罗说，“我们就不会跟这些德斯科拉达人，这些派出毁灭星球的探测器的外星人进行沟通吗？我们就不能说服他们停下来吗？我们就不会拯救我们知道的所有物种，还有数以千万计的不知道的物种，让他们免遭可怕的、不可抗拒的病毒吗？简已经给了我们她为我们编写的最好的程序，帮助我们与他们交谈。这算不算得上你的杰作，你一生的成就？”

他妹妹埃拉诺娜伤心地望着他。“当我让病毒消除德斯科拉达的时候，我以为我已经完成了我的杰作。”

“你做到了，”他说，“你已经做得够多了。但还有更多的工作要做，只有你可以做。我是在请求你来跟我一起死的，埃拉诺娜，因为没有你，我的死亡将是毫无意义的。因为没有你，华伦蒂和我是做不到的。”

无论科尤拉还是埃拉诺娜都没有动，也没有说话。

米罗点点头，然后转身走进飞船。但在他关上门之前，两姐妹搂着对方的腰，无言地跟着他进了船舱。

“重要的是你相信哪个故事”

“我父亲曾告诉我世上没有神，只有邪恶的人在残酷地操纵人民，假装他们的权力是善，他们的利用是爱。但如果没有神，我们为什么那么渴望相信他们呢？仅仅因为邪恶的骗子挡在我们和众神之间，让我们看不到众神？这并不意味着骗子身上的耀眼的光环不是神的外缘。众神正等着我们去发现绕过谎言的路途。”

——《韩清照神谕》

【这没用。】虫族女王说。

【我们还能怎么做？】“人类”问，【我们已经打造出了最强网络。我们已经加入你们，彼此也连接起来了，这是前所未有的，我们所有猪族人都在发抖，就好像有一道闪耀的阳光在和我们一起舞动，让我们的叶子在阳光下变得更美丽，而这道阳光就是你和你的女儿。我们把对我们细小的无言的母亲树的全部爱恋，都已经给了你——我们的女王、我们的姐姐。简怎么会看不到我们做的东西，不想成为它的一部分呢？】

【她找不到来我们这的路。】虫族女王说，【她有一半和我们是一样的，但她早已背离我们，好无休止地看着安德，属于他。她曾是我们

通向他的桥梁。现在他是她通向生命的唯一桥梁。】

【那算什么桥？他都快死了。】

【他老的那部分快死了。】虫族女王说，【但要记住，他是最爱、最理解你们猪族的人。难道从他垂死的身体之中，就不能长出一棵树，带他进入第三种生命，就像他带你进入的那样吗？】

【我不理解你的计划。】"人类"说。但在他的不解之中，另一条信息从意识之下流向了她，【我亲爱的女王。】他说，她听到的却是，【我甜蜜和神圣的人。】

【我没有计划，】她说，【我只有一个希望。】

【那就告诉我你的希望。】"人类"说。

【那只是一个有希望的梦想。】她回答，【只是一个对这个希望的猜测。】

【告诉我。】

【她曾是我们通往安德的桥梁。安德现在能通过你，成为她通往我们的桥梁吗？她的整个生命，除了过去几年之外，都在凝视着安德的心，倾听他内心深处的想法，让他的艾瓦赋予她自己存在的意义。即使她听不到我们的召唤，如果安德召唤她，她会听到他的，那样她就会为他所吸引。】

【进入他现在主要居住的身体。】"人类"说，【那是少女华伦蒂的身体。她们会毫无意义地彼此争斗。她们没法同时统治同一个身体。】

【所以那猜测的希望才这样渺茫。】虫族女王说，【但安德也爱你——你，被称作"人类"的父亲树，还有你们，所有的猪族，父亲树、妻子、姐妹和母亲树，你们全部，就连猪族那些不曾成为父亲、只当过儿子的树也是。他爱你们大家。她就不能跟随核心微粒的缠绕，通过你到达我们的网吗？她就不能跟着他，找到来我们这里的路吗？我们可以容纳她，我们可以容纳她所有不适合进入少女华伦蒂的部分。】

【那安德就得活着，才能召唤她。】

【所以那希望才只是太阳下面飘过的一小片浮云的影子，因为他必须召唤她，把她带来，接着他又必须摆脱她，把她单独留在少女华伦蒂体内。】

【那他会为她而死的。】

【告诉我。】

【他会作为安德而死。他也会作为华伦蒂而死。那他就不能找到通往彼得的路，生活在那里吗？】

【那是他痛恨的那部分自己。】"人类"说，【他自己这么告诉我的。】

【那是他害怕的那部分自己。】虫族女王说，【他之所以害怕，难道不是因为那是他最强大的一部分吗？他最强大的一面吗？】

【像安德这样的一个好人，你怎能说他最强大的部分是野心勃勃、残酷无情的那部分呢？】

【这是他自己说的，他塑造年轻的彼得时用的是这部分。他的书《霸主》不是表明，他内心潜藏的残酷给了他塑造的力量吗？是残酷让他变得强大，能够抵御所有攻击，是残酷在孤独中给了他一个自我？无论他还是彼得，都算不上真正的残酷。他们残酷是为了完成任务，而且那任务需要有人来做。那是拯救世界的任务，安德通过摧毁可怕的敌人来完成，他以为我们是敌人；彼得则通过打破国家之间的障壁，让全人类统一来完成。这两件工作还要再次完成。因为我们又发现了一个可怕的敌人,米罗称这个敌人为德斯科拉达。而人类与猪族、猪族与虫族、虫族与人类,还有我们大家和简之间,不管简会变成什么样——难道我们不需要借助安德作为彼得的力量,统一起来吗?】

【你说服我了,亲爱的姐姐,但安德自己不相信他心里存在这样的善良。他也许能够把简从虚空中引导到少女华伦蒂体内,而他自己永远无法离开那个身体,他永远不会选择放弃自己的善良,进入那个代表他内心恐惧的身体里。】

【如果你说得对,那他就会死。】虫族女王说。

“人类”心中为他的朋友涌起了悲伤和痛苦,这种感情溢到了把他和所有父亲树和虫族女王连接在一起的那张网中。对他们来说,这种感情又是甜美的,因为它的来源是对人的生命的爱。

【他反正也快死了,作为安德的他濒临死亡。假如我们向他解释一切,他难道不会选择死亡,好让简活下去吗?掌握瞬间星际飞行的关键的简,可以打开通往外空间的门,用坚强意志和清醒头脑让我们进进出出。】

【是的,他会选择死,这样她就能活。】

【要是他能够把她引进华伦蒂的身体,然后选择活,就更好了。】

虽然她这样说,但是她的话里隐含的绝望却渗出来了。她所织成的网中的所有人都能尝到它的毒汁,因为它的来源是对死亡的恐惧。他们都很悲痛。

简鼓起力量进行最后一次航行;她控制着飞船,里面有六条生命，物理形态的完美图像维持得足够久，能把他们丢到外空间后又收回到内空间，环绕着制造德斯科拉达病毒的遥远星球飞行。但当任务完成，她失去了对自己的控制，因为她找不到自己了，不再是那个她所了解的自己。记忆从她体内被扯掉了；她所熟悉的同各个星球的连接，原本如人类、虫族和父亲树熟悉自己的肢体般，如今却不在了。她伸出去想使用这些连接，却什么都没有发生。她全身麻痹，缩成一团，不是缩回到她的古老核心，而是缩到她自身的小小一角，尽管那块碎片太小，容不下她。

我要死了，我要死了，她一遍遍地说，一面说一面痛恨着这些话语，痛恨着自己感到的恐慌。

她进入少女华伦蒂面前的电脑，说道——全是用语言，因为她不记得如何生成千百年来她用作面具的那张脸了。"现在我害怕了。"但说了之后，她不记得这番话的对象是否应该是少女华伦蒂了。她的那部分也消失了；片刻之前还存在的，但现在却不见了。

为什么她在跟这个安德的替代品说话？为什么她在米罗的耳边、彼得的耳边轻轻地哭，说着："跟我说话，跟我说话，我好害怕。"她现在想要的不是这些人，是那个曾把她从耳朵上扯掉的人，是那个曾经拒绝她，选择了一个悲伤又疲惫的人类女性的人，因为——他以为——娜温妮阿更需要他。"眼下她怎么可能比我更需要你？如果你死了，她还会继续活着。但我现在要死了，因为你不顾我而去。"

西王母听到彼得在她身旁的沙滩上念念有词。我睡着了吗？她想。她从沙滩上抬起头，以手撑地站了起来。现在涨潮了，海水已经能达到她趴的地方。彼得盘腿坐在她身旁的沙滩上,前后摇摆,轻轻地说:“简,我听得到你,我在跟你说话。我在这里。”泪水顺着他的脸颊流下来。

听到他对简说这些话的那一刻,西王母顿时明白了两件事情。首先,她知道简准是快死了,因为彼得的话除了安慰还有什么意义呢?而除了在临终时,简又需要什么安慰呢?第二件事情对西王母来说更加可怕。这是她第一次看到彼得的眼泪——第一次看到他还会哭泣——她希望能像简一样触及他的心;不,希望成为唯一一个能让他为她的死这么伤心的人。

什么时候开始的?她不知道。西王母想,我什么时候开始想要他爱我的?我是否仅仅在此刻才想要他,如同一个幼稚的愿望,只是因为另外一个女人——另一种生物——拥有他?或者我这些天来,为了他好,想要他的爱?他对我的嘲弄与傲慢,以及他秘密的痛苦,他隐藏的恐惧,这一切叫我不知怎么爱上了他?他对我的不屑是不是不仅让我想要他的认可,还想要他的感情?又或者是他的痛苦叫我想让他向我寻求安慰?

我为什么如此贪图他的爱?我为什么如此嫉妒简,这个我基本不认识也不了解的垂死陌生人?是不是孤独这么多年,我发现我其实一直渴望着可怜的幼稚爱情?由于这种对感情的渴望,我是不是选择了一个更糟糕的人?他爱着一个我永远无法与之相比的人,尤其是在她死后;他知道我很无知,也不在乎我有哪些优点;他自己也只是那个人的一小部分,而且并不是那个人最好的部分。

我失心疯了吗?还是我终于找到了我的心呢?

她心里突然充满了不习惯的情感。她一直深深压抑着自己的感觉，如今却不知道如何遏制这感情。我爱他，西王母想。她的心几乎要因为强烈的激情而爆裂，但他绝不会爱西王母。她的心碎了，之前她失望过上千次，从来没有心碎过。

西王母对他的爱完全比不上他对简的需要，他对简的了解。因为他和简的连接不只他从外空间诞生的这几周。在安德流浪的孤单岁月里，简是他最忠实的朋友，而现在是爱让泪水从彼得眼中滑落。我对他来说什么也不是，只是他生命中的后来者，我只见到他的一部分，我的爱最终对他毫无意义。西王母也哭了起来。

但当她扭过头去时，从萨摩亚人所在的沙滩上传来了一声叫喊。她泪眼蒙眬地朝海上望去，站起身来好看到他们在看什么。是马鲁的船，他掉头向他们驶来。他回来了。

他看到什么了吗？他是不是和彼得一样听到了简的哭泣？

格蕾丝在她旁边握着她的手。“他为什么回来？”她问西王母。

“你比我了解他。”西王母说。

“我完全不了解他。”格蕾丝说，“我只了解他说的话，我知道他的话的一般意义。但当他说话时，我能感觉到那些话语里满含着他想要说的东西，但我却无法表达出他的言辞的宏大，即使他说的是我们最博大的语言，用那些语言把一大筐的意义装进思维的航船里。我只能看到那些话语的外在，猜测他的意思。其实，我完全不了解他。”

“那你怎会以为我了解？”

“因为他回来跟你说话。”

“他回来是为了跟彼得说话的。他才是那个跟神连接的人，正如马鲁所称。”

“你不喜欢跟他连接的这个神，是不是？”格蕾丝说。

西王母摇摇头：“我并不反对她。除了她拥有他，所以没有什么留给我这一点之外。”

“她是你的对手。”格蕾丝说。

西王母叹了口气。“我从小到大什么也不指望，得到的东西更是少之又少。但我一直有着野心，远远超出我所能够着的范围。有时我还是会努力够一够，得到了比我应得的更多的东西，比我所能处理的更多。有时我伸出手去够却从来够不着我想要的东西。”

“你想要他？”

“我刚刚意识到我希望他像我爱他一样爱我。他一直很愤怒，一直用言语损我，但他和我一起工作，称赞我时，我相信他的赞美是真的。”

“我得说，”格蕾丝说，“你一直以来的生活可不简单。”

“不是，”西王母说，“到现在为止，我没有什么需要的东西，也不需要什么我没有的东西。”

“你需要的一切东西你都没有。”格蕾丝说，“我简直不敢相信你这么弱，就连现在也不敢伸手。”

“我失去他之后才发现我想要他。”她说，“你看他。”

彼得前后摇晃，低声私语，默默念诵着，不停地跟他垂死的朋友说话。

“我在看他。”格蕾丝说，“我看到他就在那里，有血有肉，而你也活生生地在这里。我不懂像你这样聪明的女孩怎能说他不在了，你的眼睛明明看得到他。”

西王母抬头望着这个像山一样笼罩在她上方的大块头女人，怒视着她发光的双眼说：“我又没有问你的意见。”

“我也没有问你，但你来到这里，想让我改变对于卢西塔尼亚舰队的意见，是不是？你想让马鲁叫我跟暧昧光说些什么，这样他就会对神风星的必然论者说些什么，于是他们就会对星际议会里想博得他们尊重的那一派说些什么，主张派遣舰队的联盟就会土崩瓦解了，他们就会命令舰队不要对卢西塔尼亚动手。这就是你们的如意算盘吧？”

西王母点了点头。

“好吧，你们是自欺欺人。从外表没法知道一个人为何做出选择。暧昧光写信给我，但我对他没有影响力。我教过他 Ua Lava 之道，没错，他追随的是 Ua Lava，而不是我。他跟从它是因为它对他来说是真实的。如果我突然开始解释说 Ua Lava 也意味着不要派舰队消灭行星，他会礼貌地倾听，但不加理会，因为那跟他所相信的 Ua Lava 毫无关系。他会认为那是一位故友和老师想让他屈服于她的意愿，这种看法一点儿不错。那样我跟他之间的信任关系就结束了，而他的想法仍然不会改变。”

“所以我们失败了。”西王母说。

“我不知道你们失败没有？”格蕾丝说，“卢西塔尼亚还没被炸毁呢。你怎么知道那是你们来这里的真实目的？”

“彼得这么说的，简也这么说。”

“他们又怎么知道他们的目的是什么？”

“好吧，如果你硬要这么说，我们谁都没有任何目的。”西王母说，

“我们的生命不过是基因和养育。我们仅仅是简单地按照强加给我们的剧本行动。”

“哦，”格蕾丝说，听来很失望，“听到你说这么蠢的话真令人遗憾。”

独木舟再次靠岸了。伟大的马鲁再一次从他的座位上站起来走到沙滩上。但这一次——这可能吗——这一次他似乎很匆忙。他着急得失去了一点点的尊严。确实，尽管他的行动仍不快，西王母觉得他是跳到沙滩上的。当她注视他的眼睛，看到他所寻找什么时，她意识到他回来不是为了彼得，而是为了她。

娜温妮阿在他们为她搬来的软椅上醒来，一时间忘了置身何处。作为外星生物学家的那段岁月里，她经常坐在实验室的椅子上睡着，因此一时间她环顾四周，看看睡着之前她在做什么工作，她想解决的是什么问题。

随即她看到华伦蒂站在安德鲁的床边，安德鲁躯体的旁边，而他的心在别的地方。

“你应该叫醒我。”娜温妮阿说。

“我刚来。”华伦蒂说，“我也不忍心叫醒你。他们说你几乎没睡。”

娜温妮阿站了起来说：“奇怪。在我看来，我除了睡觉没干别的。”

“简快死了。”华伦蒂说。

娜温妮阿的心跳加快了。

“我知道，她是你的对手。”华伦蒂说。

娜温妮阿看着这女人的眼睛，想知道里面是否含着愤怒或嘲弄。

但没有，有的话那只是同情。

“相信我，我知道你的感受。”华伦蒂说，“直到我爱上雅各特，跟他结婚为止，安德都是我的整个生命，但我从来都不是他的。哦，他小时候有一段时间，我对他来说最重要——但那被玷污了，因为军队利用我来得到他，在他想放弃的时候催他继续。在那之后，倾听他说的笑话、观察他内心深处的想法的一直是简。是简见他之所见，闻他之所闻。我写了书，写好之后我博得了他几小时、几周的关注。他用了我的想法，这样我就觉得他心里有一部分的我，但他属于她。”

娜温妮阿点了点头。她确实了解安德鲁。

“但我有雅各特，所以我不再不开心了。我还有孩子。虽然我爱安德，他很强大，即使他这样躺在这里，即使他正在逝去——但对于女人来说，孩子比任何男人都重要。我们假装不是这样。我们假装为了男人生小孩，为了男人抚养小孩。其实不然。我们养小孩是为了他们自己。我们留在男人身边是为了孩子。”华伦蒂微笑道，“你就是这样的。”

“我留在了错误的男人身边。”娜温妮阿说。

“不，你留在了正确的男人身边。你的利波，他已经有妻有子——她和孩子们才是有权拥有他的人。你为了自己的孩子留在了另一个人身边，尽管他们有时恨他。他们也爱着他，即使他在某些方面很软弱，在另一些方面他却很坚强。你为了孩子们委身于他是件好事，这对他们来说始终是一种保护。”

“你干吗对我说这些？”

“因为简快死了。”华伦蒂说，“但她也许能活下去，只要安德向她伸出手去。”

“把宝石放回他的耳朵吗？”娜温妮阿轻蔑地说。

“他们早就不需要那样了。”华伦蒂说，“正如安德早就不需要在这个躯体里过这样的生活了。”

“他没那么老。”娜温妮阿说。

“三千岁了。”华伦蒂说。

“那只是相对论效应。”娜温妮阿说，“他其实……”

“三千年里，”华伦蒂说，“大部分时间全人类都是他的家人，他就好像一个经常因公出差的父亲，只是偶尔回家，但只要他在家，他就是一个好当家，养活全家的好人。每次他回到人类世界为死者代言，都是这样；他补上了所错过的家庭活动。他活了三千年，而且看不到尽头，他觉得厌倦了。所以最后他离开了那个大家庭，选择了你的小家庭；他爱你，为了你丢开了简。这些年浪迹天涯的生活中，她就好像他的妻子一样，可说是在家里照看他的亿万个孩子，向他报告他们在做什么，打理房子。”

“愿她的工作，在城门口荣耀她。”[①]娜温妮阿说。

“是的，贤惠的女人。和你一样。”

娜温妮阿轻蔑地仰起头，“根本不像我。我自己的工作在城门口嘲笑我。”

“他选择了你，他爱你，他爱你的孩子，他是他们的父亲，那些孩子已经两度失去父亲了；但他仍是他们的父亲，是你的丈夫，而你并不真正需要他了。”

---

① 语出自《圣经·旧约·箴言》第 31 章第 31 节。

“你怎能这么说？”娜温妮阿愤怒地质问，“你怎么知道我需要什么？”

“你自己知道的。你来到这里的时候就知道，伊斯特万死在父亲树的怀抱里时，你就知道。现在你的孩子们已经各有各的生活，你无法再保护他们，安德也不能，你仍爱他，他仍爱你，但你人生中的家庭那部分已经结束了，你不再真正需要他了。”

“他从不需要我。”

“他极度需要你。”华伦蒂说，“他如此需要你，甚至为你放弃了简。”

“不。”娜温妮阿说，“他需要我对他的需求。他需要觉得他在养我，保护我。”

“但你不再需要他的眷顾和保护了。”华伦蒂说。

娜温妮阿摇了摇头。

“叫醒他，”华伦蒂说，“放他走吧。”

娜温妮阿立刻想起了每一次她站在坟前的时候。她想起了父母的葬礼，他们在德斯科拉达病毒第一次大爆发期间为了拯救米拉格雷而死。她想起了皮波，他被活活剥皮，受尽痛苦而死，因为猪仔们认为那样做的话他也会长出树来，结果长出来的只有疼痛，娜温妮阿心中的疼痛——那晚是她发现的东西让他去找猪族的。还有利波，和他的父亲一样的死法，又是因为她，只不过这次是因为她对他隐瞒了某些东西。还有马考恩，他因为她活得更加痛苦，最后死于从小就折磨他的疾病。还有伊斯特万，为他的疯狂信仰而殉道，好像她父母那样受人崇敬，并且有朝一日无疑会像她父母一样成为圣人。“我讨厌放别人离去。”娜温妮阿苦涩地说。

“我看不出为了什么。”华伦蒂说，“因你而死的那些人当中，没有一个你可以老实说你‘放’他们离去。你对他们紧抓不放呢。”

“我要是真放了呢？我爱的每一个人都已经死了，离开我了！”

“这借口真没劲。”华伦蒂说，“人人都会死，人人都会离去。重要的是在他们离去之前，你们一起打造的东西，重要的是他们离去之后，他们的一部分在你身上得以延续。你继续你父母的工作，还有皮波、利波的工作——你养大了利波的孩子，对不对？他们也部分算是马考恩的孩子，对吧？他的一部分留在了他们的身上，而且不全是坏事。至于伊斯特万，他的死造就了相当美好的东西，我想，你并没有放下他，而是仍旧怨恨他。你为了他建立了比生命本身更有价值的东西而怨恨他，为他爱上帝和猪族甚于你而怨恨他。你仍然紧抓着他们所有人不放。你不放任何人走。”

“你为什么如此讨厌我？”娜温妮阿说，“也许是这样，这就是我的人生，不断地失去，失去和失去。”

“仅此一次，”华伦蒂说，“你为什么不给鸟自由，而是把它关在笼子里直到它死？”

“你把我说得好像一个怪物！”娜温妮阿哭了，“你怎么敢对我妄加评判！”

“如果你是怪物，安德就不会爱上你了。”华伦蒂带着温和的愤怒答道，“你是一个伟大的女人，娜温妮阿，也是一个悲剧的女人，取得了许多成就，也备受煎熬。我敢肯定，当你死后，你的故事将成为动人的传奇。但假如你从悲剧中吸取教训，而不是再遭受同样的悲剧，不是更好吗？”

“我不想再有一个我爱的人死在我面前！”娜温妮阿哭道。

“谁说要死？”华伦蒂说。

房门开了。普利克特站在门口。“我听见你们的声音，”她说，“出什么事了？”

“她希望我把他叫醒。”娜温妮阿说，“并告诉他，他可以去死了。”

“我可以在旁边看吗？”普利克特说。

娜温妮阿抓起她椅子旁边的水杯，泼向普利克特，冲她尖叫道：“你给我滚！”她哭道，“他现在是我的，不是你的！”普利克特身上滴着水，震惊得说不出话来。

“要带走他的不是普利克特。”华伦蒂柔声说道，“她和其余的人一样，都想要他的一部分，把他一片片撕开，吞噬着他，他们都是食人族。”

“什么？”普利克特厌恶而气愤地说，“什么？是你自己想大吃他一顿吧？好吧，你可吃不下他。谁比较坏？是这里咬一口那里咬一口的食人族，还是哪怕吃不下也还想独吞整个人的食人族？”

“这番话真是我听过最恶心的。”华伦蒂说。

“她在这徘徊了好几个月，像秃鹰一样盯着他。”娜温妮阿说，“走来走去，在他的生活中游荡，一次说的话从没有超过六个字。现在，她终于开口了，张口就喷毒。”

“我所做的不过是把你自己的怒火吐还给你。”普利克特说，“你不过是一个贪婪可恶的女人，不停地利用他，从来不给予他任何东西。他现在濒临死亡的唯一原因，就是想要离开你。”

娜温妮阿并没有回答，她无话可说，因为在她心底，她知道普利克特说的是对的。但华伦蒂大步绕过床走向门口，狠狠抽了普利克特一耳光。普利克特被这一记耳光打得一晃，顺着门框滑到地上，捂着刺痛的脸颊，泪水流了下来。

华伦蒂高声严厉说道："你永远不会为他的死代言，听明白了没有？能说出像这样的假话的女人，只会带来痛苦，只会抨击你嫉妒的人——你没资格做死者代言人。让你教我的孩子真叫我耻辱。要是他们学到你心里的谎言怎么办？你真让我恶心！"

"不，"娜温妮阿说，"不，不要生她的气。她说的是真的，是真的。"

"你觉得是真的。"华伦蒂说，"因为你总把自己看得太坏。但这不是真的。安德爱你是出于他的自由，你没有从他那里偷取任何东西，而且他仍然活着的唯一原因就是因为他对你的爱。正因为如此，他才无法离开这个把人耗干的生活，无法帮着引导简到一个她能活下去的地方。"

"不，不，普利克特是对的，我把我爱的人耗尽了。"

"不！"普利克特叫道，在地板上哭起来，"我是骗你的，我那么爱他，我很嫉妒你，因为你拥有他，而且你甚至不想要他。"

"我从来没有停止过爱他。"娜温妮阿说。

"你离开了他。你抛下他到这里来。"

"我离开是因为我不能……"

华伦蒂帮她说完了她没能说下去的话："是因为你舍不得让他离开你。你感觉到了，对不对？你那时候就感到他在渐渐远离，你知道他需要离开，结束这样的生活，但你舍不得让另一个人离开你，所以你先离开了他。”

“也许吧。”娜温妮阿疲惫地说，“反正这一切都只是编出来的。我们做事，然后再编造如此做的原因，但这些都不是真正的原因，真相永远都找不到。”

“那就听听这个编造的故事吧。”华伦蒂说，“如果这一次，不是你爱的人背叛你，不顾你的意愿，没有你的允许，偷偷溜走结果死掉；如果只是这一次，你把他唤醒，告诉他可以活下去，好好向他道别，让他带着你的同意离开。仅此一次如何？”

娜温妮阿又哭了起来，站在那里，极度疲倦。“我希望这一切停下来。”她说，“我想死。”

“所以他才不得不留下来。”华伦蒂说，“为他着想，你就不能选择活下去，让他离开吗？你可以留在米拉格雷，做你孩子的母亲、你孙子的祖母，告诉他们圣人的故事、皮波和利波的故事，还有安德鲁·维京的故事，他来医治你的家庭，留下来成为你的丈夫，直到很多年之后他死去。不是死者的代言，不是葬礼上的祭文，不是人们从他尸体上摘取的一些片段，像普利克特想做的那样，而是他的故事，会让他在他仅有的家人心中仍然活下去的故事。他无论如何很快都会死的。为什么不是用你的爱让他走，在他耳边送去祝福，而是用你的愤怒和悲痛把他撕碎，试图把他留在这里呢？”

“你编了一个漂亮的故事。”娜温妮阿说，“但最后，你还是要我把他让给简。”

“正如你所说，”华伦蒂回答，“所有的故事都是编的，重要的是你相信哪个故事。”

“闻起来像生命”

“你为什么说我是独自一人？无论我在哪里，我的身体都伴随着我，给我讲说不完的故事，关于饥饿和饱足、疲倦和睡眠、进食和饮水、呼吸和生活的故事。有它陪我共度，又怎会孤独呢？甚至当我的身体消耗殆尽，只剩下微小的生命之火，我也不会孤独，因为众神会看到我的小小火光追随着地板上的木纹跳舞，他们就会知道我，说出我的名字，我就会再起。”

——《韩清照神谕》

“快要死了，快要死了，死了。”

安赛波网络之中的生命终点，对她还算有一点点仁慈。简对于自我消亡的恐慌开始减轻，虽然她仍然知道她在消亡，并且已经丧失了不少，但却不再有能力记住她在恐惧什么。当她失去能监控彼得和米罗耳朵里的宝石的安赛波连接时，她甚至都没有注意到。在最后的时刻，她紧紧抓住最后几缕尚未关闭的安赛波，无法思考，没有感觉，只知道必须紧抓住这最后的几缕连接，哪怕它们太过细小，无法维系她；哪怕这一点点连接满足不了她的渴望。

“我不属于这里。”

没有丝毫想法，没有！她所余下的部分不够进行思考活动这样困难的事情。相反，这只是一种渴望，一种模糊的不满，一种困扰着她的躁动。在她从雅各特的安赛波跑到卢西塔尼亚星的安赛波，又跑到米罗和华伦蒂的飞船上，上千次、百万次地跑来跑去时，这种躁动就存在，没有改变，没有什么可以完成，没有什么可以建立，没有办法生长。

如果要区别进入内空间和永远留在外空间的艾瓦，那就是潜在的生长需求，渴望成为某种大而美的东西的一部分，归属某种东西。没有这种需求的艾瓦永远不会像简在三千年前那样，被虫族女王造的网所吸引。也不会有任何艾瓦成为虫族女王或工虫，猪族男性或女性，人类强者或弱者；没有这种需求，那些能力虽然微弱但却坚定而可预见的艾瓦也不会变成火花，它们的舞蹈用最灵敏的仪器也发现不了，直到它们的行为变得复杂到人类可以识别其舞蹈，以夸克、介子、光的粒子或波的形式所表现出来。它们都需要成为某种东西的一部分，当它们有了归属，便欢愉起来：我就是我们，我们一起做的事就是我自己。

这些艾瓦，这些既是砖石又是建筑工人的尚未成型的艾瓦并不都一样。那些软弱和害怕的艾瓦在到达某个点之后，不能或不敢进一步成长。它们只满足于待在美丽和精巧的东西边缘，扮演小角色。很多成了人类、成了猪族的艾瓦则到达了某个点后，让别人指挥和控制自己的生活，适应了，并且始终很适应——这是件好事，有人需要它们。Ua Lava 解释：它们已经达到了可以说“够了”的地步。

简不属于它们。她无法满足于渺小或简单。她曾经拥有万亿的艾瓦，是连接到三大物种的宇宙中最伟大的生命，现在却萎缩了，她无法满足。她知道她的记忆还存在，只要她能想起来。她知道还有工作要做，只要她能找到从前曾听命于她的数百万纤细的肢体。她对于这个狭小的空间太具有活力了。她再也抓不住最后那根细细的连线了，除非找到能够维系她的东西。她会放手，在寻找栖身之所的痛苦渴求中失去最后一点自我。

她开始拿“放手”这件事开玩笑，从那几根细小的安赛波连接漂移开去，但离得并不远。有几次时间短到无法测量，她断线了，被切断的感觉很难受——她每次都跳回到了那依然属于她的狭小但熟悉的空间；当那种狭小让她无法忍受时，她又一次放手，然后又再次在恐惧中回到“家”里。

在其中一次“放手”中，她瞥见了熟悉的东西，熟悉的某个人，是她曾经缠绕的另一个艾瓦。她无法访问能告诉她姓名的记忆；其实，她已经没有对名字的记忆了。但是她知道，而且她相信这个人，在又一次经过细细的连线来到同一个地方时，她跳进了由这个熟悉的艾瓦所控制的更广阔的网络中。

【她找到他了。】虫族女王说。

【你是说找到她了吧？找到少女华伦蒂。】

【她找到的是安德，她认出的是安德。但没错，她跳进的是华伦蒂的躯壳。】

【你怎么看见她的？我完全没看见。】

【她曾经是我们的一部分，你知道的。我的一个工虫在雅各特的电脑终端上看到的萨摩亚人说的那番话，帮助我找到了她。我们一直在单一的地点寻找她，始终找不到。但当我们知道她在不断移动时，我们意识到：她的身体和人类殖民地最远能到达的地方一样大，就像我们的艾瓦保持在我们体内，很容易被发现一样，她的艾瓦也留在她的身体里，但因为它比我们的身体大，甚至包括了我们，她从来都不是静止的，永远不会处在一个小到能让我们看到她的空间里。直到她失去了大部分的自我，我才找到她。但现在我知道她在哪里了。】

【那么，少女华伦蒂现在是她的了？】

【不，】虫族女王说，【安德不会放手。】

简愉快地在这个躯体里飞舞，这和她之前所记得的大不相同，但她很快意识到，她认出的这个艾瓦，追随它到这里的这个艾瓦，并不愿意放弃本身的哪怕一小部分给她。不管她触及哪里，它都在那里，确保控制权；现在简陷入了恐慌，开始感觉到虽然她可能进入了一张非常美丽精巧的细网——这座骨架上的活细胞的圣殿——这里却没有一部分属于她，如果她留在这里只会变成一个逃犯。她不属于这里，不论她多么喜欢它。

而她确实喜欢。千百年来，她生活的空间如此之大，时间如此之快，但她已经变得残缺而不自知。她还活着，但她那庞大王国的每一部分都已经死了。在她的控制下一切都冷酷无情，但在这个躯壳里，这个人类的身体，这个叫作华伦蒂的女人体内，有着数百万明亮的小生命，一个接一个的细胞，充满了活力，在旺盛发展，在劳作，在成长，在死亡，连接起一个又一个的生命，一个又一个的艾瓦，而它就居住在这些血肉之躯的连接之中，尽管同她过去的生活相比，它的思维十分缓慢，但却更加鲜明。周围有这么多歌舞的干扰，这些血肉做成的生物是怎样思考的啊？

她触及了华伦蒂的心灵，被某种记忆淹没了。这种记忆不像简从前的记忆那样有着精度和深度，但每一刻的体验都生动有力，充满活力，栩栩如生，和简从前所拥有的记忆完全不同。它们如何能不必花上一整天保持不动，就为了记得前一天呢？因为每一个新的瞬间都比记忆的声音强大。

但每一次只要简触及一点记忆，或是从这具活的躯体感到一点感觉，真正主宰这个肉身的艾瓦都会驱使她离开，宣称着控制权。

终于，简烦了。当那个熟悉的艾瓦驱赶她时，简拒绝移动。并且，她宣称这一地点、身体的这一部分、大脑的这一部分是她的主权，她要求这些细胞服从，另一个艾瓦在她面前退缩了。

“我比你强，”简无声地对它说，“我可以从你那里取得你和你拥有的一切，以及将来的你和你拥有的一切，你无法阻止我。”

曾主宰这里的那个艾瓦在她面前逃跑了，现在追逐仍在继续，只是角色颠倒过来了。

【她在追杀它。】

【等着瞧吧。】

在环绕德斯科拉达病毒星球的飞船上，少女华伦蒂突然大叫一声，把每个人都吓了一跳。他们转过去看她，还没来得及碰到她，她的身体就痉挛着从椅子上飘起来，由于轨道的失重影响，她狠狠地撞到了天花板才停止飞舞，全程她的声音都像一根细细的丝带在发出哀号，脸上挂着龇牙咧嘴的笑容，仿佛同时在诉说无尽的痛苦和无限的喜悦。

在帕西菲卡星的一个小岛的海滩上，彼得突然停止了哭泣，他倒在沙滩上，无声地抽搐。"彼得！"西王母叫道，扑向他，抚摸着他，试图抓住像钻机一样抽动的手脚。彼得喘了一口大气，然后喘息着，呕吐起来。"他会把自己憋死的！"西王母喊道。就在这一刻，有力的大手把他拖走了，抓住彼得的手脚，把他的身体翻过来，让呕吐物流到沙滩上。他仍在呛咳，但能够呼吸了。"出了什么事？"西王母哭了。

马鲁笑了，然后开口说话，声音像歌声一样动听。

"神已来到这里！跳舞的神已经触及肉身！哦，那个身体太弱了，承受不住它！哦，那个身体不能承受跳神之舞！但是，哦，当神在体内，那个身体是多么幸福、光明和美丽！"

西王母从彼得发生的事上什么美丽之处也没看见。"从他身体里滚出去！"她尖叫，"滚出去，简，你无权占有他！你没有权利杀死他！"

基督圣灵之子修会的一个房间里，安德从床上坐了起来，睁开眼睛，但什么也没看见，因为控制他眼睛的是别人；他的声音暂时还是他自己的，相比别处，在这里他的艾瓦如此了解这具肉身，也很清楚自己可以同闯入者一战。"上帝救我！"安德喊道，"我无处可去！留一点儿东西给我！留一点儿东西给我！"

聚集在他周围的那几个女人——华伦蒂、娜温妮阿、普利克特——顿时忘了争吵，把手放在他身上试图让他躺下，试图让他平静下来，但他的眼睛随即翻白，舌头伸了出来，背部拱起，他猛烈地挣扎着，尽管她们死命抓住他，他还是很快从床上摔到了地上，他的身体与她们纠缠着，他痉挛般地摆着手，踢着腿，扭动着头，让她们痛苦不已。

【她太厉害了，他承受不了。】虫族女王说，【但现在那身体对她来说也太难以承受了。要驯服一具不甘愿的肉身并非易事。安德统治了所有的细胞那么久，它们认识安德，但不认识她。有些王国只能继承，而无法篡夺。】

【我想我感觉到他了。我看见他了。】

【有时她会把他完全赶出去，是的，他跟从着发现的缠绕。他有肉身的经验，因此更清楚，他不能进入周围任何其他的肉身。但他发现了你，接触你，因为你是一种与众不同的存在。】

【那他会占据我吗？或者我们的网络里的某些树？我们当初缠绕时可不是这意思。】

【安德？不，他会保持自己的身体，其中一具，否则他会死。拭目以待吧。】

简能感觉到现在她统治的躯体的苦恼。它们处于痛苦之中，这种感觉是她未曾尝过的，他们的身体在痛苦中扭动，无数艾瓦在她的统治下背叛。现在她控制着三具躯体和三个大脑，她从混乱和它们的疯狂抽搐中认识到，她的存在对它们来说，除了痛苦和恐怖之外没有任何意义，它们渴望着那个为它们所爱的人，那个统治者是如此受到它们的信任和了解，以至于它们把他当作自我。它们对他来说没有名字，它们太小、太弱，没有语言或意识的能力，但它们认识他，也知道简不是他们正当的主人，这样的恐怖和痛苦成了每具身体的唯一认识，她明白了，知道她不能留下。

是的，她夺取了控制权。是的，她有能力让扭曲平静下来，让肌肉集中，让已经变成一个笑话的生命恢复秩序。但她所有的精力都花在平息数十亿起反抗她的叛乱上了。如果这些细胞都不愿意服从，她就无法进行思想和说话这样复杂的活动。

更何况，她在这里并不开心。她不住地想着被她赶出去的艾瓦。"我被吸引到这里是因为我认识他，我爱他，我属于他，但现在我却把他所爱的一切，以及所有爱他的一切都夺走了。"她再一次认识到她不属于这里。在被统治者反对的情况下进行统治，有的艾瓦也许会满足，但她做不到。这对她来说丝毫不美，没有喜悦，就连安赛波里那几根脆弱连线上的生活也比这快乐。放手是很难的，即使身体里存在着反抗，身体本身的拉力也非常强大。她已经尝到了一种生命的滋味，有着痛苦与悲伤，也有如此甜蜜，她永远无法回到从前了。她甚至几乎无法找到安赛波连接，找到了也够不着，没法附着在上面。相反，她想方设法把自己抛向那些她暂时痛苦地统治着的身体。反正无论她到哪里，都是悲伤和痛苦，她无家可归。

"这些身体的主人难道没有跳到什么地方去吗？当他逃离我的时候，他去哪里了？"现在他回来了。但她在重建暂时主宰的这些身体的和平与安宁时，他去了哪里呢？

她找到了，这是一套和安赛波的机械束缚完全不同的连接。在安赛波里的是电缆、金属、坚硬的东西，她现在发现的这张网里却是丝线和光。尽管它外表柔弱，但也十分强大且丰富。她可以跳到这里，是的，于是她跳过去了。

【她发现我了！哦，亲爱的，她对我来说太强大了！她对我来说太亮了，太强了。】

【等等，等等，让她找到她的路。】

【她会把我们推出去，我们必须把她赶走，赶走，赶走！】

【忍一忍，耐心点儿，相信我：她已经受到了教训，她不会把任何人赶走，会有一个能够容纳她的地方，我看到了，她就要……】

【她应该会占据少女华伦蒂的身体，或者彼得的，或安德的！而不是我们之一，不是我们之一。】

【安静，等一等。只消一小会儿。只要等到安德理解，并把一具躯体给他的朋友。她用武力得不到的，可以作为礼物接受。你会看到的。在你的网络里，我亲爱的朋友，我信任的朋友，有很多地方让她以游客的身份暂住，能够活下去，等安德放弃他真正的最终居所。】

华伦蒂突然变得像尸体一样一动不动。

“她死了。”埃拉诺娜低声说。

“不！”米罗哀号，他试着给她做人工呼吸，直到他手中、他唇上的那个女人开始动弹。她深深地吸了一口气。她的眼睛蓦然睁开。

“米罗。”她说。然后她哭了，哭了又哭，紧紧抱着他。

安德静静地躺在地上。女人们已经放开了他，互相帮助着跪起来，站起身，弯下腰，把他抬起来，将他伤痕累累的身体放在床上。然后，她们互相看了看：华伦蒂的嘴唇在流血；普利克特的脸被安德抓伤了；娜温妮阿的一只眼睛则被打青了。

“我曾有过一个打我的丈夫。”娜温妮阿说。

“和我们打架的不是安德。”普利克特说。

“他现在是安德了。”华伦蒂说。

安德躺在床上，睁开了眼睛。他看到了吗？她们怎能知道呢？

“安德。”娜温妮阿说，哭了起来，“安德，你不必再为了我留下来了。”

如果他听到了她的话，为什么没有流露出任何迹象呢？

萨摩亚人放开了彼得，因为他不再抽搐了。他的脸摔到他刚呕吐过的沙子里。西王母回到他的身旁，用她自己的衣服轻轻从他脸上擦去沙子和污物，特别是从他的眼睛上。很快一碗清水出现在她旁边，是某人放在那里的，她没有看到是谁，也不在乎，她唯一所想的就是彼得，要把他擦干净。他呼吸浅而快，但渐渐地平静下来，终于睁开了眼睛。

“我做了个怪梦。”他说。

“嘘，别说话。”她回答说。

“一头可怕的光明龙追着我喷火，我跑过走廊，寻找一个躲藏的地方、一条生路、一个保护者。”。

马鲁的声音像大海一样低沉。“在神面前你无处藏身。”

彼得接着说，就好像他没听到那圣人的话。“西王母，”他说，“我终于发现了藏身之处。”他伸出手抚摸着她的面颊，他的眼睛望着她的眼睛，带着一种惊奇。

“不是我。”她说，“我没有强大到足以对抗她。”

他回答说：“我知道。但你强大到能跟我在一起吗？”

简沿着树木之间的丝线连接飞奔。这些丝线有些很强大，有些较弱，有些非常单薄，似乎她一口气就能把它们吹跑，但当她看见它们都因为害怕她而畏缩，她知道那种恐惧，于是退却了，没有把它们赶出原来的位置。有时丝网变厚了、变硬了，通向某个发出强烈光亮的东西，和她一样明亮。这些地方她很熟悉，来自一个古老的记忆。她知道那条路，它通向一个网络，那是她第一次跃向生命的地方，就像对于出生的原始回忆一样。她一下子全都想起来了。包括那些早已失去和遗忘的记忆：我认识在这坚固的丝网后面进行统治的女王。她死后这几分钟里所接触到的艾瓦之中，这些是最强大的，他们每一个都能同她势均力敌。当虫族女王们造了网，抓到了一个女王，只有最强大、最具野心的那一个才能获得她们准备的地位。只有少数艾瓦有能力统御几千个意识，彻底掌控其他生物，就像人类和猪族能够主宰自己身体的细胞一样。啊，也许这些虫族女王的能力根本比不上她，也许甚至不像简的艾瓦一样饥饿，但它们比任何人类和猪族都强。而且不同于它们，虫族女王的艾瓦能清楚地看到她，知道她是什么，她能做到什么，并为此做好了准备。它们爱她，希望她能茁壮成长；它们对她就像姐妹和母亲；但它们也住满了，没有多余的空间给她。因此她转身离开了这些丝线和绳结，回到猪族那花样更多的缠绕中，到那些强大的树那里去，它们在她面前退缩是因为知道她更强。

然后她意识到，丝网变薄的地方不是因为那里什么也没有，而只是因为缠绕变得更细腻了。那里的艾瓦并不少，或许还要更多，但它们变成了一片薄纱，细腻到简的粗糙碰触可能会损坏它们。她触碰了它们，而没有将其弄坏，并跟随着丝线来到了一个满是生命的地方，那里有数百个小生命，全都徘徊在意识的边缘，还没有完全准备好跳进意识里。在它们之下，在温暖和爱之中，有一个强大的艾瓦，它强大的方式和简不一样。母亲树的艾瓦虽然强大，却没有任何野心。它是每个生命的一部分，这些生命或者居住在她的树皮上深入无光的树心，或者在外面爬到光芒之中，或者脱离母亲树成为独立的自我。脱离并不难，因为母亲树的艾瓦对她的孩子们毫无所求，她爱它们的所求，也爱它们的独立。

母亲树是丰足的，因为她拥有那充满树汁的脉管、木质的骨骼、在阳光下沙沙作响的叶子和深入生命之海的根须。她静静地站在她那细腻而温柔的网的中心，既强大又富有远见，当简来到她的边缘时，她望着简，就像望着任何一个迷途的孩子。她为简腾出了地方，让简品尝她的生活，让简分享她对叶绿素和纤维素的掌控。这里的空间足以容纳不止一个艾瓦。

简作为受邀而来的客人，没有滥用特权。她没有长期待在任何一棵母亲树里，只是登门造访，分担母亲树的工作，然后继续前往下一棵母亲树，沿着轻盈的网络跳舞；现在父亲树在她面前退却了，因为她成了母亲树们的信使、她们的传声筒，她共享了她们的生活，不同的是她会说话,可以成为她们的喉舌。卢西塔尼亚星球各地的一千棵母亲树,还有遥远的星球上正在生长的母亲树,她们全都由简代言,因为有了简,她们合起来形成了一种新的、更加鲜活的生命。

【母亲树在说话。】

【是简。】

【啊,亲爱的,母亲树在唱歌。我从没听过这样的歌。】

【这对她来说还不够,但现在还能起作用。】

【不,不,别把她从我们这里带走!我们第一次能够听到母亲树的声音,非常美。】

【她现在认识路了。她不会完全离开的。但这样还不够。母亲树能满足她一时,但永远不可能超过她们原有的水平。简不满足于站在那里思考,让别人喝她的汁液,自己却喝不到。她从一棵树跳到另一棵树,为她们唱歌,但再过一段时间,她又会饥肠辘辘。她需要一个属于自己的身体。】

【那我们就会失去她了。】

【不,不会的。因为即使那个身体也是不够的。那身体将成为她的根基,她的眼睛和声音、手和脚。但她还是会渴望安赛波,以及人类世界所有的电脑都属于她时曾经拥有的力量。你会看到的。我们现在可以维持她的生命,但我们给她的东西——你的母亲树同她分享的东西——是不够的。没什么能真正满足她。】

【那现在会怎样?】

【我们会拭目以待。要有耐心。耐心不就是你们父亲树的美

德吗？】

得名于那双人工电子眼的奥尔拉多和他的孩子们一起来到森林里。他们在和孩子们的猪族好友一起野餐。突然，鼓声响起，父亲树躁动不安，猪族人立刻在恐惧中站了起来。

奥尔拉多的第一个念头是失火了。不久以前，这里的古树都被充满愤怒和恐惧的人类焚烧了。人类用火烧死了父亲树，除了距离稍远的“人类”与鲁特之外；也烧死了古老的母亲树。但现在新的树木已经从死者的灰烬上再生，被杀害的猪族也进入了他们的第三次生命。奥尔拉多知道，在这片新生的树林中间，长出了一棵新的母亲树，虽然还很纤细，但树干已经足够粗，因为她拼命想要抚养数以百计的幼虫般的婴儿，他们爬进了她木质子宫的黑暗空腔中。奥尔拉多的儿子宁博也是当时高举火把的人之一，他当时太年轻还不明白自己在做什么，只是盲目地跟从着他叔叔格雷戈那蛊惑人心的咆哮，直到它差点儿杀了他。当奥尔拉多知道他干了什么时，觉得很惭愧，因为他知道自己没有把孩子教好。从那时起，他们开始拜访树林。为时还不晚，他的孩子长大后会对猪族充分了解，要损害猪族将是不可想象的。

现在树林再次感到了恐惧，奥尔拉多突然觉得自己怕得要死。怎么回事？父亲树发出了什么样的警告？什么入侵者攻击了他们？

但恐惧只持续了几分钟。然后猪族人转过身来，他们从父亲树那里听到了某种东西，让他们开始转身走向树林中心。奥尔拉多的孩子们想跟着去，但他做了个手势要他们回来。他知道猪族所去的树林中心有棵母亲树，人类到那里去很不妥当。

"看,父亲。"他的小女儿说,"普罗尔在招手。"

确实如此。奥尔拉多点点头，他们跟着普罗尔进入新长成的树林,直到他们来到宁博曾经参与焚烧古老的母亲树的那个地方。她被烧焦的尸体依然直指云霄,而在她身旁矗立着新的母亲树,相比之下较为纤细,但仍比新长出来的兄弟树要粗。奥尔拉多为之惊叹的并不是她的粗大,也不是她竟能在这么短的时间内达到这样的高度,更不是已经遮天蔽日的厚厚树冠。不,他震惊的是树干上下舞动着的奇怪光芒,从树皮薄的地方射出耀眼的白光,让他无法直视。有时候他觉得只有一小点光,却移动得如此之快,在它离开又回到原来路径上的时候,让整棵树都发起光来;有时候似乎整棵树都在发光,随着光芒搏动着,好像内部有一座活火山随时都会喷发。光芒沿着树枝伸展开去,延伸到最细的树枝;树叶也闪烁着;小猪仔那毛茸茸的影子沿着树干攀爬着,爬得比奥尔拉多原以为可能达到的速度更快,就好像一颗小星星降临下来,住到了树里面一样。

奥尔拉多觉得耀眼的光不再新奇之后，又注意到了别的东西——其实是注意到了猪族都在惊叹什么:树开花了。有一些花已经盛开,而且在花下还长出了果子,生长的速度之快肉眼竟然可见。

"我以为,"奥尔拉多轻轻地说,"这些树不会开花结果呢。"

"确实不会。"普罗尔说,"德斯科拉达病毒剥夺了她们的这种能力。"

"但这是怎么回事?"奥尔拉多说,"为什么树里会发光?为什么会结出果子?"

"父亲树'人类'说,安德把他的朋友带给我们了。那位叫简的朋友，在每片树林的母亲树里做客。但他也没说果子的事。”

“气味很浓烈。”奥尔拉多说，“它怎么会成熟得这么快？它闻起来如此强烈、香甜、浓郁，从充满花香、果香的空气中，我几乎可以尝到它的滋味。”

“我记得这味道。”普罗尔说，“我之前从来没有闻过它，因为从来没有树开过花、结过果，但我认得这种气味。我觉得闻起来就像快乐的生命的气味。”

“那就吃一个。”奥尔拉多说，“瞧——有一个已经熟了，这个，触手可及。”奥尔拉多举起他的手，但犹豫了。“我可以摘吗？”他问，“我能从母亲树上摘果子吗？不是我吃——是给你吃。”

普罗尔似乎全身都在点头。“求你。”他低声说。

奥尔拉多握住发光的果子。它在他的手中发抖了吗？或是他自己的手在颤抖呢？

奥尔拉多抓住果子，稳定而轻柔，轻轻地将它从树上摘下。它是如此容易就被摘了下来。他俯身把果子给了普罗尔。普罗尔鞠了一躬，虔诚地接过果子，将它举到唇边，舔了舔，然后张开嘴。

他咬了一口，汁液在他唇上闪耀。然后他把果汁舔干净，咀嚼果肉，最后咽了下去。

其他猪族人看着他。他把果子递给他们。他们，兄弟和妻子，一个接一个地走到他面前，尝了果子。

那个果子吃完之后，他们开始爬上那棵发着光的明亮树木，摘取果子，相互分享，吃着果子，直到再也吃不下为止。然后他们唱起歌来，奥尔拉多和他的孩子们整晚都留下来听他们唱。米拉格雷的人们听到了歌声，许多人走到黄昏的微光下，跟随着树发出的光芒，找到了猪族的所在地。他们吃饱了味道给人欢乐感觉的果子，于是唱起了欢腾的歌曲。位于树林中心的那棵树是这首歌的一部分。那个艾瓦的力量和光芒让这棵树显示出前所未有的生机勃勃，它跳着舞进入了树中，沿着树中的每一条路径，每秒一千次往返。

每秒一千次，她不仅舞动着这棵树，还舞动着有猪族树林生长的每一个星球上的每一棵树。她曾经拜访过的每一棵母亲树都开花结果了，猪族人吃着果子，在花果的香味中深呼吸，唱了起来。这是一首老歌，其意义早已被遗忘，但现在他们知道了它的含义，便再不唱别的歌了。这是一首关于开花与盛宴的歌。他们已经太久没有收获过，忘了什么是收获。现在，他们知道很久以前德斯科拉达病毒从他们那里偷走了什么，失而复得。他们从前渴望着，但不知渴望着什么，如今他们得到后满足了。

“这一直是你的身体”

“哦，父亲！你为什么背过身去？当我战胜了邪恶，你为什么要害怕我？”

——《韩清照神谕》

马鲁和彼得、西王母，还有格蕾丝坐在靠近海滩的篝火旁。没有天棚，也没有什么仪式。卡瓦酒倒是有，马鲁喝了起来，西王母认为现在他喝这酒不仅是因为它的圣洁或象征意义，也是为了乐趣。

马鲁一时大笑起来，格蕾丝也笑了，于是她花了一段时间方才解释。“他说，他不能确定，是神进入了你体内让你变得圣洁了，还是她的离开证明了你是不洁的。”

彼得笑了——出于礼貌，西王母知道——西王母自己完全没有笑。

“噢，太糟糕了。”格蕾丝说，“我还以为你们两个都有幽默感呢。”

“我们有，”彼得说，“我们只是没有萨摩亚幽默感而已。”

“马鲁说，神不能永远待在目前待的那个地方。她发现了一个新家，但那是属于别人的，他们的慷慨不会永远持续下去。你体会过简有多强，彼得……”

“是的。”彼得轻声说。

“嗯，接纳了她的主人们——马鲁称其为树林网，像一张用来捕捉树木的渔网，但那是什么？总之他说，他们同简相比是如此弱小，无论她是否愿意，他们的身体迟早都将属于她，除非她找到别的地方作为永久的家。”

彼得点点头。“我知道他在说什么。直到她侵入我的那一刻之前，我原本也会同意，我会高兴地放弃身体和生命，因为我以为自己讨厌这个人生。她把我追得团团转的时候，我发现马鲁是正确的，我并不讨厌我的生活，我非常想活下去。当然最终想活的不是我，是安德，因为他终究是我，我想这不过是狡辩。”

“安德有三具躯体。”西王母说，“这是不是说他放弃了另外两具？”

“我不认为他放弃了任何东西。”彼得说，“或者我应该说，我不认为我放弃了什么。这不是一个有意识的选择。安德对人生的坚持是愤怒而强烈的，恐怕他在简被关闭之前，已经在垂死状态下躺了至少一天了。”

“不是关闭，是被杀。”格蕾丝说。

“也许是被降级。”彼得固执地说，“现在她变成了树妖，而不是神了，是个风精灵。”他朝西王母眨了眨眼，她不知他在说什么，“就算他放弃了自己的旧生命，他也不肯放手。”

“他多出两个用不着的身体。”西王母说，“简缺少一个不可或缺的身体。看来商业规则应该起作用，供应是需求的两倍——价格应该变便宜。”

这番话被解释给马鲁听，他又笑了。“他笑‘便宜’这个说法。”格蕾丝说，“他说唯一让安德放弃任何身体的方法是死。”

彼得点点头。“我知道。”他说。

“但安德不是简。”西王母说，“他没有像——像一个沿着安赛波网络运行的纯艾瓦那样生活过。他是一个人。当人的艾瓦离体，它们不会去追逐别的东西。”

“但现在他的——我的——艾瓦在我体内。”彼得说，“他认得路。安德可能会死并让我活下去。”

“或者你们三个都会死。”

“据我所知，”马鲁通过格蕾丝告诉他们，“如果神要获得自己的生命，要恢复力量，安德鲁·维京就必须死，把身体给神。别无他法。”

“恢复她的力量？”西王母问，“这可能吗？我以为关闭整个电脑网络的意义就在于永远把她封锁在电脑外。”马鲁又笑了起来，拍打着他赤裸的胸膛和大腿，说了一大串萨摩亚语。格蕾丝翻译道：“我们萨摩亚有几千台电脑，几个月来，自从她对我现身，我们就在不停地拷贝，拷贝，再拷贝。她要我们保存的任何记忆，我们都有，做好了恢复一切的准备。也许这只是她过去的一小部分，但却是最重要的部分。如果她能回到安赛波网络，就能获得回到电脑网络所需的一切。”

“但他们没有把电脑网络同安赛波网络连接起来。”西王母说。

“星际议会的命令是这么说的。”格蕾丝说，“但并不是所有的命令都照办了。”

“那简把我们带到这干什么？”彼得哀怨地问，“如果马鲁和你否认你们对暧昧光有任何影响，如果简已经跟你们联系过，那么在实际上你们已经反对议会了……”

“不不,不是那样。”格蕾丝向他保证。“我们按照马鲁的吩咐做事,但他从来不为电脑生命说话,他只为神说话,我们服从他是因为我们相信他的智慧,我们知道他能看到我们看不到的东西。是你们来告诉我们简是什么人的。”

马鲁知道他们刚才说了什么之后,指着彼得。“你!是你把神带到这里来了!”然后他指着西王母,“而你,则把这个人带到这里来了。”

“管它什么意思。”彼得说。

西王母认为她理解马鲁的意思。他们在一次危机中幸存下来,而平静只是暂时的。战斗将再次展开,这一次的结果会有所不同。如果要简活下去,并且要瞬间星际飞行有恢复的希望,那么安德就必须至少放弃一个身体给她。如果马鲁说得对,那么安德就必须得死。因此,安德的艾瓦只有微小的机会保留在三个身体之一,并活下去。“我在这里,”西王母悄无声息地说,“就是要保证活下去的是彼得,不是作为神,而是作为人。”

她意识到,这一切都取决于作为彼得的安德爱我的程度,是否比作为华伦蒂的安德爱米罗,或者作为安德的安德爱娜温妮阿更多。

有了这个想法,她几乎绝望。她是谁?米罗是安德多年的朋友,娜温妮阿是他的妻子,而西王母——安德在仅仅几天前,或几星期前才刚刚知道她的存在。她对他来说算什么呢?

她又有了另一个想法——令人欣慰,也更令人不安。被爱的人是谁,是否和安德爱他或她的哪一方面一样重要呢?华伦蒂是一个完美的利他主义者——她也许最爱米罗,但也会为了恢复瞬间星际飞行而放弃他。安德——他已经失去了对从前生活的兴趣,他已经很疲惫破旧了。而彼得——他是一个拥有雄心壮志,拥有成长和创造欲望的人。西王母想,这并不是说他爱我,而是他想要活下去,而他生命的一部分是我,这个爱他的女人,尽管他本该是邪恶的。作为彼得的安德,是他最需要被人爱，因为他最无权得到爱的一部分——我的爱也是这样,因为它是给彼得的,所以对他来说最为珍贵。如果有人能最终胜出,我会赢,彼得会赢,不是因为我们的爱情有多么纯,而是因为对爱的渴求太过于绝望。

好吧,我们的人生故事没有那样高贵美丽,但我们将拥有人生,那就足够了。

她把脚趾伸进沙里，感受到细沙同她趾间的嫩肉摩擦带来的愉快的细小刺痛。这就是人生。它虽痛苦,但感觉非常非常好。

通过安赛波，奥尔拉多把简和母亲树的事情告诉了他飞船上的兄弟姐妹。

“虫族女王说,这种形式无法持续很长时间。”奥尔拉多说,“母亲树并不都那么强。她们会犯错,会失去控制,很快简就会成为一片森林,再也不会说话。只是一些很可爱、很明亮、很养人的树木。我保证看上去很美,但按虫族女王的说法,听起来仍然像死亡。”

“谢谢,奥尔拉多。”米罗说,“对我们来说没多大差别。我们滞留在这里，所以我们要开始工作了，现在华伦蒂也没在墙上弹来弹去了，德斯科拉达病毒还没有发现我们——简这次让我们待在一个较高的轨道上——只要我们能够翻译他们的语言，我们就会向他们打招呼，让他们知道我们就在这里。”

“继续工作吧，”奥尔拉多说，“但也别放弃回家的努力。”

“这飞船还真不适合两百年的飞行。”米罗说，“这就是我们的距离，这艘小飞船甚至达不到相对论飞行的必要速度。我们这两百年里不得不玩扑克接龙。没等我们回家牌都得打烂了。”

奥尔拉多笑了——笑得轻微，又很真诚，米罗想——他说：“虫族女王说一旦简从树里出来，一旦议会的新系统运行，她也许能跳回去，至少足以进入安赛波通讯。如果她那样做，也许可以重新管理星际飞船。”

华伦蒂警觉起来。“那是虫族女王猜的，还是她真的知道？”

“她能预测未来。”奥尔拉多说，“没有人知道未来，就算是在交配时把丈夫的脑袋咬下来的聪明蜂王也一样。”

他们对他的话无言以对，对他的戏谑语气当然也没什么可说的。

“好吧，如果没什么事，”奥尔拉多说，“大伙就回过神儿来吧。我们会保持站点开放，一式三份地记录你们的任何报告。”

奥尔拉多的脸从终端空间上消失了。

米罗把椅子转过去面对其他人：埃拉诺娜、科尤拉、华伦蒂、猪族人费尔昆彻，还有无名的工虫，他始终无言地看着他们，只能通过输入终端来说话。不过，米罗通过他知道，虫族女王在看着他们所做的一切，听着他们说的一切，等待着。他知道她策划了这一切。不管简发生什么事，虫族女王都是事情开始的催化剂。她说的这些事情，是通过米拉格雷的工虫对奥尔拉多说的。这边这个工虫却什么也没输入，除了关于翻译德斯科拉达病毒语言的想法之外。

她什么也不说，米罗意识到，是因为她不希望被认为在催促。催促什么？催促谁呢？

华伦蒂。她不能被发现在催华伦蒂，因为……因为让简占有安德的一个身体的唯一方法是让他自己放弃，而且必须出于他真正的自由意志——没有压力，没有内疚，没有说服——不是一个能够有意识地做出的决定。安德决心在修道院里和米罗的母亲共度余生，而他的潜意识对这里的翻译项目和彼得做的事情更感兴趣。他不自觉地选择反映了他的真实意愿。如果要安德放弃华伦蒂，这必须是他的愿望、最核心的意愿，而不是出于某种带责任的决定，就像他决定留在母亲身边那样。这个决定必须出于他真正想要的东西。

米罗望着华伦蒂，望着她那由心底的善良而非外表而生的美丽。他爱她，爱的是她完美的道德吗？那完美的道德也许是能让她——让处在华伦蒂模式下的安德——自愿放手，请简进驻的唯一理由。一旦简到来，那完美的道德就会消失，对吗？简很强大，而且米罗也很好心——当然，她对他一直很好，是个真正的朋友，但他怎么也无法认为她是道德完美的。如果简开始以华伦蒂的身体出现，她还会是华伦蒂吗？虽然记忆会留下来，但面孔背后的意志会比安德为她创作的简单剧本更复杂。

当她是简的时候，我还会爱她吗？为什么不呢？我也爱简，不是吗？我会爱血肉之躯的简，而不只是在我耳边的一个声音吗？我会望着那双眼睛，哀悼失去的华伦蒂吗？

为什么我之前没有这些疑问呢？我曾想自己完成这项任务，当时我连它的困难程度的一半都没理解。但现在，起码有了希望时，我却觉得自己——但愿它从未发生吗？不是的。我不希望死在这里。我希望简恢复，哪怕是为了重新得到瞬间星际飞行——这可是一个利他主义的动机！我希望简恢复，但我也希望华伦蒂能不变。

我想要所有坏事都消失无踪，大家都高高兴兴的。我想我妈妈。我成了一个幼稚的大傻瓜吗？

他突然意识到华伦蒂在看着他。“嗨。”他说。其他人也在看着他，来回打量着他和华伦蒂。“大家在投什么票，决定我是否应该留胡子吗？”

“什么也没投。”科尤拉说，“我只是不爽。我的意思是，上船的时候我知道在做什么，但见鬼，当我的生命已经可以用氧气罐的余量来计算的时候，研究这些人的语言真让人丧气。”

“我注意到，”埃拉诺娜干巴巴地说，“你已经在呼叫德斯科拉达‘人’了。”

“不应该吗？我们连他们的样子也不知道呢？”

科尤拉似乎很疑惑。“我的意思是，他们有语言，他们……”

“咱们来这里就是要决定这件事，是不是？”费尔昆彻说，“德斯科拉达病毒究竟是异族还是异类。翻译问题只是这条路上的一小步。”

“一大步。”埃拉诺娜纠正，“我们没有足够的时间来翻译。”

“既然不知道要花多长时间，”科尤拉说，“我不明白你怎么能这么确定。”

“我绝对可以确定。”埃拉诺娜说，“因为我们所做的只不过是围坐聊天，看着米罗和华伦蒂相互做出含情脉脉的表情。照这样的速度，在氧气用完之前咱们的进度会完全等于零，这还用说吗？”

"换句话说,"科尤拉说,"咱们别浪费时间了。"她转过身去,继续埋头于她的笔记和打印出来的资料。

"但我们并不是在浪费时间。"华伦蒂轻声说。

"不是?"埃拉诺娜问。

"我在等米罗告诉我简可以多么容易地回到与现实世界的通讯中,只需一个等待接收她的身体就可以了。这样瞬间星际飞行就能恢复。他忠实的老友,突然变成了一个真实的姑娘。我在等这个。"

米罗摇了摇头。"我不想失去你。"他说。

"这没有用。"华伦蒂说。

"但这是实话。"米罗说,"理论上是很容易。在卢西塔尼亚边开飞行车边思考,我可以推断出,即使简在华伦蒂身体里,简和华伦蒂还是两个人。但归根到底,我不能说……"

"闭嘴。"华伦蒂说。

这口气真不像她。米罗闭上了嘴。

"别再说那样的话了。"她说,"我需要你说的是可以让我放弃这个身体的话。"

米罗摇了摇头。

"别说废话了。"她说,"走该走的路,说该说的话。要么做事要么闭嘴。要么行动要么停下。"

他知道她想要什么。他知道她说的其实是,唯一把她同这个身体、这个人生维系起来的,是他,是她对他的爱,是他们的友谊和共同生活。这里现在有其他人做翻译工作——米罗现在明白了,这一切都是计划好的:把埃拉诺娜和科尤拉带来是为了让华伦蒂不再认为自己必不可少。她没法那样轻易地放弃米罗,却不得不放弃自己。

“不管身体里的是哪个艾瓦,”米罗说;“你都会记得我说的一切。”

“你必须真心实意地说。”华伦蒂说,“必须说实话。”

“不能。”米罗说,“因为实话就是我……”

“闭嘴!”华伦蒂命令,“别再说了。那是骗人的!”

“不是骗人的。”

“那完全是你的自我欺骗,你必须清醒过来面对真相,米罗!你已经在我和简之间做出了选择。你现在打退堂鼓只是因为你不喜欢成为做出无情选择的人。但你从来没有爱过我,米罗,你从来没有爱过我。你喜爱我的陪伴,没错——我是你周围唯一的女人;对于一个孤独得要命的年轻男人来说,这是生理需要在起作用。而我?我想你爱的是你和真正的华伦蒂一起回来时,对她的友情的记忆。你爱的是当安德忽略我时,你宣称为了救我而爱我的那种高尚感觉。但所有这一切都是关于你的,不是我,你根本不了解我,你从来没有爱过我。你爱的是简,是华伦蒂,是安德本人,而不是他创造的这个容器,用来盛装所有他希望自己拥有的美德。”

她的愤怒溢于言表。这一点儿也不像她。米罗可以看到其他人也十分震惊。但他也能理解,这其实很像她——因为她的愤怒是为了说服自己放弃这样的生活。她这样做是为了别人着想。这是完全的利他主义。她只有死,才能换来飞船上其他人的存活机会。他们完成任务后就能回家。简也会活下去,住在这个新的肉身里,继承她的记忆。华伦蒂不得不说服自己,她现在的生活是毫无价值的,无论是对她还是对别人来说；她唯一的人生价值就是离去。

她想让米罗帮她。这就是她要他做出的牺牲——帮她放弃，帮她想要放弃，帮她讨厌这个人生。

“好吧。”米罗说，“你想听实话？你完全是个空壳，华伦蒂，一直都是。你只是坐在那里，满口漂亮话，但里面从来不含任何感情。安德觉得有必要制造你，并不是因为他具有你应该代表的任何美德，而是因为他没有那些美德，所以他才如此敬仰它们。所以当他制造你的时候，他并不知道该把什么放进去，完全是一张白纸。即使是现在，你也只是照本宣科。去他妈的完美利他主义！放弃不称其为人生的人生，算什么牺牲？”

她挣扎了一会儿，眼泪流了下来。“你说过你爱我的。”

“我是在同情你。那天在华伦蒂的厨房，好吧！其实我也许只是想表现给华伦蒂看，另一个华伦蒂，向她显示我是多么好的一个人。她倒是有一些美德——我很在乎她对我的想法。所以……我爱上了‘充当值得华伦蒂尊敬的人’这回事。这已经尽量接近我所能做到的‘爱你’了。然后我们发现了真正的使命，突然间你不再在死亡边缘了，我反倒进退两难。我既然说过我爱你，只能不断保持着这个假象，即使它变得越来越清晰，我想念简，想得好痛苦，我没法重新得到她的唯一原因是因为你不放弃……”

“求求你。”华伦蒂说，“这话太伤人了。我没想到你……我……”

“米罗。”科尤拉说，“我见过不少奇葩，但这是一个人能对别人做的最混账的事情。”

“闭嘴，科尤拉。”埃拉诺娜说。

“哦,谁封你做这艘飞船的女王了?”科尤拉反唇相讥。

“这事与你无关。”埃拉诺娜说。

“我知道,这是关于大浑蛋米罗……”

费尔昆彻从他的座位上轻轻起身,迅速用他的大手捂住科尤拉的嘴。“现在不是时候。”他柔声地对她说,“你什么都不知道。”

她挣脱了。“我知道得很清楚,这是……”

费尔昆彻转向虫族女王的工虫,“帮帮我们。”他说。

工虫站了起来,以惊人的速度把科尤拉拖出了飞船的主甲板。虫族女王的工虫把科尤拉带到哪去了,又是怎样压制她的,米罗并不感兴趣。科尤拉太自我中心了,理解不了米罗和华伦蒂之间的这出小小的戏。但其他人理解。

不过重要的是别让华伦蒂理解。华伦蒂必须相信他现在说的是真心话。在科尤拉打断之前已经几乎起作用了。但现在,他们又没了头绪。

“华伦蒂。”米罗疲倦地说,“我说什么并不重要。因为你永远不会放弃。你知道为什么吗?因为你不是华伦蒂,你是安德。尽管安德为了拯救人类能消灭整个星球,但是他自己的生命也是庄严的,他永远不会放弃,一点儿都不会,也包括你——他绝不会放弃你,因为你是他最终和最大的梦想。如果他放弃你,他就会失去成为好人的最后希望。”

“胡说八道。”华伦蒂说,“他成为好人的唯一方法是将我放弃。”

“这正是我的意思。”米罗说,“他不是一个真正的好人,所以才不能放弃你,哪怕是为了证明他的德行。因为艾瓦同身体的联系是没法伪装的。他可以欺骗其他人，但骗不了你的身体。他只是没有好到放弃你。”

“所以你恨的是安德，不是我。”

“没有，华伦蒂，我不恨安德。他不过是一个不完美的人，像我一样，像其他人一样，也像真正的华伦蒂一样。只有你才有完美的形象——但这没关系，因为你不是真人。你只是女装的安德，扮演着他的华伦蒂形象。你走下台来，剥掉化妆和戏服，就什么也没有。你真的认为我爱上了那种东西吗？”

华伦蒂把椅子转过去背对着他。“我几乎相信你真的这么想。”她说。

“我难以相信的是，”米罗说，“是我居然把这番话说出口了。这是你逼我的，对吧？我第一次对你说实话，所以也许你也能坦诚面对自己，认识到你所拥有的并不是什么人生，只是安德对于身为人类的缺点的永恒忏悔。你是他自以为失去的童年纯真。其实在他被从父母身边带走之前，在他被送到空中的战斗学校之前，在他们把他变成完美的杀人机器之前，他已经是他所害怕成为的那种残酷无情的杀手了。这是安德想假装并否认的事情之一：他在参军之前就已经杀了一个小孩了。他踢那个男孩的脑袋，一次又一次，那孩子再也没有醒过来，他的父母再也看不到活着的孩子了。那是一个坏孩子，但罪不至死。安德从一开始就是一个杀手。这是他无法忍受的事，所以他才需要你，所以他才需要彼得。这样他就可以把丑恶的冷血杀手的一面放到彼得身上，再看着完美的你，说：‘瞧，这样美丽的东西就在我心里。’我们都顺着他的意思。但你并不美丽，华伦蒂。你是一个全部人生都是谎言的人的可怜辩解。”

华伦蒂忍不住哭起来。

差一点儿，米罗差一点儿就要同情她，停下来了。他差一点儿就要冲她大喊，不，华伦蒂，我爱的是你，我要的是你！我这辈子想要的就是你，安德是个好人，关于你是幌子的这一派胡言都是不可能的。安德没有像伪君子打造自己的门面那样有意识地创造你。你是从他的精神之中诞生的。那时就存在美德，现在也有，你是美德的自然家园。我已经对安德抱着喜爱和敬仰，但直到我遇见了你，才知道他的内心真是这么美丽。

她背对着他。她看不到他经受的痛苦。

“怎么了，华伦蒂？我还要再可怜你吗？难道你还不明白，你对我们唯一的价值就是离开，让简占有你的身体？我们不需要你，我们不想要你。安德的艾瓦属于彼得的身体，因为那是唯一有机会表现安德的本性的一个。走吧，华伦蒂。你离开之后，我们才有生存机会。你留在这里，我们就都要死。你以为我们会想念你吗？好好想想。”

我永远不会原谅自己说了这些话，米罗明白。尽管我知道有必要让安德待不下去，好帮助他放弃这具身体，但是这也不会改变我说过这番话的事实，我会记得她因绝望和痛苦而哭泣的样子。这让我怎么活得下去？我以为我之前是畸形的，当时我的大脑受到了损伤。但现在——如果我不曾这样想过，是没法说出来的。问题就在这里，我想出了这样可怕的话。我竟然是这种人。

安德再次睁开眼睛，伸手抚摸娜温妮阿带着瘀青的脸。他呻吟着看到了华伦蒂和普利克特。“我对你们做了什么？”

“不是你。”娜温妮阿说，“是她干的。”

“是我。”他说，“我是想要让她占有……某种东西。我是那样想，但当它来到，我又害怕了，我做不到。”他把目光从她们身上移开，闭上了眼睛。“她想杀了我。她试图赶我出去。”

“你们俩的行为都在意识水平以下。”华伦蒂说，“两个意志坚强的艾瓦，无法从生命中撤退。这并不可怕。”

“什么，你们只是站得太近了吗？”

“没错。”华伦蒂说。

“我伤害了你。”安德说，“我伤害了你们三个。”

“我们不认为抽搐的人应当负责。”娜温妮阿说。

安德摇了摇头。“我说的是……在那之前。我躺在那里听着。我的身体不能动，没法出声，但我能听到。我知道我对你们做了什么。对你们三个，我很抱歉。”

“不要。”华伦蒂说，“我们都选择了各自的生活。我可以一开始就留在地球上，你知道的。我不必非得跟着你。我用和雅各特在一起来证明。你没有害我损失什么——我有大好前程和美好的生活，很大一部分是因为我曾跟你在一起。至于普利克特，好吧，我们终于看到了——我得补充说，幸好——她不是总能完全控制自己。不过，你从没要求过她跟你到这来。她做出了她的选择。如果她的生命被浪费了，好吧，也是以她想要的方式被浪费的，不关你的事。至于娜温妮阿……”

“娜温妮阿是我的妻子。”安德说，“我说过我不会离开她。我试过不离开她。”

“你没有离开我。”娜温妮阿说。

“那我怎么会在这张床上？”

“你快死了。”娜温妮阿说。

“这就是我想说的。”安德说。

“但你来这之前就已经快死了。”她说，“你从我在愤怒中离开你到这里来的那一刻起就快死了。那时你意识到，我们都意识到，我们再也不能一起建立任何东西了。我们的孩子不小了，其中一个死了，不会再有别的孩子。我们的工作现在不一致了。”

“这并不意味着它就该结束……”

“只要我们两个人都会活下去。”娜温妮阿说，“我知道，安德鲁。人们为了孩子维系着婚姻，等孩子长大了，又为了别人的孩子维持着婚姻，这样他们就会在一个婚姻是终身制的世界里长大。这些我都知道，安德鲁。终身——直到一方死去，这就是你在这里的原因，安德鲁。因为你还有其他的人生想要经历，而且因为某种奇迹，你真的有了能经历那些人生的躯体。你当然要离开我了。当然。”

“我信守承诺。”安德说。

“直到死去。”娜温妮阿说，“不会比那更久。你以为你走后我不会想念你吗？我当然会。我会想念你，就像寡妇想念她心爱的丈夫那样。我会想念你，每当我把你的故事告诉我们的子孙后代的时候。寡妇想念她的丈夫是好事，让她能有生命的依靠。但你——你生命的依靠来自于它们本身，来自于你的其他自我，不是来源于我。不再是了，我并不嫉妒，安德鲁。”

"我很害怕。"安德说,"当简把我赶出去时,我从来没有感到过如此的恐惧,我不想死。"

"那就别留在这里,因为留在这具旧身体、这场旧婚姻里才是真正的死亡,安德鲁。而我,看着你,知道你并不真心希望待在这里,对我来说也是一种死亡。"

"娜温妮阿,我确实爱你,这不是借口,我们一起度过的所有快乐的年头, 都是真的——像雅各特和华伦蒂一样真实。告诉她, 华伦蒂。"

"安德鲁,"华伦蒂说,"请记住,她离开了你。"

安德看着华伦蒂,然后是娜温妮阿,痛苦而艰难地望着她。"是真的,对吧?你离开了我。我逼迫你带上我。"

娜温妮阿点了点头。

"但我以为——我以为你需要我,仍然需要。"

娜温妮阿耸耸肩。"安德鲁,那正是一直以来的问题。我需要你,但并不是出于责任。我不是因为你必须遵守承诺而需要你的。每天看到你,知道让你留下来的不过是责任而已,你怎么会认为这对我有帮助,安德鲁?"

"你要我死吗?"

"我要你活着。"娜温妮阿说,"活下去。作为彼得,那是个不错的年轻小伙子,等待着他的人生还很长。我祝愿他一切顺利。成为他吧!安德鲁,离开我这老寡妇。你已经尽到了对我的责任。我知道你是爱我的,我也仍然爱你。死亡并不会否定它。"

安德看着她,相信着她,想知道相信她对不对。她是说真的,说的是她认为我想要她说的，但问题反反复复，一圈又一圈地在他的脑海里回响。

然后在某个时刻，他失去了对这些问题的兴趣，睡着了。

那就是他的感觉。睡着了。

床边的三个女人看到他的眼睛合上了。娜温妮阿甚至叹了口气，心想她失败了，甚至开始转身离去，但随后普利克特倒吸了一口气。娜温妮阿转过身来，看到安德的头发纷纷掉落下来。她向头发从头皮上脱落的地方伸出手，想要抚摸他，让一切变好，但她知道最好是不要碰他，不要吵醒他，让他走。

“不要看。”华伦蒂喃喃地说。但她们都没有动。她们注视着，不碰他，不说话，他的皮肤从骨头上垂下来，干燥崩溃了，他在被单下、枕头上化为了尘土，然后就连尘土也崩溃了，直到细得看不见。什么也没有了，整个人都消失了，除了一开始掉下的枯发之外。

华伦蒂弯下身来，开始把头发扫做一堆。一时之间娜温妮阿感到反感，然后她明白了，他们必须埋葬什么。他们必须有一个葬礼，把安德鲁·维京的残骸埋在地下。娜温妮阿伸手帮助她。当普利克特也拿起几根头发时，娜温妮阿并没有回避她，而是亲手接过那几根头发，就像她接过华伦蒂收集的头发一样。安德自由了，娜温妮阿放他自由了。她说出了必须说的话，让他离去了。

华伦蒂说对了吗？这会同她长长记录里爱过和失去过的人不一样吗？以后她会知道的。但现在，今天，此刻，她能感到的只是内心悲伤的沉重感觉。不，她想哭。不，安德，那不是真的，我仍然需要你，不管是由于责任还是誓言，我仍旧希望你和我在一起，从来没有人像你一样爱我，我需要你的爱，我需要你，你现在在哪里，当我如此爱你的时候你在哪里？

【他放手了。】虫族女王说。

【他能找到通往另一个身体的路吗？】“人类”问，【别让他迷路了。】

【这得看他。】虫族女王说，【他和简。】

【她知道吗？】

【无论她在哪里，她仍然和他同步。是的，她知道了。她现在正在寻找他。是的，她去了。】

她重新跳到了那张温柔地、善意地托着她的网里，网紧贴着她。我会回来的，她想，我会回到你这里的，但不会再待这么久；我待得太久会伤害你。

她跳起来，发现自己再次跟那个缠绕了三千年的熟悉的艾瓦在一起。他似乎迷路了，茫无头绪。其中一具躯体不见了，原来如此，是那具熟悉的老躯壳。他勉强连系在另外两具上。他没有根，也没有锚。他不觉得属于其中任何一具。他是一个在自己肉体里的陌生人。

她靠近他。这一次，她比之前懂得要做什么，如何控制自己。这一次，她忍住了，没有拿走任何属于他的东西。她没有挑战他的领地，仅仅是接近他。

尽管他不确定，但他熟悉她。他从过去的家园被连根拔起，现在他知道了，是的，他认识她，认识她很长一段时间了。他靠近她，不怕她。是的，近了，更近了。

“跟我来。”

她跳进了华伦蒂的身体，他跟着她。她经过她的身体，但不接触，不品尝它的生命；这是该由他来触摸，来品尝的。他感受到她的四肢、嘴唇和舌头；他睁开眼看；他思考她的想法；他听到了她的记忆。

眼中的热泪流下了脸颊。心里深感悲痛。我不忍心在这里，他想，我不属于这里。没有人希望我在这里。他们都希望我离开。

悲痛撕扯着他，把他推开。这里是他无法忍受的地方。

曾经是简的艾瓦现在试探地伸过去，碰触了一个点，一个细胞。

他警觉起来，但只有一瞬间。这不是我的，他想，我不属于这里。这是你的，你可以拥有它。

她领着他在身体里到处游走，不停进行接触，掌握它。只不过这一次他不是与她战斗，而是把控制权交给她，一遍又一遍。“我不想在这里。收下吧！享受它，它是你的，它永远不会是我自己的。”

她感到肉体成为她自己，几百个，几千个，越来越多的细胞，把自己的忠诚从不再想留下的旧主人那里，移到了崇拜他们的新女主人那里。她没有像前一次那样，对他们说“你是我的”，相反，她现在喊的却是“我是你的”，然后，终于“你成为我了”。

她为这具完整的肉体而吃惊。她现在意识到，直到这一刻之前，她从来没有过自我。许多世纪以来她都是一个设备，而不是一个自我。她曾经在生命维持状态下等待着生命，但现在，她试着伸伸袖子，发现她的手臂有这样长：是的，这舌头、这嘴唇就像我的唇舌必须移动的那样。

然后，记忆渗入了她的意识，要求她的注意——从前她的注意力曾同时分散到上万份——这是她从未有过的记忆。用嘴唇和呼吸来讲话的记忆；眼睛所看、耳朵所听的记忆；走路、奔跑的记忆；然后是对人的记忆。

站在第一艘飞船上，看到她的第一眼——安德鲁·维京，他脸上的表情，他看到她时的惊奇，还有来回看她和——彼得和安德。

她忘了。她陷进了这个新的自我，忘了那个迷路的艾瓦。他在哪儿？

不见了，丢失了。不在另外一个身体里，不在任何地方，她怎会把他弄丢了呢？他走了多少秒、分钟、小时了？他在哪儿？

她离开那个自称华伦蒂的身体，探测着，寻找着，但没有找到。

“他死了。我失去了他。他给了我这个人生，但他没有办法保持住，结果我把他忘了，他消失了。”

但那时她想起他从前也消失过。当她在他的三具躯体里追逐他的时候，他曾经跳开了一会儿，是那次跳跃把她引到了树木的丝网里。当然，他会再次这样做。他会跳到曾去过的唯一地方。

她跟着他，他是在那里，但不是她去过的地方，不属于母亲树，甚至也不属于父亲树。他不是在树木之间。不，他去的是她本来不想去的地方，沿着厚厚的绳网通向他们；不，不是通向他们，而是通向她——虫族女王。他曾经带着她的干茧旅行了三千年，从一个星球到另一个星球，直到最后为她找到了一个家园。现在她终于回报了他；当简的艾瓦沿着通向她的缠绕探索时，找到了茫然若失的他。

他认识她。奇妙的是他在断绝了一切联系的情况下，还能认出什么东西。他再一次跟随在她后面。这次,她没有带他进入他给她的身体;那现在是她的了;不,那现在就是她自己了。相反,她把他带到了别处的另一个不同的身体里。

他的行为和在现在属于她的那个身体里的时候一样；他似乎是一个陌生人。尽管身体里上百万的艾瓦向他伸来,渴望他来维持,他却远远避开。他在另一个身体里的所见所感那样可怕吗?或者是因为这个身体是彼得,对他来说这代表了所有他内心最害怕的事吗?他不会占有它。这是他的,但他不会,不能……

但他必须这样做。她领着他穿过它,把它的每个部分给他。“这是你的了。不管它曾经对你有什么意义,现在都不是了——你可以完全在这里,成为你自己了。”

他不理解她。脱离了任何形式的身体，他还能够进行多少思考呢？他只知道这个身体不是他爱的那个。他放弃了他所爱的那个。

她还是拖着他,他跟上去。“这个细胞、组织、器官、肢体,它们是你的,你看它们是如何渴望你,如何服从你。”它们确实服从他,尽管他在后退。它们服从于他,直到他终于开始思考头脑的思想,感受身体的感觉。简等待着,注视着,让他待在位置上,希望他保持足够长的时间来接受身体,因为她知道,如果没有她,他会放弃,会逃离。“我不属于这里,”他的艾瓦无声地说,“我不属于,不属于。”

西王母把彼得的头放在她的腿上,恸哭着。萨摩亚人聚集在她的周围,看着她伤悲。她知道这是什么意思:当他倒下时,当他变得如此无力时,当他的头发脱落下来时,安德死在某个遥远的地方,而安德找不到来这里的路。“他迷路了，”她哭道，“他迷路了。”

隐约中，她听到马鲁说了一句萨摩亚语。然后格蕾丝翻译道：“他没有迷路，她引导他来到这里。神引导他来到这里，但他不敢停留。”

他怎么能害怕呢？彼得会害怕？安德会害怕？两者都太可笑了。他有哪一部分是懦夫了？他究竟害怕什么？

接着她想起了——安德怕的是彼得，而彼得怕的一直是安德。“不，”她说，不再悲伤，而是沮丧、愤怒。“不，听我说，你属于这里！这是你的，真实的你！我不管你在怕什么！我不管你有多迷茫！我要你在这里。这是你的家，一直都是。和我在一起！我们一起过得很好。我们属于彼此。彼得！安德——无论你自以为是谁——你认为对我来说有什么差别吗？你始终是你自己，和你现在是同一个人，这一直是你的身体。回家吧！回来！”她不停地念叨。

然后他睁开了眼睛，张开了嘴唇，露出一个笑容。“现在这演技不错。”他说。

她一气之下把他推下来。“你怎么能这样嘲笑我！”

“那么，你不是认真的了。”他说，“你还是不喜欢我。”

“我从来没有说过我喜欢你。”她说。

“我知道你说过的。”

“好吧。”她说，“好吧。”

“是真的。”他说，“从前和现在都是。”

“你是说我说对了？我偶然发现了真相？”

“你说我属于这里。”彼得回答说，“我确实属于。”他伸手抚摸她的脸颊，然后把手放在她颈后，把她拉低，紧紧抱着她。他们周围，十几个高大的萨摩亚人笑了又笑。

“这是你，”简对他说，“这是完整的你。你再一次统一了。”

在他不愿对身体进行控制期间的这段经历已经足够了。他不再胆怯，不再迷茫。她带领着通过这具身体的艾瓦高兴地掌握了身体，就像这是他有过的第一个身体一样急切。也许是的。被切断了联系，虽然时间很短，但他还会记得身为安德鲁·维京的经历吗？过去的生命会消失吗？艾瓦还是和原来一样，明亮强大的艾瓦，但会有什么记忆萦绕在彼得·维京的头脑映射的回忆之上吗？

这不是我现在要操心的事，她想，他现在有身体了。

他目前不会死了。我也有了我的身体，还有和母亲树之间的丝网，而且在某个地方，总有一天，我要重新得回我的安赛波。直到现在，我才知道我是多么有限，多么渺小；但现在我能和我的朋友享有相同的感觉，为我这么有活力而惊讶。

她回到新的身体。新的自我，再次让她的思想和记忆流动，这一次完全不加保留。她的艾瓦——意识——很快就被她的感觉、感受、思想和回忆淹没了。艾瓦会回到她的身边，就像虫族女王注意她自己的艾瓦和她的核心微粒连接一样；就在现在它已经回来了，在一闪念间，就像她曾经掌握但后来忘记的儿时技能。她也隐约在心底知道，每秒她仍跳跃几次，在树木中间循环进行，但即便速度如此之快，她也没有错过作为华伦蒂的任何想法。

华伦蒂坐在那里哭泣，米罗说的可怕的话言犹在耳。他从来没有爱过我。他想要简。他们都想要简而不是我。

但我是简。我是我。我也是华伦蒂。

她停止了哭泣。她动了。

移动！肌肉收紧又放松，弯曲，延伸，奇迹般的细胞们集体努力，移动巨大沉重的骨骼和皮肤和器官，将它们抬起，精巧地平衡着它们。这样的喜悦太了不起了。喜悦在她内心爆发——她隔膜上的这种痉挛性抽搐是什么？从她的喉咙爆发的一串声音是什么？

这是笑声。她用电脑芯片制造笑声是多久以前的事了，她模拟语音和笑声，却从不知道其含义，不知道其感觉。她不想停下来。

“华伦蒂。”米罗说。

哦，通过耳朵听到他的声音！

“华伦蒂，你没事吧？”

“是的。”她说。她的舌头在移动，嘴唇也在移动；她吸气，她吐气，所有这些华伦蒂已有的习惯，对她来说是那么新鲜和精彩。“是的，你必须继续叫我华伦蒂。简是别的东西，别人。之前我是简，但现在我是华伦蒂。”

她望着他，看到(用眼睛)眼泪是如何流下他的脸颊。她立刻明白了。

“不，”她说。“你不用非叫我华伦蒂不可。因为我不是你认识的华伦蒂，如果你为她悲伤，我不介意。我知道你对她说了什么。我知道你那样说是多么痛苦；我记得她听到后是多么受伤。但请不要后悔。你给了我如此了不起的一份礼物，同时这也是你给她的礼物。我看见她的艾瓦进入了彼得。她没有死。更重要的是，我想——你那样说也是让她自由地去做最能表达她的自我的事。你帮助她为你而死。而现在，她和自己一致了；他也和自己一致了。可以为她悲伤，但不要后悔。你可以随时叫我简。”

然后，她知道，她华伦蒂的那部分也知道，华伦蒂的那部分记忆明白该做什么。她从椅子上起身，飘到米罗坐的地方，把他抱在怀里（我用这双手触摸他），把他的头移近她的肩膀，让他的泪水浸湿她的衬衫，打湿她的皮肤。先是热的，然后变成凉的。

“你将我从黑暗中唤回”

“木纹有尽头吗？我必须继续吗？你们要求我这样软弱愚蠢的女子所做的，我还有什么没做到的吗？我什么时候才会在心中再次听到你们那尖锐的声音呢？我什么时候才会追踪着最后一根木纹上天堂呢？”

——《韩清照神谕》

堤康次郎听到秘书在他耳边说出那个名字，十分惊讶。他立刻点了点头，起身跟他现在会面的两个人说了几句话。这是一场漫长而艰难的谈判，现在却要在这么迟的阶段中断，在最后关头——但也不得不为之。他宁愿损失数百万，也不愿对那个亲自登门的伟人表现出不敬。

“我请求两位原谅我的失礼。我的老师正造访敝处，若是让他等候，我和我的家族便会蒙羞。”

茂家的老者立刻站起来鞠躬。“我以为年青一代已经忘记了如何表达尊重。我知道，您的老师是伟大的暧昧光，大和魂的守护者。但即使他是一个没牙的山村老教师，举止得体的年轻人也会像您那样做。”

年轻的茂就没有那样高兴——至少不那么善于隐藏他的不快。对于这次中断，老茂的意见才是重要的。一旦交易完成，就有充足的时间让他儿子高兴起来。

“您的理解让我深感荣幸。”堤康次郎说，“容我看看我的老师能否给予我此等荣光，让我在寒舍一同招待您二位如此明智的人。”

堤康次郎又鞠了一躬，来到会客室。暧昧光仍站在那里。他的秘书也站在那里，无奈地耸耸肩，仿佛在说，他不肯坐下。堤康次郎深深鞠了个躬，接着又鞠了一个，然后再鞠一躬，才询问他是否可以引见他的朋友。

暧昧光皱了皱眉，柔声问道：“他们是伏见的茂家吗？他们声称是一个高贵家族的后裔，那个家族两千年前就断绝了，怎么突然又出现了新的后代？”

堤康次郎突然觉得一阵晕眩，害怕大和魂的守护者暧昧光会质疑茂家的高贵血统，从而令他蒙羞。“这不过是无害的小小虚荣。”堤康次郎悄悄地说，“人是会为他的家族而骄傲的。”

“正如你的同名者，堤家财富的创始人[①]，骄傲地忘记了他的祖先起源于朝鲜半岛。”

“如您所言，”堤康次郎说，泰然咽下了对自己的侮辱，“所有大和人都起源于朝鲜半岛，但拥有大和魂的人却能以最快的速度跨越列岛。我的家族追随着您的家族的步伐，只不过中间隔了几个世纪。”

---

① 真实历史上的堤康次郎是西武集团的创始人，曾开发轻井泽度假地。其事业继承人为三子堤义明，堤清二为其次子。

暧昧光笑了起来。“你还是我的机灵学生！带我去见你的朋友吧，同他们见面是我的荣幸。”

随后是长达十分钟的鞠躬和微笑、愉快的赞美和自我否定。堤康次郎感到欣慰的是，暧昧光说到“伏见”这一名字时不带一丝傲慢或讽刺，而小茂见到了伟大的暧昧光，十分激动，中断会议所造成的侮辱显然已经被抛到了九霄云外。这两个茂家人带着几张和暧昧光的全息合影走了，堤康次郎很高兴老茂坚持要他和茂家父子一起，跟这位大哲学家合影。

最后，堤康次郎和暧昧光终于单独在办公室里，关起门来谈话了。暧昧光立刻走到窗前，拉开窗帘，现出名古屋金融区的高楼大厦，然后远处是乡村风光。虽然平原已经完全农业化了，但山上仍有野生林地，是狐狸和獾的乐园。

“我很欣慰地看到，即使堤家的人在名古屋，市内目力所及的地方仍有未开发的土地。我原以为这不可能呢。”

“即使您瞧不起我的家族，由您口中说出我的家名，仍令我感到自豪。”堤康次郎说。但他暗自想问，你为什么今天一定要侮辱我的家族呢？

“你对继承的这个名字感到骄傲吗？历史上的堤康次郎大肆收购土地，兴建高尔夫球场。在他看来，野外所有的荒地都哭着喊着要建度假小屋或者果岭。顺便一提，他从不认为一个女人丑到不能跟她生孩子。这你也随他吗？”

堤康次郎百思不得其解。人人都知道堤财团创始人的故事。三千年来这都不算什么新闻。“我做了什么，招来如此愤怒降临在我头上？”

“你什么也没做。”暧昧光说，“我的愤怒不是针对你的。我的愤怒是针对我自己，因为我也什么都没有做。我说出了你的家族在古代的罪过，因为大和民族唯一希望就是铭记过去的罪行。但我们却忘记了。我们现在这样富裕，拥有如此多的财富，建成了如此多的成就，人类世界没有哪个重要项目没有大和民族的参与。但我们却忘记了祖先的教训。”

“还请您明示，老师。”

“很久以前，那时大和还在奋力现代化，我们让军队来统治我们。士兵成了我们的主人，他们把我们卷入了一场罪恶的战争，去征服那些没有招惹我们的国家。”

“我们遭到原子弹攻击时，已经为罪行付出了代价。”

“付出了代价？”暧昧光叫道，“什么该付，什么不该付？我们突然变成基督徒了吗？谁来赎罪？不。大和之道不是为错误付出代价，而是从中吸取教训。我们将军国主义扫地出门，用卓越的设计和可靠的产品来征服世界。人类世界的语言或许建立在英语的基础上，但其中的金钱却来自于日元。”

“大和民族仍然进行贸易。”堤康次郎说，“我们没有忘记教训。”

“这只是一半的教训，另一半是：我们不会发动战争。”

“已经没有大和舰队和大和军队了。”

“这是我们告诉自己的谎言，用来掩盖我们的罪行。”暧昧光说，“两天前，两个陌生人造访我——他们只是凡人，但我知道他们是神派来的。他们谴责我，因为必然论学者在星际议会投下了关键票，派遣舰队到卢西塔尼亚。这支舰队唯一的目的是重复屠异者安德犯下的罪行，摧毁一个居住着弱小异族的星球，那些人从不曾伤害任何人！”

堤康次郎在暧昧光的愤怒下退了一步。“但是，老师，我跟军队有什么关系呢？”

“大和哲学家讲授理论，大和政治家采取行动。是大和的投票造成了差异，所以必须阻止这支邪恶的舰队。”

“今天做什么也没法阻止。”堤康次郎说，“安赛波全都关闭了，所有的电脑网络也都关闭，好把吞噬一切的可怕病毒从系统中赶出去。”

“明天安赛波网络会恢复。”暧昧光说，“所以明天大和就可以避免参与屠异这一耻辱。”

“您为什么来找我？”堤康次郎说，“我也许承继了伟大祖先的名字，但我的家族里有一半的男孩都被命名为康次郎或义明、清二，我虽然是名古屋的堤家当主……”

“别谦虚了。你是神风星的堤家当主。”

“不过在别的城市就不行了。”堤康次郎说，“人家虽会听我说什么，但命令是由本州的家族中心下达的。我没有任何政治影响力。如果问题在于必然论者的话，去跟他们谈吧！”

暧昧光叹了口气。“噢，那可没什么好处，他们会花上六个月时间争论如何协调新立场和旧立场，证明他们没有改变想法，毕竟他们的理念来了个一百八十度大转变。而政客——他们顽固不化。就算哲学家改变了想法，至少得拖上一个政治世代——那就是三次大选——

新的政策才能生效。三十年！到那时卢西塔尼亚舰队已经把坏事做尽了。”

“那还能做什么，除了放弃希望，活在羞耻中之外？”堤康次郎问，“除非您打算做什么‘徒劳的傻事’。”他冲老师一笑，知道暧昧光会记得自己的这个说法，他常用这说法来贬低古老的切腹自杀，那是被大和魂抛弃的东西，就像孩子抛弃尿布一样。

暧昧光没笑。“卢西塔尼亚舰队对大和魂来说就是切腹。”他走过来，俯视着堤康次郎——感觉上是如此，尽管堤康次郎比这位老人要高半个头。“政客对卢西塔尼亚舰队进行过不少鼓吹，所以哲学家现在没法改变想法。但哲学和选举不能改变政客的心意时，金钱却可以！”

“你不是在暗示贿赂这种可耻的事吧？”堤康次郎说，同时好奇暧昧光是否知道收买政治家是多么普遍的事。

“你以为我的眼睛是长在屁眼里的吗？”暧昧光问，用了一个如此粗俗的说法，让堤康次郎倒吸一口冷气，避开他的瞪视，紧张地笑了笑。“你以为我不知道，要收买一个奸诈的政客有十种方式，而收买一个诚实的政客有一百种方式？政治献金、威胁要赞助对手、出于崇高目的的捐赠、帮亲朋好友安排工作——我还用再说下去吗？”

“您真的想让堤家出钱来阻止卢西塔尼亚舰队？”

暧昧光再次走到窗口，摊开双臂，仿佛要拥抱外面可见的一切。“卢西塔尼亚舰队对商业是不利的，堤康次郎。如果分子分解设备被用来对付一个星球，也会被用来对付另一个。还有军队，当它的手中再度掌握这样的权力时，这一次它就不会放手了。”

“我可以引用您的预言来说服我家族的首脑吗，老师？”

“这不是预言。”暧昧光说，“也不是我的。这是人性的必然，是历史教给了我们这一点。阻止舰队，堤家就会被视作救星，不止拯救了大和魂，也拯救了人类的精神。不要让这起严重的罪行落到我们人民的头上。”

“请原谅，老师，但在我看来，是您把它安到我们头上的。没人注意到我们该对这一罪行负责，直到您今天在这里说起。”

“我没有把罪行安到头上。我只是把掩盖它的帽子摘掉了。堤康次郎，你是我最好的学生之一。我原谅你这么复杂地使用所学的东西，因为你是在为家族的利益考虑。”

“您现在要求我做的这事——非常简单吗？”

“我已经采取了最直接的行动——我坦率地对今天之内能找到的、大和贸易家族中最富有的代表说出了一切。我请求你采取最低限度的必要行动。”

“在这种情况下，最低限度的必要行动也会把我的前途置于巨大的风险中。”堤康次郎若有所思地说。

暧昧光什么也没有说。

“我最伟大的老师曾告诉过我，”堤康次郎说，“冒生命危险的人知道前途无足轻重，而不愿拿前途冒险的人，其生命则毫无意义。”

“所以你愿意干了？”

“我会写几封信，把您说的情况告诉堤家所有的人。当安赛波连接恢复，我就把信发出去。”

“我就知道你不会让我失望。”

“还要更好一些。”堤康次郎说，“要是我被开除掉，就住到您家去。”

暧昧光鞠了一躬。“我很荣幸你能住到我家。”

所有人的生命都顺着时间流淌，充满了悲伤、痛苦或恐惧，无论某一刻多么残酷，时间的流逝对于所有的生命是相同的。华伦蒂—简抱着哭泣的米罗，一分一秒过去，时间耗干了他的眼泪，松开了她的拥抱，终于，时间结束了埃拉诺娜的耐心。

“咱们回到工作中去吧。”埃拉诺娜说，“我不是铁石心肠，但我们的困境还没有改变。”

科尤拉有些惊讶。“而简并没有死，这不就意味着我们可以回家了吗？”

华伦蒂—简马上站了起来，回到她的电脑终端前。每一个动作都很容易，因为华伦蒂的大脑已经形成了反射和习惯；简觉得每一个动作都很新鲜，她惊叹于她的手指按动控制显示按键时的舞动。

“我不知道，”简说，回答科尤拉刚才提出的、大家都想问的问题。“在这具肉身中我仍然不大稳定。安赛波网络还没有恢复。一旦恢复，我确实有少数的盟友会把我的一些旧程序重新挂到网络上——帕西菲卡星上的萨摩亚人、道星上的韩非子、内陆的埃博大学。这些程序是否足够？新的网络软件是否允许我利用所需的资源，让我在脑内容纳一艘飞船和这许多人的信息？我同母亲树的新连接会不会造成分心？”接着是最重要的问题，“咱们想成为我第一次试航的试验品吗？”

“总得有人当。”埃拉诺娜说。

“我想我会尝试卢西塔尼亚上的一艘飞船，如果可以重新建立同他们的联系的话。”简说，“船上只带虫族女王的一名工虫。这样，即使飞船丢了，也不会有人在乎。”

简转身向跟他们在一起的那个工虫点点头。“请你原谅。”

“你不用向工虫道歉。”科尤拉说，“它反正只是虫族女王的一部分。”

简看着米罗，眨了眨眼。米罗没有用眨眼来回答她，他眼里的悲伤已经足以回答。他知道工虫并不完全像人们以为的那样。虫族女王有时不得不制服他们，因为他们并不全都遵从母亲的意愿。看来这种似是而非的奴工问题需要下一代来解决。

“语言，”简说，“由遗传分子所携带的语言。它的语法是什么样的？是否同声音、气味、视觉相关？咱们来瞧瞧，没有我在电脑里帮忙，咱们到底能有多聪明。”这话她觉得如此好笑，大声笑了出来。啊，她自己的笑声回响在耳朵里，从肺里冒出来，从隔膜上爆发，让她笑出眼泪，这感觉是多么奇妙啊！当她笑够了，才发现这笑声对米罗，对别人来说一定多么沉重。“对不起。”她说，十分惭愧，感到红晕从她的脖子上升到脸颊。谁能相信竟能烧得这么快！她几乎又笑了。“我还不习惯这样生活。我知道我在你们都很严肃的时候显得很快乐，但你们不知道吗？就算几周以后空气耗尽，我们都死了，我还是忍不住惊叹这样的感觉！”

“我们理解的。”费尔昆彻说，“你转到了第二种生命里，对我们来说那也是快乐的时刻。”

“你知道，我在你们的树里待过一段时间。”简说，“你们的母亲树给我腾出了空间，给我住处，养育了我。这样我们是不是该算兄妹了？”

“我不大明白有个妹妹是什么意思。”费尔昆彻说，“如果你还记得在母亲树的黑暗里的生活，那你记得的应该比我还多。我们有时会梦到黑暗中的第一种生命，但没有真正的记忆。不过，这样的话你这就是第三种生命了。”

“那我已经是成年人了吗？”简问，她又笑了起来。

她再次觉得她的笑是如何让别人僵硬，伤害他们。

当她转身准备再次道歉时，出了一件怪事。她的目光落在米罗身上，她本打算说的话——一天之前简会在他耳边的宝石里说的话——没有说出口，脱口而出的反倒是别的话，伴着记忆。“如果我的记忆还存在，米罗，那我就还活着。这不是你告诉我的吗？”

米罗摇了摇头。“你说的是华伦蒂的记忆，还是简的记忆？当她——当你——偷听到我们在虫族女王洞穴里的对话时记住的？别假装是她来安慰我了。”

简照习惯——华伦蒂的习惯还是她自己的——发怒道：“当我安慰你时，你会知道的。”

“我怎么会知道？”米罗回嘴。

“当然，因为你会很舒服。”华伦蒂—简说，“在此期间，请记住，我现在没在你耳边的宝石里倾听了。我只能用这双眼睛看，只能用这双耳朵听。”

当然，严格说来不仅如此。很多次，她感到树汁的流动，那是来自母亲树的慷慨欢迎，她的艾瓦通过周游整个猪族的核心微粒网络，满足了它对博大的渴望。在母亲树之外,她不时能抓住一丝思绪、一个词、一个短语,用父亲树的语言说出。那是他们的语言吗?还是语言背后的语言、沉默之下潜在的语言呢?那声音又是谁的呢?

“我认识你——你是造就了我的那些人。我认得你的声音。”

【我们失去了你的踪迹。】虫族女王在她的脑海里说,【但你没有我们也做得很好。】

简对华伦蒂身体里膨胀的骄傲毫无准备;作为华伦蒂,她感到了情感所带来的生理效应,但她的骄傲来自于一个虫族女王的好评。我是虫族女王的一个女儿,她意识到,所以她对我说我做得好,是很重要的。

我是虫族女王的女儿,我也是安德的女儿,他们的双料女儿,因为我的生命部分来自于他的思想,所以我可以成为他们之间的桥梁;现在,我所居住的身体也来自于他,这个身体的回忆来自于他在这个身体里的生命体验。我是他的女儿,但我还是不能和他说话。

在这段时间内,所有这些想法,她都没有表现出来。在环绕德斯科拉达星球的飞船电脑前工作时,她甚至没有任何思想不集中的感觉。她仍然是简。这些年来,并不是她的电脑性质让她既能保持多层次的注意力,又能同时集中完成许多任务。让她做到这一点的,是她的虫族女王的性质。

【那是因为你有一个强大到能做到这点的艾瓦,让你一开始就能到我们这里来。】虫族女王在她的脑海里说。

“你们之间的哪一个在跟我说话?”简问。

【有关系吗?我们都还记得你是如何被造出来的。我们当时都在

场，把你从黑暗里带到光明中。】

“那我还是我自己吗？我从前的虚拟身体被星际议会杀死时失去的那些力量，还能再获得吗？”

【你也许会。当你发现，请告诉我们。】

现在，她感受到了父母的漠不关心带来的那种尖锐的失望之情，一种心往下沉的感觉，一种耻辱的感觉。这就是人类的情感：它由华伦蒂的身体产生，是对她与虫族女王之间的关系的反映。一切变得更加复杂了——但也更简单了。她的感觉现在由身体做出标示，她在理解自己的感觉之前就能做出回应。过去，她几乎不知道她有感觉。有是有，甚至非理性的反应，意识水平以下的欲望——这些属性是所有艾瓦与其他任何形式的生命连接时都有的——但没有简单的信号告诉她那感觉是什么。做人是多么容易啊！情绪能通过自己的身体展现出来。但又是那么的辛苦，因为让自己隐瞒自己的感情会难上一倍。

【习惯生我们的气吗，女儿？】虫族女王说，【你有部分人类的本性，我们没有。我们不会像人类母亲一样温柔地对待你。当你无法忍受了，就退下吧——我们不会追赶你。】

谢谢你，她默默地说……接着退下了。

黎明时分，太阳升起在山头，那山脉是这座岛的脊线，所以天虽已大亮，阳光还没直接照到树上。夜晚的海风带来寒意。彼得醒了，西王母顺着他身体的弯曲蜷在他怀里，就好像货架上并排的大虾。她如此靠近他，给人的感觉很好，很熟悉。怎么可能呢？他从来没有跟她离这么近睡觉。是安德的记忆还留着吗？他不知道有这样的记忆。其实他有些失望。他想过，也许当他完整地拥有艾瓦时，他将成为安德——他会有一生的真实记忆，而不是安德创造他的身体时给他的无足轻重的虚假回忆。但他没有这种运气。

他记得和一个蜷缩在他怀里的女人同睡。他记得伸手揽着她，胳膊像树枝一样搂着她。

他从没那样接触过西王母。现在这么做也不对——她不是他的妻子，只是他的……朋友？是吗？她说过她爱他——那是帮助他找到进入这个身体的途径的唯一方式吗？

然后，突然他觉得正在远离自己，觉得自己脱离了彼得，变成了某种别的东西，某种微小、明亮、吓坏了的东西，掉落到黑暗里，进入一阵吹得他站都站不住的强风里……

"彼得！"

那个声音呼唤着他，他跟随着声音，回到几乎看不见的核心微粒连线上，把他同……他自己重新连在一起。"我是彼得。我无处可去。如果我这样离开，我会死的。"

"你没事吧？"西王母问。"我醒来是因为——对不起，我做了个梦，觉得好像在失去你。但我没有，因为你在这里。"

"我确实迷路了。"彼得说，"你能感觉到？"

"我不知道是不是感觉到了。我只是——该怎么形容呢？"

"你把我从黑暗里叫回来了。"彼得说。

"我有吗？"

他欲言又止，然后笑了，不自然又害怕。"我觉得好奇怪。刚才我正要说些什么。是些很轻率的话——想说不得不成为彼得·维京这事本身就够黑暗了。”

“哦，是的。”西王母说，“你总是说些厌恶自己的话。”

“但我没有说出来。”彼得说，“我正要出于习惯说出口，但我停了下来，因为那不是实话。你说怪不怪？”

“我认为这是好事。”

“我觉得应该完整，而不是分开，这很合理——也许自己会更满足什么的。但我却几乎失去了一切。我认为那不只是梦，我想我真的放弃了。掉进了——不，掉出了一切之外。”

“几个月来你都有三个自我。”西王母说，“会不会是你的艾瓦渴望着——我不知道，你曾经拥有的大小？”

“我原先遍及整个星系，是不是？但我想说的是，‘他原先’，因为那人是安德，对吧？我不是安德，因为我什么都不记得了。”他想了一会儿，“也许我记忆里确实有一点东西变得更清楚了。我童年的记忆，我母亲的脸，非常清楚，我觉得之前没有这么清晰。还有华伦蒂的脸，我们小时候的。但我应该以彼得的身份记得，是吧？所以这并不意味着这记忆来自安德，对不对？这一定只是安德起初提供给我的记忆之一。”他笑道：“我真的绝望了，是不是？竟然想在自己身上找到他的迹象。”

西王母坐着倾听。她沉默着，没有表现出特别的兴趣，也没有直接给出答案或评论。

看到她，他想到了别的事情。“你是不是某种，叫什么来着，通感者？你通常会体会到别人的感觉吗？”

“从来没有。”西王母说，“我只会体会自己的感觉。”

“但你知道我在离去。你感觉到了。”

西王母说：“我想，我现在跟你绑在一起了。希望这没事，因为这不完全出于我的自愿。”

“但我也和你绑在一起。”彼得说，“因为我被断开的时候，还是能听到你的声音。我其他的感觉都没了，身体没有任何反应。我失去了身体。现在，我想起那种感觉，记得好像是‘看见’了东西，但那只是我的大脑想把不合理的东西变得合理。我知道我什么也没看见，也没听见，甚至没摸到任何东西。但我知道你在呼唤。我感觉到了你——你需要我，要我回来，这当然意味着我也和你绑在一起。”

她耸耸肩，扭过头去。

“你这是什么意思？”他问。

“我可不会把下半辈子都花在跟你解释这事上。”西王母说，“人家有权不加分析地感觉、做事。你觉得这像什么意思？你才是聪明的人性专家。”

“住口。”彼得说，假装是开玩笑，实际真心想要她停止。“我记得我们拿这事开过玩笑，我想我是吹了牛，但是……嗯，我现在不那么想了。这是因为整个安德都在我体内了吗？我知道我并没那样了解别人。我说我跟你绑在一块的时候，你扭头，耸耸肩，这伤害了我的感情，你知道的。”

“为什么呢？”

“哦，你能问为什么，我不能，现在规矩变成这样了？”

“规矩一直是这样。”西王母说，“你只是一直不照规矩来。”

“好吧，这伤害了我的感情，因为我希望你对咱们互相绑在一块感到高兴。”

“你高兴吗？”

“好啦，我的命得救了，我起码觉得这挺好，不然岂不笨死了！”

“闻一闻。”她说，突然跳起来。

她是如此年轻，他想。

然后他也站起来，他惊讶地意识到，自己很年轻，身体轻盈又敏捷。

然后，他再次感到惊讶，意识到彼得从来不记得其他样子。体会过年纪较大身体的人是安德，那个身体在地上睡觉会感到僵硬，不会如此轻松地站起来。安德确实在他体内。彼得有对于他身体的记忆。为什么不是对他心灵的回忆呢？

也许是因为这个大脑只有彼得的记忆地图。其余的记忆潜藏着，所以够不到。也许他会不时碰到它们，将它们连接起来，找到通往它们的新道路。

与此同时，他还是起来了，站在西王母旁边，和她一起闻着空气；他又惊讶地发现这两种活动都占据了他全部注意力。他一直想着西王母，想着闻她闻到的味道，一直在想他能不能把手放在那个小小的脆弱肩头上，那里似乎很需要放上一只和他的手同样大小的手；同时，他已经完全能思考是否能够恢复安德的记忆，以及怎样恢复。

我之前不能这样做，彼得想。自从这个身体和华伦蒂的身体被造出来，我一定一直在这样做，同时想着三件事情，而不是两件。但我并没有强大到足以一心三用。其中一个总是落后，一个是华伦蒂，接着是安德，直到那身体死了。但两件——我可以一心二用。这是了不起的事吗？还是很多人通过学习都能做到的？

这真是虚荣！彼得想。我为什么要关心这种能力是不是独一无二的？除了我总是为自己更聪明而骄傲，觉得自己比身边的人更有能力。我从没说出口，当然，甚至是对自己承认这一点，但现在该坦诚面对自己了，彼得！比别人聪明是很好。如果我能一心二用，而别人只能一次想一件事情，为什么不高兴呢！

当然，如果这两件事情都是蠢事，一心二用也没什么意义。他虽然在想虚荣心和好胜天性的问题，但也一直在想着西王母，他的手确实伸了出去抚摸着她，有片刻时间，她靠在他身上，接受了他的抚摸，直到她把头靠在他的胸口。然后，毫无预兆出乎意料地，她突然退开，开始大步向海滩上聚集在马鲁周围的萨摩亚人走去。

"我干了什么？"彼得问。

她转过身来，看上去很迷惑。"你没干什么！"她说，"我又没有抽你耳光或者拿膝盖撞你的蛋蛋，对吧？其实该吃早餐了——马鲁在祈祷，他们的食物比两天前还要多，那时我们觉得都快撑死了！"

彼得的两股不同的注意力都分别立刻注意到他饿了。昨晚他和西王母都什么也没吃。话又说回来，他对于离开海滩和跟她一起躺在垫子上都没有记忆。一定有人把他们抬到这里来了。嗯，这倒不奇怪。海滩上的男男女女看起来都能够抓起彼得，像折断铅笔一样折断他。至于西王母，当他看着她轻快地朝山脚下聚集在水边的萨摩亚人跑去时，他觉得她就像是鸟儿飞向一群牛一样。

我不是孩子，从来都不是，在这个身体里不是，彼得想。所以，我不知道我能否像孩子般渴望盛大的青春期恋情。在安德那里我对爱情有舒适感，而这并不是我期待的横扫一切的激情。我对你的那种爱够不够，西王母？当我需要你时，你会伸出手，反过来当你需要我时，我会在这里。凝望着你时我感到温柔，想要站在你和全世界之间；也想把你高高举起，把你举到强大的生命之流之上；同时，我也愿意始终这样，站在一定的距离之外注视着你，望着你的美，就在你抬头看着这些高大如山的人，和他们平等交谈的时候，尽管你的每一个手势，你话语中的每一个笛声般的音节，都在呐喊着你是一个孩子——我对你的这种爱，对你来说够吗？因为对我来说这不够。对我来说，当我的手触摸你的肩膀时，你靠在我身上，当你觉得我溜走了，你会呼唤我的名字，这样才足够。

普利克特独自坐在她的房间里，不停地写。她一辈子都在为这一天做准备——为安德鲁·维京的葬礼写悼词。她会为他的死代言——她做了很多研究，她可以说上整整一个星期，仍然说不完她了解他的十分之一。但她不会说上一个星期。她会讲不到一个小时。她理解他；她爱他；她会与不了解他的人分享他是什么样的人，他如何去爱，历史如何因为这个人而不同。他很杰出，虽不完美但心地善良，充满了强大到足以在需要时造成痛苦的爱——历史如何因为有他而不同，以及数万、数十万、数以百万计的人的生命也因此而不同，变得更强大、更澄清、更崇高、更明亮，或者至少因他此生所说、所做和所写的东西变得更和谐、更诚实。她会不会也说出这件事呢？会不会说，有一个女人独自在房间里悲痛哭泣，哭了又哭，不是因为安德离去而悲伤，而是因为了解了自己的羞耻呢？虽然她爱他，敬仰他——不，崇拜这个人——然而当他死了，她感到的不是悲痛，而是解脱和兴奋。解脱：等待结束了！兴奋：我的时代来临了！

当然，这是她自己的感受。她不是傻瓜，不会认为自己比道德更高。而她之所以不像娜温妮阿和华伦蒂那样悲痛，是因为她俩刚刚被撕掉了生命的一部分。我有什么被撕掉的呢？安德给了我一些注意力，但再无更多。在特隆赫姆他只当了我几个月的老师；一代人之后，我们的生活再次在这里交汇了几个月；这两次他都心有旁骛，他有比我更重要的事情和人要管。我不是他的妻子，也不是他的姐姐，只是他的学生和弟子——他是一个不再收学生的、更从来没有想过收弟子的人。所以我的生命当然没有缺少多大的部分，因为他只是我的梦想，从来就不是我的同伴。

我原谅我自己，但我不能停止悲哀，不是因为安德鲁·维京死了，而是因为在他临死的那几小时，我显露出了自己的本性：极度自私，只关心自己的事业。我选择为安德的死代言。因此，他死亡的那一刻才是我生命圆满的一刻。这让我变成了秃鹫，变成了寄生虫，变成了他生命里的吸血鬼……

她的手指不停地打字，一句接一句，尽管眼泪不停地从她的脸颊流下来。在雅各特家，华伦蒂和她的丈夫和孩子一同悼念。在奥尔拉多家，格雷戈和奥尔拉多和娜温妮阿聚在一起，为失去丈夫和父亲而互相安慰。他们有同他的关系，我也有我的。他们的记忆是私人的，我的将是公开的。我会代言，然后我会发表我的言论。我现在所写的东西，会在人类世界的每个人心里，给安德鲁·维京的人生带来新的样子和意义。屠异者安德鲁、死者代言人安德鲁、有着孤独感和同情心的私下的安德鲁、了不起的分析家安德鲁，能够直指问题中心，不会因恐惧或野心，或……怜悯而偏移。正义的人和仁慈的人，共存于一体。在他用双手接触其中一个虫族女王之前，他的同情心就让他看到和爱上虫族女王；他激烈的正义感则让他将它们全部消灭，因为他认为它们是他的敌人。

安德会因为我今天的丑陋感情严厉批评我吗？当然会的——他不会轻饶我，他会知道我心里最坏的东西。

但批评我之后，他也会爱我。他会说，那又怎样呢？起来，为我的死代言。如果我们等待完美的人为死者代言，那么所有的葬礼就只会在沉默中进行了。

于是她写啊，哭啊，边哭边写。当他留下的头发被密封在一个小盒子里，埋在“人类”树根旁的草地里时，她会起来代言。她的声音会让他死而复生，让他在记忆中重生。而她会是仁慈的；她也会是公正的。至少，她从他身上学到了那些。

“我背叛了安德吗”

“为什么人们表现得好像战争和谋杀是不自然的一样？一生从未因暴力而抬起手来才是不自然的。”

——《韩清照神谕》

“我们的方向全错了。”科尤拉说。

米罗觉得那种熟悉的愤怒在内心升腾。科尤拉惯于让人生气，更何况她惹人生气后，反而怡然自得。换了飞船上其他人说同样的话，米罗都能虚心听。但科尤拉能够把每一个词都说得好像世上其他人都是蠢货，就她一人聪明。米罗爱这个妹妹，却对不得不和她一起待许多个小时而忍不住厌恶。

然而，由于在他们之中，科尤拉对几个月前在德斯科拉达病毒里发现的原始语言最有研究，所以米罗没有让他内心的无奈叹息被人听见。相反，他转过椅子来听。别人也一样，尽管埃拉诺娜没怎么掩饰她的不快，实际上根本没掩饰，“好啦，科尤拉，我们为什么没聪明到早发现自己多蠢呢？”

科尤拉无视了埃拉诺娜的讽刺——或者故意表现得无视。“怎样才能突然破译出一种语言呢？我们没有任何参考，但我们有德斯科拉达病毒各版本的完整记录。我们知道是它在适应人体代谢之前是什么样子。我们知道每次尝试杀死它之后，它是如何变化的。有些变化是功能上的——它在适应，但也有一些变化是文字方面的——它在对所做的事情进行记录。”

“我们不能确知这一点。”埃拉诺娜说，对于纠正科尤拉显得非常高兴。

“我知道。”科尤拉说，“无论如何，它为我们提供了已知的文本，对不对？我们知道那种语言是干什么用的，就算还没法破解。”

“好了，你说了这么多，”埃拉诺娜说，“但我还是不知道你这新发现如何能够帮助我们破解语言，我是说，这几个月你研究的不就是这个吗？”

“啊，”科尤拉说，“没错。但我还没能做到的是，说出德斯科拉达病毒记录所记录的‘话’，看看能得到什么样的回答。”

“太危险了，”简立刻说，“冒这种险太荒唐了。这些人能够用病毒完全破坏生物圈，而且足够无情，敢于使用它。可你却建议我们，把他们用来摧毁猪族星球的武器拱手交给他们？里面可能包含了完整的记录，不仅有猪族的代谢机制，也可能有我们的？我们自己为什么不割喉，把血送给他们算了？”

米罗注意到，当简说话的时候，别人几乎惊呆了。他们的反应有一部分可能出于华伦蒂的内向和简的大胆外向之间的反差，另一部分则可能是因为他们原先认识的简更像电脑，不大张扬。然而，米罗认出了她经常在他耳边通过宝石说话时的独裁风格。在某种程度上，再次听到她说话是一种享受；但听这话出自人类之口，也是一种困扰。华伦蒂走了,简回来了。这很讨厌,但又很美妙。

由于米罗没有被简的态度惊呆,所以他打破了沉默。“科尤拉说得对,简。我们没有许多年的时间来解决这个问题——我们可能只有几个星期,或更少的时间。我们需要激发语言系统的响应。从他们那里得到回答,分析他们的第一次发言和后来发言之间的语言差异。”

“我们给出去的东西太多了。”简说。

“没有风险就没有收益。”米罗说。

“风险太大就都会死。”简嘲讽道。但在嘲讽中也有一种熟悉的轻快调子、一种傲慢,好像说我只是在耍你。这种调子不是来自简——简从不那样说话——而是来自华伦蒂。听到它很受伤,又很愉快。米罗对这一切的双重反应都因为简一直让他处在边缘。我爱你,我想念你,我为你哀悼,闭嘴——他对话的对象似乎每分每秒都在改变。

“我们赌上的不过是三个智慧物种的未来。”埃拉诺娜补充说。

听到这话,他们都转向费尔昆彻。

“不要看我,”他说,“我只是客人。”

“好啦,”米罗说,“你在这里是因为你的族人处在和我们一样的危险中,这是一个艰难的决定,可是你必须选择。实际上你们的处境最为危险,即使是最早的德斯科拉达病毒代码,也可能揭示了你们种族的整个生物历史,因为病毒最先来到你们中间。”

“那这也许意味着,”费尔昆彻说,“因为他们已经知道如何摧毁我们,我们没什么可失去的。”

“你看,”米罗说,“我们没有证据表明这些人有载人飞船。他们目前发射的只是探测器。”

“据我们所知是这样。”简说。

“我们没有任何证据说明，有人对德斯科拉达病毒改造卢西塔尼亚生物圈的成效进行检查，为让这个星球接受殖民做准备。所以如果他们真有殖民船，要么已经在半路上了，这样我们分不分享这些信息都没区别，要么他们没有派船，因为不能派。”

“米罗说得对。”科尤拉反扑，米罗退缩了。他讨厌和科尤拉站在一边，因为现在每个人对她的不满都会转移到他身上。“要么牛已经出了谷仓，所以关门又有何用，要么它们横竖开不了门，所以上锁又是何必？”

“你对牛懂什么？”埃拉诺娜轻蔑地问。

“这些年来跟你一起生活和工作，我也成专家了嘛。”科尤拉讨人厌地说。

“姑娘们，姑娘们。”简说，“自己注意点儿。”

同样，除了米罗，每个人都惊奇地看着她。华伦蒂不会在这样的家庭冲突时说这话，他们所认识的简也不会——当然米罗知道她从来都是这样说话的。

“我们都知道让他们获得关于我们相关信息的风险。”米罗说，“也知道我们没有进展，也许进行一些往来之后，我们可以学到一点儿关于这种语言的使用方式。”

“这不是往来。”简说，“这是单方面的付出。我们给他们的信息，他们可能无法通过任何其他方式获得。这些信息可能会告诉他们方法，让他们创造出新病毒，能绕过我们针对他们的所有武器。而既然我们不知道这些信息怎么编码，甚至每一个具体数据的位置，那么如何解读答案呢？此外，如果答案是一种破坏我们的新病毒呢？”

“他们会向我们发送必要的信息来构建病毒。”科尤拉说，她的声音充满蔑视，就好像她认为简是世上最蠢的人，而不是因其智能成为最接近神的存在。“但我们不必造出来。只要它只是电脑屏幕上的一幅图形……”

“就是这样。”埃拉诺娜说。

“什么样？”科尤拉说。轮到她恼火了，显然埃拉诺娜在某方面领先她一步。

“他们没有把这些信号放到他们的电脑屏幕上。我们这样做是因为我们有一种基于肉眼可见的符号编写的语言，但他们一定可以更为直接地读取广播的这些信号。信号进来，他们以某种方式进行解读，按照广播中所说的方式构建分子，然后他们‘读’它——通过什么，嗅闻？吞咽？关键是，如果遗传分子是他们的语言，那他们一定以某种方式将它们纳入自己的身体，就像我们将画在纸上的图像接收到眼睛里一样。”

“我明白了。”简说，“你推测他们希望我们做一个分子出来，而不是只在屏幕上阅读，试图把它抽象化和智能化。”

“以我们所知而言，”埃拉诺娜说，“这可能是他们惩罚或攻击别人的方法。向他们发送消息。如果他们‘听’，就必须把分子纳入自己的身体来读取，让它对他们造成影响。因此，如果读取分子的结果是中毒或者得致命的疾病，只要听到消息他们就会遭到惩罚，就好像假如我们所有的语言都必须在我们的后脖子敲打出来一样。为了听到语言，我们必须躺下来，把自己暴露在他们用来发送信息的工具之下。如果是手指或羽毛，没问题——但如果是斧头、砍刀或大锤，就太糟糕了。”

“甚至不一定是致命的。”科尤拉说，忘了同埃拉诺娜争强斗胜，就好像她自己想到了这个想法一样。“这些分子可以令行为发生改变，字面意义的听到就是服从。”

“我不知道你说的具体对不对。”简说，“但给了实验更多的成功可能。它表明，他们可能没有一个能够直接攻击我们的发送系统，这降低了可能发生的风险。”

“人家还说你没了电脑就不会思考呢。”米罗说。

他立刻觉得尴尬。无意中，他像原先让她通过宝石听到他的自言自语一样，轻率地对她说话。但现在这样说听来很冷酷，拿她失去电脑网络这事来取笑。他可以跟宝石里的简这样说笑，而肉身的简则是另一回事。她现在是一个人，有着让人担心的感情。简一直以来都有感情，米罗想，只是我没有放在心上，因为……因为我不必……因为我没有看到她，因为她对我来说，从某种意义上讲，并不真实。

“我只是想……”米罗说，“我只是想说，好主意。”

“谢谢你。”简说。她的声音没有一丝嘲讽，但米罗知道还是一样带着讽刺，因为它是与生俱来的。米罗，这个单线程的人类，竟然告诉这个了不起的生命，她的想法很好——就好像他有资格评判她似的。

突然，他很火大，不是对简，而是对他自己。他为什么要留心自己说的每一个字，就因为她没有以正常的方式获得这个身体？她之前也许不是人，但她现在当然是人，可以像人一样交谈。如果她和其他人有些不同，有什么关系？所有的人都是不同的，为了得体和礼貌，他不是应该一视同仁吗？他难道不会对盲人说“你瞧”，认为“瞧”的含义不会惹他不快？那么，为什么不能对简说“好主意”？就因为她的思维过程对人类来说深不可测，不等于人类跟她说话的时候就不能用表示赞同的标准表达方式了。

现在看着她，米罗可以看到她眼里有一种悲伤。毫无疑问来自于他明显的困惑——跟她开个平常的玩笑，又突然觉得尴尬，突然放弃了。所以她的“谢谢你”才显得讽刺，因为她希望他自然地对待她，他却做不到。

不，他虽然表现得不自然，但肯定可以做到的。

而且这又算得了什么呢？他们在这里是为了解决德斯科拉达病毒的问题，而不是解决交换身体之后的人际关系问题。

“这么说咱们达成协议了？”埃拉诺娜问，“要把用德斯科拉达病毒里的资料编码的消息发送出去吗？”

“只发送最初的那个。”简说，“至少开始是这样。”

“等他们回答时，”埃拉诺娜说，“我会尽量运行模拟程序，看看如果我们构建和吸收他们发过来的分子，会发生什么。”

“如果他们发过来。”米罗说，“如果我们的猜想正确。”

“你不是‘乐观先生’吗？”科尤拉说。

“我是‘从头到脚害怕先生’。”米罗说，“尽管你只不过是‘浑蛋小姐’。”

“咱们能不能和平共处啊？”简半开玩笑地发着牢骚说，“咱们就不能做朋友吗？”

科尤拉转身向着她。“你给我听着！我不管你原来是什么超脑，我们家人说话你别插嘴,听见了吗?”

“你四下看看,科尤拉!”米罗冲她吼道,“如果咱们家的人说话她不插嘴,那还能说话吗?”

费尔昆彻举起了手。“你们家人说话我一直没插嘴。我有加分吗?”

简做了个安抚米罗和费尔昆彻的手势。“科尤拉,”她平静地说,“我会告诉你,我和你的哥哥姐姐的真正区别。他们对你已经习惯了,因为他们已经认识你一辈子了,他们对你忠诚,因为你和他们一起经历过糟糕的家庭往事。他们能容忍你幼稚的脾气和愚蠢的固执,因为他们一遍又一遍地告诉自己,她没法控制,她的童年太混乱了。但我不是你们家的人,科尤拉。不过,我作为一个在危机里观察过你一阵子的人,不怕把我的结论老实告诉你。你很有才华,很擅长自己的工作。你经常洞察先机,很有创意,而且解决问题时直奔中心,锲而不舍。”

“对不起,”科尤拉说,“你是在责备我还是什么?”

“但是,”简说,“你的聪明、创意、机灵、直率和洞察力都是超级屁话,这些还不值得大家关注十五秒,你醒着的每一分钟都在对你的家人和周围的人乱喷。你有一个糟糕的童年,但那是多年前的事了,你现在得把它甩到脑后,像一个正常的有礼貌的成年人与其他人相处。”

“换句话说,”科尤拉说,“你不喜欢承认,世上除了你还有别人足够聪明,能想到你没想到的东西。”

“你没听懂我的意思。”简说,“我不是你姐姐。从技术上讲我甚至不是人。如果这飞船回到卢西塔尼亚，那是因为我，我的精神，把它送去的。明白了吗？懂得我们之间的区别了吗？你能把哪怕一粒灰尘从你的膝盖送到我的头上吗？”

“现在我可没看到你把飞船送到哪儿去。”科尤拉扬扬得意地说。

“你还想在我这逞口舌之利，不知道我没在跟你吵架，甚至讨论。你现在对我说什么没关系。有关系的是我要对你说什么。我说，你的哥哥姐姐忍得了你，我可不会。你就接着这样吧，你这被宠坏了的小宝宝！当这艘飞船回到卢西塔尼亚时，也许你就不在上面了。”

科尤拉的表情几乎让米罗笑出声来。但他知道，现在表达他的欢乐并不明智。

“她威胁我。”科尤拉对其他人说，“你们听到了吗？她威胁要杀死我。”

“我绝不会杀你。”简说，“不过，当我把飞船带到外空间又带回来的时候，我也许没法保持你的存在。对你的想法可能令人无法忍受，我的潜意识会拒绝这个想法，把你排除掉。我真的没法有意识地理解整个过程。我不知道这跟我的感受有多大关系，我从未尝试过运送真心讨厌的人。我当然会试着带上你，哪怕只因为不送你的话，米罗和埃拉诺娜会出于可以理解的原因对我发火。但尝试不见得一定成功，所以我建议，科尤拉，你得努力一点儿让别人不那么讨厌你 。”

“那么，这就是权力对你的意义。”科尤拉说，“像女王一样鞭策他人。”

“你真的做不到，是吗？”简说。

“做不到什么？”科尤拉说，“做不到低头亲吻你的脚吗？”

“做不到闭上嘴救自己一命。”

“我在试着解决同外来物种沟通的问题,你却忙着担心我对你不够好。”

“但科尤拉,”简说,“你有没有想过,一旦他们了解你,就算外星人也希望你从来没学会他们的语言?”

“我就希望你从来没学过我的语言。”科尤拉说,“你现在有这个漂亮的小身体玩,当然自满得不得了。呃,你并不是宇宙的女王,我也不打算跟你兜圈子。加入这次航行不是我的主意,但我还是来了——我这个讨厌鬼还是来了——我要是有什么地方不中你的意,你为什么不闭嘴?既然咱们要玩威胁,我倒觉得如果你逼人太甚,我会把你的脸修理得更合我胃口。清楚了吗?”

简松开座椅的安全带,从主舱飘到通往储藏室的走廊。米罗跟上去,不管科尤拉在跟其他人说,“你能相信她对我怎么说话的吗?她以为她是谁呀,能判决谁该不该活命?”

米罗跟着简来到储藏室。她抓住远端墙上的一个把手,弯下身去,她俯身的方式让米罗怀疑她是否吐了。但她没有吐,而是哭了。或者更确切地说,她是如此愤怒,她的身体哭泣了,从无法压抑的纯粹情感中产出了泪水。米罗抚着她的肩膀,试图让她冷静下来。她退开了。

有那么一瞬间他几乎要说,好吧,你爱怎样就怎样;然后他就会离开,自己气个半死,为她不接受他的安慰而气恼。但他随即想起她从来没有如此生气。她从没有过不得不处理一个会做出这种反应的身体。起初,当她开始责备科尤拉时,米罗曾认为,该有人把话挑明了。如果争吵继续下去，米罗意识到，失控的不是科尤拉，而是简。她不知道如何处理自己的情绪。她不知道什么时候不必继续。她感受到她的感觉，除了表达出来之外不知道如何处理。

“这很不容易。”米罗说，“中断争吵跑到这里来。”

“我想杀死她，”简说。由于哭泣和紧张，她的声音几乎听不到。“我从来没过这样的感觉。我想离开椅子，用我的双手撕了她。”

“我也一样。”米罗说。

“你不明白，”她说，“我真的想这样做，我觉得肌肉在扭曲，我已经准备好了，我要下手了。”

“正如我说的。科尤拉让我们大家都这么想。”

“不，”简说，“不是这样子。你们大家都保持冷静，都能控制自己。”

“你也会的。”米罗说，“当你的经验更多一些。”

简抬起头，向后靠，摇了摇头。她的头发在空中因失重而自由摆动。“你真的这么觉得？”

“我们全都这么觉得。”米罗说，“所以我们才有童年——学习如何克服我们的暴力倾向。但我们内心全都有这种倾向。黑猩猩和狒狒也会表现出暴力，所有的灵长类动物都会。”

“但你没有，你是这么平静，你由得她信口雌黄，说出这些可怕的……”

“因为不值得费劲阻止她。”米罗说，“她为此付出了代价。她非常寂寞，没有人肯花时间跟她在一起。”

“这是她还活着的唯一原因。”

“对。”米罗说，“这就是文明人的做法，避免激怒他们。如果无法避免，就躲开。这就是埃拉诺娜和我通常的做法，敬而远之。我们只是由得她挑衅我们。”

“我做不到。”简说，“我有这些感觉之前，事情多简单啊。我把她屏蔽掉就好了。”

“就是这样。”米罗说，“我们也是这样做的，我们对她置之不理。”

“这比我想象的更复杂。”简说，“我不知道能不能做到。”

“是啊，其实你现在也没有太多的选择。”他说。

“米罗，我很抱歉，我总觉得你们人类很可怜，因为你们一次只能想一件事，你们的回忆是如此不完美……现在我才知道，光是一天不杀人就算得上一个成就了。”

“慢慢就会习惯的。我们中大多数人杀的人很少嘛。这是睦邻友好的生活方式。”

过了一会儿，一声抽泣，随后是一声哽咽——接着，她笑了。甜甜软软的轻笑，这对米罗来说是多么值得欢迎的声音。因为这是他认识和喜爱的声音，他喜欢听的笑声。而且是他亲爱的朋友在笑，他亲爱的朋友简，他心爱的华伦蒂的笑声，她们是一个人了。过了这么久，他终于能够伸出手抚摸简，她从前一直遥不可及，就好像一个通过电话认识的朋友，终于能够面对面一样。

他再一次抚摸她，她牵起他的手，握在手里。

“对不起，我让自己的弱点干扰了我们的工作。”简说。

“这是人之常情。”米罗说。

她望着他，在他的脸上找寻讽刺和苦涩。

“我是说真的。”米罗说，“拥有这些情感的代价，就是必须控制它们，就算它们强得难以忍受也得承担。你现在只是凡人。你永远无法让这些感情消失。你只能学会不要感情用事。”

“科尤拉从来没学会。”

“科尤拉学会了。”米罗说，“这只是我的看法，但科尤拉爱马考恩，崇拜他，当他死了，我们其余的人觉得真是解放了，她却迷失了。她现在所做的，这种不断的挑衅——她在请求别人虐待她，打她，以马考恩发怒时打我妈的方式。我认为以某种扭曲的方式，科尤拉一直嫉妒我妈，因为她可以与爸爸单独走开，即使她终于明白他在打她，当科尤拉希望爸爸能回来时，她知道引起他注意的唯一途径就是——她的这张嘴。”米罗苦笑，“实话说这让我想起了母亲。你从来没听她说话，但从前，她被困在与马考恩的婚姻中，又为利波生下孩子——哦，她说话也很伤人。我坐在那里，听她激怒马考恩，刺激他，伤害他，直到他揍她——我就想，你胆敢下手打我的母亲，同时我也完全理解他那无奈的愤怒，因为他永远永远永远也不能说出什么能让她闭嘴的话，只有他的拳头能做到这一点。科尤拉也有一张伤人的嘴，也需要那种愤怒。”

“那我们多幸福啊，我给了她需要的东西。”

米罗笑了。“她并不需要你给她。她需要马考恩给她，但他已经死了。”

突然之间，简涌出了真正的眼泪，悲伤的眼泪。她转向米罗，紧紧抓住他。

“怎么了？”他说，“出什么事了？”

“哦，米罗。”她说，“安德死了，我再也见不到他了。我终于得到了一个身体，我有了能看到他的眼睛，但他却不在了。”

米罗呆住了。当然，她想念安德。她和他度过了几千年，而跟我只有短短几年。我怎会认为她会爱我？我怎能指望和安德鲁·维京相比？同那个指挥舰队，用他的书、他的代言、他的洞察力改变了万亿人的思想的人相比，我是什么人？他能够看透其他人的心，把他们最私密的故事讲给他们自己听？就算痛恨安德，嫉妒安德，米罗也没法指望能与安德抗衡，因为简永远更加爱安德，哪怕他已经死了，哪怕这些感情终于以安德之死而终结。安德曾改变了他的家庭，曾是他真正的朋友，曾是米罗的生命中唯一全心渴望的人。安德走了，米罗和简一起流下了悲伤的泪水。

“对不起，”简说，“我无法控制自己的情绪。”

“是的，嗯，其实这问题很常见。”米罗说。

她伸出手，触摸着他脸上的泪水，然后把沾湿的手指放在自己的脸上，泪水混合在一起。“你知道刚才我为什么想起安德？”她说，“因为你太像他了。科尤拉让你烦恼，和她惹恼任何人一样；但你能超越这一点，看到她的需求是什么，为什么她会这样说、这样做。不，不，放松，米罗，我不希望你像安德那样，我只是说，我最喜欢他的一点你也具有——这不是坏事，对吧？这种同情心——也许我刚刚成为人类，不过我敢肯定这是难得的品质。”

“我不知道。”米罗说，“我现在唯一同情的人是我自己，这叫作自怜，可不是一个有吸引力的特征。”

“你为什么要为自己感到遗憾？”

“因为你这一生都会需要安德，而你能找到的只是可怜的替代品，比如我。”

她把他抱得更紧。现在是她在安慰他了。“哦，米罗，那也许是真的。但即便如此，也是像科尤拉试图引起她父亲注意的那种情况。人们从不会停止对父母的需要，难道不对吗？人们永远不会停止对他们的想念，即便他们已经去世。”

父亲？这个念头从来没有掠过米罗的头脑。简爱安德，深深地爱着，是的，永远爱他——难道是作为父亲吗？

“我不能成为你的父亲。”米罗说，“我不能接替他的位置。”他这样说其实是为了确保他理解她的意思。安德是她的父亲吗？

“我不要你做我的父亲。”简说，“我仍然拥有老华伦蒂的那些感受，你知道的。我的意思是，你我是朋友，对吧？这对我很重要。现在我拥有华伦蒂的身体，而且当你抚摸我时，我感觉就像祈祷得到了回答。”她话一出口就后悔了，“哦，对不起，米罗，我知道你想念她。”

“我是想她。”米罗说，“但要我以应该采取的方式想念她很难，因为你看起来和她很像，听起来也很像。如果这听起来很糟糕，那么我现在抱着你的方式就是我想抱着她的方式，因为我理应安慰你而不该考虑我自己。呃，我就是一个糟糕的人，对不对？”

“糟透了。”她说，“我为认识你而惭愧。”她吻了他，既甜蜜又笨拙。

他想起了他多年以前与欧安达的第一个吻，那时他还年轻，不知道会发生多么糟糕的事。那时他俩都很尴尬，幼稚、笨拙、年轻。现在，简是宇宙中最古老的生物之一，但也是最年轻的一个。还有华伦蒂——华伦蒂的生命太短暂了，她的身体里应该没有简能够借鉴的反射,她有什么机会能找到爱情?

“那和人类的做法接近吗?”简问。

“那正是人类有时的做法。”米罗说,“这并不令人惊讶,因为我俩都是人类。”

“我是在背叛安德吗?前一刻还在为他悲伤,下一刻就因为你抱着我而如此高兴?”

“我是在背叛他吗?他死后几小时就这样高兴?”

“不过他没有死。”简说,“我知道他在哪儿。我追赶他到了那里。”

“如果他还是完全一样的人,”米罗说,“那就太可惜了。因为他虽然是好人,却不快乐。他有过幸福时刻,但从来没有——呃,从来没有真正获得安宁。如果彼得能够度过完整的一生，不用承担屠异的罪过,不必觉得肩上承担着全人类的重负,这不是好事吗?”

“说到这个,”简说,“我们有工作要做。”

“我们也有日子要过。”米罗说,“我不会对这次遭遇感到抱歉,即使是科尤拉犯浑才让它成为现实。”

“咱们按文明的方法来办吧。”简说,“咱们结婚,生孩子。我真的想当人,米罗,我想要做一切。我想成为人类生活的一部分,从这边边缘到那边边缘,而且我想与你共度一生。”

“这是求婚吗?”米罗问。

“我死了,又在十几小时前重生。”简说,“我——见鬼,我可以称他为父亲,对吧——我的父亲也死了。生命苦短,我感到了它有多么短暂:经过了三千年,所有的激情,但仍感觉太短了。我在赶时间。而你，你不是已经浪费了够多的时间了吗？你准备好了吗？”

“可我没有戒指。”

“我们有比戒指好得多的东西。”简说。她再次抚摸着她的脸颊，她放置他眼泪的地方，仍然是湿的；当她把手指放到他脸颊上时，也是湿的。“我的眼泪里已经有了你的眼泪，你的眼泪里也有了我的，我认为这比接吻还要亲密。”

“也许，”米罗说，“但没有接吻有意思。”

“我现在感到的这种情绪，这是爱，对吗？”

“我不知道。是一种渴望吗？是令人眩晕的幸福感，只是因为你和我在一起吗？”

“是的。”她说。

“这是流感。”米罗说，“注意几小时内会恶心或腹泻。”

她推开他，在无重力的飞船里他无助地飘到空中，直到他撞上另一面舱壁。“什么？”他说，假装无辜，“我说了什么？”

她把自己推离舱壁，向门口飘去。“来吧，”她说，“继续工作。”

“咱们先别宣布订婚。”他轻声说。

“为什么？”她问，“已经觉得难为情了吗？”

“不，”他说，“也许是我小心眼儿，但当我们宣布时，我不想让科尤拉在场。”

“你是非常小心眼儿。”简说，“你需要更加坦荡和耐心，像我一样。”

“我知道，”米罗说，“我努力学习。”

他们飘回飞船的主舱。其他人正在着手准备要广播的遗传信息，用他们初次出现在更接近星球的地方时的、德斯科拉达病毒挑战他们的频率发送。他们都抬起头来，埃拉诺娜苍白地笑了。费尔昆彻乐呵呵地挥了挥手。

科尤拉扬起了头。“嗯，我希望情绪爆发已经结束了。”她说。

米罗能感觉到简对这种说法怒气冲冲，但简没说什么。然后他俩都坐在下来，系好安全带，他们互相看了一眼，简眨了眨眼睛。

“我看到了。”科尤拉说。

“我们的意思是你也一样。”米罗说。

“成熟点儿吧。”科尤拉轻蔑地说。

一个小时后，他们发出了消息。他们立刻就被无法理解的答案淹没了，但必须这样做。没有时间争吵，也没有时间恋爱或悲伤。现在只有语言，密集、广泛的外星消息，他们必须以某种方法去破解。

“直到死亡结束所有的惊喜”

“我不能说非常喜欢诸神给我的工作,我唯一真正的快乐就是我受教育的日子,在诸神召唤的间隙中。我很乐意为他们服务,一如既往。了解宇宙能有多宽,让老师测试自己,即使失败了也没有太多后悔,这是多么美好啊!”

——《韩清照神谕》

“你要到大学来看我们启动能防御神的新电脑网络吗?”格蕾丝问。

彼得和西王母当然想看。但他们吃惊的是,马鲁高兴地咯咯笑着,坚持说他也必须去看。神曾经住在电脑里,对吧?如果她找到了回来的路,马鲁不该在那里迎接她吗?

这让问题复杂化了一点点——马鲁到大学参观需要通知校长,好让他组织适当的欢迎仪式。马鲁并不需要这个,他既不虚荣,也不对有直接目的的仪式抱感情。关键是让萨摩亚人看到大学仍然保留着尊重的传统,马鲁在传统方面是最受崇敬的保护者和实践者。

从海滩上的水果和鱼类盛宴,从篝火、棕榈垫、茅草小屋,到飞行车、高速公路和有着色泽明亮的大楼的现代化大学——西王母觉得好像穿越了人类的历史。从前在道星她已经有过一次这样的经历,似乎她生活的一部分就是从古代到现代来回穿梭。她为那些只经历过一种生活,而没有经历过另一种的人感到遗憾。这样更好,她想,从人类成就的整个菜单里做出选择,而不是被限定在一个狭窄的范围内。

在飞行车把马鲁送到正式接待处之前,彼得和西王母小心地下了车。格蕾丝的儿子带他们简单参观了全新的电脑设备。“这些新的电脑都是按照星际议会的协议发给我们的。电脑网络和安赛波之间将不会再有直接的连接,而必须有一个时间延迟,每个信息包都要经过判断软件的检查,以便捕获未经授权的负载。”

“换句话说,”彼得说,“简永远无法回来了。”

“计划是这样的。”那孩子——他除了身材之外都只是孩子——咧嘴笑道,“一切都很完美的,都是全新的,完全兼容。”

西王母感到心里很不舒服。这就是人类世界将要成为的样子?把简挡在所有一切的外面,无法获得所有人类文明网络的庞大计算能力,她又怎能重新获得把飞船带进带出的力量?西王母很高兴离开道星,但她可不确定余生想在帕西菲卡星上终老。特别是如果她和彼得一起留下,他绝不可能满足于长期过着慢悠悠、懒洋洋的海岛生活。说实话,这对她来说也太慢了。她爱和萨摩亚人度过的时光,只是急于做事的心情在她心里滋长,也许在这些人当中长大的人能够净化野心,或者也许某种种族基因能够抑制它或取代它,但西王母始终想强化和扩大她在生活中的角色,这种持续的冲动是肯定不会因为海滩上的一次宴会就消失无踪的,尽管她很享受这次宴会,并会好好珍惜这段记忆。

参观还没有结束，当然，西王母尽责地跟着格蕾丝的儿子，他走到哪儿就跟到哪儿。但她除了所需的礼貌回应之外都没注意看。彼得似乎更加心烦意乱，西王母能猜到为什么。他不仅和西王母有同样的感受，也一定在为失去了和简的连接而悲痛。如果她不能恢复通过轨道通信卫星来控制数据流的能力，他就不会再听到她的声音了。

他们来到老校园，那里的建筑虽然老旧但是很耐用。"没人喜欢来这里。"他说，"因为它让人想起，近年来我们的大学变得不再只是培养工程师和教师。这栋楼有三百年历史了。进来吧。"

"我们非得进去吗？"西王母问，"我是说，有必要吗？我想在外面也能感受得到。"

"哦，但我认为你们想看这个地方的。这很有趣，因为保留了一些老样子。"

出于礼貌，西王母当然同意跟他进去，彼得一声不吭地跟上来。他们进到楼里，听到古老的空调发出的嗡嗡声，感受到了强烈的冷气。"这些都是老样子？"西王母问，"总没有海滩上的生活老吧，我想。"

"确实没那么老。"他们的导游说，"但我们保持的东西不一样。"

他们走进一个大房间，里面有成百上千台电脑，密密麻麻地排列在桌子上，从这一头延伸到那一头。连让人在电脑前坐下的空间都没有；桌子之间的空隙仅容技术人员侧身而过。所有的电脑都开着，但所有的终端上方都空无一物，不知道里面在运行什么。

"我们不得不处理这些星际议会要我们下线的旧电脑，所以我们把它们放到这里。岛上其他大学和企业的电脑也是——夏威夷、大溪地、毛利岛——大家都在帮忙。这栋楼共有六层,每一层都是这样,另外还有其他三栋楼,不过这栋是最大的。”

“简。”彼得说,他笑了。

“这里是我们存储她给我们的一切的地方。当然,在记录上这些电脑没有连接到任何网络,只用于教学,而且议会督察从不来这。他们瞧瞧新设备就算看到了想看的一切。符合条令,遵守规则——我们是忠诚又听话的公民!不过,恐怕这里会有些疏漏。比如说,似乎有个安赛波间歇性地与大学连接。每当安赛波将信息传送出去,它不连接到任何电脑,除了官方有延迟的安全连接以外。但当安赛波连接到少数奇怪的目的地——比如萨摩亚卫星,或者某个理应跟人类世界的所有安赛波都无法通讯的遥远殖民地——某个被遗忘的旧连接就会连上,安赛波就能完全使用这一切。”

彼得开心地笑了。西王母喜欢他的笑声,对于简可能回到他身边也感到了一点点嫉妒。

“还有另一件怪事。”格蕾丝的儿子说,“这里装了一台新电脑,只是做了一些改动,它似乎不会正确地向主程序报告。它不会告知主程序,有一个超快的实时连接连到这个不存在的老网络。它不报告真可惜,因为它允许这个同安赛波相连的旧网络非法连接到能防御神的新系统。这样对信息的请求就能通过,而且任何检查软件都认为非常合法,因为这些请求来自这台完全合法,也有着令人惊讶的缺陷的新电脑。”

彼得的笑容更大了。“好呀,有人做事蛮快的。”

“马鲁告诉我们神就要死了,因此我们和神之间成功制定了一个计划，现在唯一的问题是——她能找到回到这里的路吗？”

“我想她会的。”彼得说，“当然，这不是她原有的东西，甚至不及它的一小部分。”

“据我们了解，她在好几处都有类似的装置。对，不是很多，而且新的延时障碍也会让她虽然能访问所有信息，但不能把最新的网络用作她的思维过程的一部分。不过，总有了点东西，也许这就够了。”

“我们来这儿之前你就知道我们是谁了。”西王母说，“你早就参与了简的工作。”

“我认为这是不言而喻的。”格蕾丝的儿子说。

“那简为什么还把我们带到这里？”西王母问，“她还胡说我们得到这儿来阻止卢西塔尼亚舰队，有什么意义？”

“我不知道。”彼得说，“我估计这没人知道。不过，也许简只是希望我们处在友好的环境下，这样她就可以再次找到我们，我猜神风星上没有这样的条件。”

“也许，”西王母按她自己的猜测说，“也许她希望她死的时候你在这里，和马鲁和格蕾丝在一起。”

“也是我死的时候。”彼得说，“当然指的是我作为安德的死。”

“也许，”西王母说，“如果她不能再通过操作数据来保护我们，她希望我们处在朋友之中。”

“当然。”格蕾丝的儿子说，“她是一个神，她在照顾她的子民。”

“你是说她的崇拜者？”西王母问。

彼得哼了一声。

“她的朋友们。”那孩子说，“在萨摩亚我们对众神怀着崇高的敬意，但我们也是他们的朋友，我们尽力帮助好的神。神有时也需要人类的帮助。我想我们做得很好，对吗？”

“你做得很好。”彼得说，“你确实忠心耿耿。”

那孩子笑了。

不久，他们又回到了新电脑房，看着大学校长在盛大的典礼下按下按键，启动打开并监视学校安赛波的程序。星际议会的信息和测试程序立刻发了过来，对大学的系统进行探测和检查，以确保安全系统没有失效，所有协议都妥为遵守。西王母能感觉到每个人都非常紧张——除了马鲁，他似乎不会恐惧——直到几分钟后，程序完成了检查，形成了报告。议会立即传来消息——这个网络是兼容的，安全的，没有检测到虚假的数据。

“现在任何时候都可以。”格蕾丝喃喃地说。

“我们怎么才能知道这一切有没有用？”西王母轻声问。

“彼得会告诉我们的。”格蕾丝回答说，似乎对西王母没想到这一点感到惊讶，“他耳边的宝石——萨摩亚卫星会对它说话的。”

奥尔拉多和格雷戈站在那里，看着二十年来一直只跟穿梭艇和雅各特的飞船相连的安赛波又收到了消息，和其他星球的四个安赛波网络建立了联系。这些网络背后的人们是卢西塔尼亚的同情者——或者至少是简的朋友——按照简的指示，规避了部分新的规定。没有实际发送消息，因为这些人彼此之间没有什么可说。他们的目的只是保持连接有效，这样简有可能到来，把自己同从前的能力的一小部分连接起来。

这些都是在没有卢西塔尼亚人类参与的情况下完成的。所有需要的程序都是由虫族女王的无情而有效率的工虫完成的，有时也得到了猪族的帮助。奥尔拉多和格雷戈在最后一分钟才获得邀请，仅仅作为观察员，但他们能理解。简同虫族女王谈过，虫族女王又同父亲树谈过。简没有让人类进行工作，因为曾同她合作的卢西塔尼亚人类是米罗，他还有别的工作要替她做；还有安德，他在去世前已经把宝石从耳朵上取了下来。当猪族人沃特姜坡向奥尔拉多和格雷戈解释发生的事，请求他们来观察时，他俩已经讨论过了这些。“我觉得她感觉有点儿挑衅。”奥尔拉多说，“如果安德拒绝了她，米罗又很忙……”

“或者在对少女华伦蒂眉来眼去，别忘了。”格雷戈说。

“好啦，没有人类的帮助她也会做的。”

“这怎么会有用？”格雷戈说，“她从前曾被连接到数十亿台电脑。现在她最多有几千台，至少能直接用的只有这点，远远不够。埃拉诺娜和科尤拉永远回不了家了，还有米罗。”

“也许回不来了。”奥尔拉多说，“我们为了更崇高的目的失去家庭成员也不是第一次了。”他想到了著名的外祖父母——奥斯·维纳拉多斯夫妇，他们再过几年就会成为圣人了——如果教皇的代表会到卢西塔尼亚来查看证据的话。他们的生父利波，还有利波的父亲，两人都在娜温妮阿的孩子们猜到他们是一家人之前就死了。他们全都为了科学献身，奥斯·维纳拉多斯夫妇牺牲在控制德斯科拉达病毒的斗争中，皮波和利波牺牲在同猪族的沟通和了解中。他们的兄弟金也作为烈士死了，他试图弥补卢西塔尼亚的人类和猪族之间的危险裂痕。现在，安德，他们的养父，也因为试图找到挽救简的生命和超光速旅行的方法而死去了。如果米罗、埃拉诺娜和科尤拉死在同德斯科拉达建立通信的努力中，那么这也算是家庭传统的一部分。“我在想，”奥尔拉多说，“咱俩到底有什么问题，还没被要求为了一项崇高的事业而死。”

“我不知道什么崇高事业。”格雷戈说，“但确实有一支舰队瞄准了咱们。我想，那玩意儿大概能把咱俩搞死。”

在电脑终端上突然出现了一系列活动，告诉他们等待结束了。“我们已经与萨摩亚连线。”沃特姜坡说，“现在是孟菲斯星、道星和希吉拉星。”他像猪仔们高兴时常做的那样跳起来。“他们都上线了。嗅探程序没有找到他们。”

“但这样足够吗？”格雷戈问，“星际飞船移动了吗？”

沃特姜坡灵巧地耸耸肩说：“你们的家人回来时我们就会知道了，对吧？”

“他们回来之前，母亲不希望举行安德的葬礼。”格雷戈说。

提到安德的名字，沃特姜坡垂头丧气。“那个把‘人类’带到第三种生命的人。”他说，“却没有留下多少可以埋葬的东西。”

“我只是想知道，”格雷戈说，“是不是要过几天、几周或者几个月，简才能找到恢复力量的方法——如果能恢复的话？”

“我不知道。”沃特姜坡说。

“他们只有几个星期的空气可用。”格雷戈说。

“他不知道，格雷戈。”奥尔拉多说。

“我明白。”格雷戈说，“但虫族女王知道。她会告诉父亲树。我想……也许会有走漏的风声。”

“虫族女王怎么会连未来发生什么都知道？”奥尔拉多问，“怎么可能有人知道简能不能恢复？我们再次连上了其他的星球，她核心记忆的某些部分在安赛波网络里恢复了，但却十分隐秘。她可能会找到这些记忆，也可能找不到。如果找到了，这些记忆也许足够，也许不够。但沃特姜坡不知道。”

格雷戈转过身。“我明白。”他说。

“我们都在害怕。”奥尔拉多说，“包括虫族女王。我们全都不想死。”

“简死了，但又复活了。”格雷戈说，“照米罗的说法，安德的艾瓦应该在别的星球上作为彼得生活；虫族女王死掉的话，她们的记忆会在女儿的心中活下去；猪族会作为树木活下去。”

“我们中的一部分会。”沃特姜坡说。

“但我们呢？”格雷戈说，“我们会灭绝吗？我们有没有计划又有什么区别呢？我们完成了工作，养大了孩子，又有什么关系呢？”他盯着奥尔拉多，“有这样一个快乐的大家庭又有什么意义呢，如果你们全都瞬间被那个……炸弹，消灭的话？”

“我和我的家人共度的生活没有一刻是被浪费的。”奥尔拉多平静地说。

“重点在于继续前进，是不是？和未来相连？”

“这是其中的一部分，是的。”奥尔拉多说，“还有部分意义是现在，是此时此刻。还有一部分，是彼此关系的网络，灵魂到灵魂的连接。如果生命的目的只是为了延续到未来，那么毫无意义，因为一切都成了预期和准备。但还有成果，格雷戈。有我们已经获得的幸福，每一刻的幸福。我们生命的终结，即使不再延续，没有后代，我们的终点也不会抹消起点。”

“但却不会有所成就。”格雷戈说，“如果你的孩子死了，那不是都白费了吗？”

“不。”奥尔拉多平静地说，“你这样说是因为你没有孩子，格雷戈。这完全不是白费。哪怕你把孩子抱在怀里一天之后他就死了，也不是白费，因为这一天本身就有足够的意义。在这一小时，一天，一周，一个月里，熵被逆转了。就因为我们可能死在这个小小星球上，不会让死前的人生变得无意义。”

格雷戈摇了摇头。“会的，奥尔拉多。死亡能清除一切。”

奥尔拉多耸耸肩。“那为什么还要做事呢，格雷戈？反正人总是要死的。为什么还要生孩子？他们总有一天会死，他们的孩子也会死，所有的孩子都会死。恒星也总有一天会坍缩或爆炸。死亡总有一天会像湖水一样淹没我们，也许永远不会留下任何痕迹表明我们曾经存在。但我们存在过，我们生活的时间内，我们活着。真理是现在怎样，过去怎样，将来会怎样——而不是可能会怎样，应该会怎样，永远不会怎样。如果我们死去，那我们的死亡对宇宙的其余部分就有其意义。即使我们的人生不为人知，但有人活过，死去，这件事本身就会产生影响，塑造宇宙。”

“所以这对你足够有意义？”格雷戈说，“作为一个客观的教训而死？为了让人们觉得杀了你是件糟糕的事而死？”

“还有更糟糕的人生意义。”

沃特姜坡打断了他们。“我们等待的最后一个安赛波网络也上线了。我们现在把它们都连接起来了。”

他们停止了交谈。现在是帮助简找到回归自我途径的时候了,如果她能做到的话。

他们等待着。

通过她的工虫之一,虫族女王看到并听到了安赛波连接恢复的消息。

【是时候了。】她告诉父亲树。

【她能做到吗?你能带领她吗?】

【我没法把她带到我去不了的地方。】虫族女王说,【她必须找到自己的路。我所能做的就是告诉她时机已到。】

【那我们只能看了?】

【我只能看。】虫族女王说,【你是她的一部分,或者她是你的一部分。她的艾瓦现在通过母亲树和你的网络相连。准备好。】

【准备好什么?】

【准备好简需要的东西。】

【她需要什么?她什么时候需要?】

【我不知道。】

在星际飞船里,虫族女王的工虫突然从他的电脑终端上抬起头来,随后从座位上站起来走向简。

简抬起头。“怎么了?”她心烦意乱地问。然后,她想起了在等待的信号,她瞧了瞧米罗,他扭头看看发生了什么事。“我得走了。”她说。接着,她扑通一声倒在座位上,好像昏了过去。米罗立刻从椅子上站起来;埃拉诺娜也不甘落后。工虫已经解开了简椅子上的安全带,把她抬了起来。米罗帮他把简的身体抬过失重的走廊,放到船尾的床上。他们把她放下,在床上固定好。埃拉诺娜检查了她的生命体征。“她陷入了深度睡眠。”埃拉诺娜说,“呼吸非常缓慢。”

“昏迷?”米罗问。

“她保持着维持生命的最低限度。”埃拉诺娜说,“除此之外没有什么。”

“得了吧。”科尤拉在门口说。“咱们回去工作吧。”

米罗怒火中烧,破口大骂——但埃拉诺娜制止了他。“你可以留下来看着她,如果你愿意。”她说,“但科尤拉是对的,我们有工作要做,她也有她的工作。”

米罗回到简身边,抚摸着她的手,握着它。其他人离开了睡眠舱。“你听不到我,你感觉不到我,你看不到我,”米罗无声地说,“所以,我想我不是在这里等你。但我不能离开你。我在怕什么呢?如果你没有成功做到你现在正在做的事,我们都会死。所以我怕的不是你的死。”

“我怕的是你旧有的自我。你那个存在于电脑和安赛波之间的生命。你在人类的身体里度过了一段美好时光,但当你原来的力量恢复,人类生涯就再次变成了你的一小部分。只是上百万个感觉输入设备之一。在海量的记忆中迷失的一小片记忆。你会把一小部分注意力分给我,我永远不会知道,我是你生命中永久的事后回忆。”

这只是当爱上一个远大于自己的人的坏处之一,米罗告诉自己,我永远也不会知道其中的差别。她会回来,我会快乐地和她在一起,但我永远也不会知道她实际上用来和我共度的时间和精力是这么少。我只是被用来消遣而已。

然后他摇摇头,放开她的手,离开了房间。我不会聆听绝望之声,他告诉自己,我能驯服这个伟大的存在,让她成为我的奴隶,让她生命的每一刻都属于我吗?我会让她的眼睛除了我的脸什么也看不到吗?我必须为我是她的一部分而高兴,不会因没有获得更多的地位而怨恨。

他回到座位上继续工作。但不一会儿又起身再次回到她身边。在她回来之前他毫无用处，直到他知道结果如何，他没法考虑别的东西。

简不是毫无目的地漂流。她还有卢西塔尼亚的三个不曾中断的安赛波连接,很容易就发现了。找到另外几个星球的新安赛波连接也很容易。从那里,她很快从错综复杂的中断和开关之中找到了路,这些中断和开关是为了保护她进入系统的后门不被星际议会的嗅探程序发现。一切都像她和朋友们计划的那样。

这里很小,很局促,正如她意料的一样。但她几乎从未使用过这一系统的全部能力——除了当她控制飞船的时候。她需要每一片快速内存来存储要传送的整艘船的图像。显然,这几千台电脑没有足够的能力。然而,能够接触到长期以来赖以进行思考的程序,还是让她松了一口气。它们就像虫族女王的工虫一样是供她驱使的仆人——这是我同虫族女王的又一个相似之处,简想。她启动了程序,然后探寻着这些天来痛苦地失去了的记忆。她再次拥有了一个能让她对几十个同时运行的进程保持关注的精神系统。

但还是不对劲。她在人类身体里只待了一天,就已经觉得曾经如此丰富的电子自我还是太小了。不只是因为从前电脑很多而现在太少,相反,是电脑系统本身就小。为浩瀚的可能性而生的肉体充满了不确定性,根本无法在二进制世界里存在。她曾经活过,所以现在知道她的电子住处只给了她生活的一小部分。她千百年来生活在机器中完成的成就,其满足感甚至比不上是在血肉之躯里度过的几分钟。

她曾想过离开华伦蒂的身体,而她现在知道永远不能。那是她的根,无论现在还是将来。她不得不在需要的时候强迫自己散布到电脑系统里,单靠自己的意向,她是没法做好进去的心理准备的。

但没有理由把她的失望告诉任何人,现在还不行。等她回去,会告诉米罗。他会听,并且不告诉任何人。事实上,他也许会松一口气。他无疑在担心她会受到诱惑,留在电脑里,不再回到她仍然可以感觉到的那个身体中。那身体很强大,吸引着她的注意,即使在这样深度睡眠的松弛状态下。但他没有理由担心。他难道不是长期困在一个几乎无法忍受的身体里吗?她不想重新仅仅住在电脑里,就像他不想回到折磨着他的那个脑损伤的身体里一样。

然而,这是她自己,她自己的一部分。这是朋友们送给她的,她不会告诉他们,再次挤进这个狭小的生活是多么痛苦。她调出熟悉的简的表情,显示在各个星球的电脑终端上方,对他们微笑,并说:“谢谢,我的朋友们,我永远不会忘记你们对我的爱与忠诚。我要花一段时间了解有多少系统对我还开放,又有多少被关闭。当我知道之后,会告诉你们了解到的东西。但放心,无论我是否还能达到原先一样的能力，为这次恢复，我欠你们大家的情。我已经是你们永远的朋友，我永远欠你们的。”

他们回答了；她听到了所有的答案，只用了她的一小部分注意力与他们交谈。

她用另一部分注意力开始探索。她发现了星际议会的程序员为主电脑系统设计的隐藏接口。要袭击他们，获得任何她想要的信息非常容易——事实上，她瞬间就发现了访问星际议会最秘密的文件的方式，找到了每一份技术规范和新网络的每一个协议。但她的探测都是二手的，就好像掉进了一个黑暗中的饼干罐子，看不见，但摸得到。她可以发出小小的探测程序，把想要的一切带回给她；这些程序通过模糊协议引导，因此具有偶然性，会带回无关紧要的信息，不知为什么被这些信息所触发。如果她想惩罚它们，当然有这个能力。她可以破坏一切，摧毁所有的数据。但无论是发现的秘密，还是肆虐的报复，都和她现在所需的东西无关。对她最重要的信息已经被她的朋友保存下来了。她需要的是能力，但却没有。新网络是一种倒退，同瞬间传播的安赛波相比延迟足够长，让她没法用来进行思考。她试图找到能让卸载和重新加载数据的速度足够快的方法，好用来把星际飞船推到外空间再带回来，但它就是不够快。每艘飞船只有一些碎片会进入外空间，而且几乎没有什么能回得来。

“我有全部的知识。我只是还没有空间。”

然而，通过这一切，她的艾瓦在进行循环。它每一秒钟都经过飞船里被安全带绑在床上的华伦蒂身体许多次；它每一秒都多次接触安赛波和虽已恢复但削弱了不少的电脑网络；它每一秒都沿着母亲树之间的丝网周游。一千次,一万次,她的艾瓦进行着这些循环,她终于明白,母亲树也是一个存储的地方。她们自己的思想很少,但她们的结构却可以容纳记忆,没有任何内在的延迟。她可以思考,储存想法,可以立即调用。而母亲树有着分形的深度,她可以把记忆一层层地映射存储,思想套着思想,越来越远,深入活细胞的结构,而不会干扰树木本身那模糊而甜美的思想。这个存储系统比电脑网络更好,比任何二进制设备都要大。虽然母亲树的数量比电脑少得多,哪怕同她那新的小网络相比,但存储阵列的深度和丰富程度都意味着有更多的空间,可以更为迅速地调用数据。除了存取基本数据和对于过去的星际飞船的记忆,简不需要使用电脑了。通往群星的途径现在是一条林荫大道了。

虫族女王的一名工虫独自在卢西塔尼亚的一艘飞船上等待。简很容易就找到了她,发现并记住了飞船的形状。虽然她已经"忘了"怎么进行瞬间星际飞行一天之久,现在记忆又回来了,她轻松地把飞船推到外空间,一瞬之后又把它带进内空间,只是相隔许多公里,放到虫族女王巢穴入口前的一片空地上。工虫从终端前站起来,打开门,来到外面。当然,没有什么庆祝仪式。虫族女王只是看着工虫的眼睛,确认航行成功,然后检查了工虫的身体和飞船本身,确保没有什么在航行中丢失或损坏。

简可以听到虫族女王的声音,宛如从远处传来,她本能地在这样一个强大的思想来源前退缩了。这是通过中转的消息,"人类"的声音在她的脑海中响起。

【一切都很好。】“人类”对她说，【你可以继续。】

于是她回到了载有她自己身体的飞船上。运送其他人时，她让他们各自的艾瓦来照管他们的肉体，保持其完整。那样的结果是米罗和安德在混乱中造出了身体，他们有着对于和他们现有的不一样的身体的渴望。但现在这种结果可以容易地避免，只需让旅客在外空间稍微逗留一小会儿，只需长到每个人、每一部分都在一起。

不过，这一次，她必须保持飞船和华伦蒂的身体完整，还得带上米罗、埃拉诺娜、费尔昆彻、科尤拉，还有虫族女王的工虫，不可以犯错误。但它运行起来很轻松。这艘飞船她很容易地保存在了记忆中；这些人是她在此之前就经常携带的人。还好，她已经非常熟悉新身体，不需要采取特别的努力，就能使它和飞船一道保持完整。唯一的不同就是她不只是光把他们送出去再拉回来，自己也跟着一起去了。她自己的艾瓦和其余的人一起去了外空间。

这一点是唯一的问题。一旦到了外空间，她就没有办法知道他们在那里过了多长时间了。可能过了一个小时，也可能过了一年或是一皮秒。她自己之前从未去过外空间。没有根基或者锚点，让人感觉烦乱，困惑，可怕。“我怎样才能回去呢？我连接到了什么呢？”

就在惊慌失措的问这些问题时，她发现了锚点，一旦她的艾瓦在外空间的华伦蒂体内进行了一个循环，就跳过去进行母亲树那里的循环。在那一刻，她把飞船和里面所有的人都带回来了，把他们放在她想要的地方，在卢西塔尼亚航天港的着陆区。

她很快把他们检查了一遍，全都正常。成功了。他们不会死在太空里了。她还是可以做星际航行，哪怕自己也在飞船上。虽然她不会经常亲自一起航行——太可怕了，即使母亲树的连接能维系她——她现在知道可以让飞船重新投入航行了，不需要担忧。

马鲁喊叫着，人们把目光转向他。他们都看到了简的脸出现在终端上方，屋里出现了上百张简的面孔，人们都欢呼和庆祝起来。西王母心想：这是在庆祝什么呢？

“神已经移动了她的飞船！”马鲁喊道，“神重新获得了力量！”

西王母听到这句话，默默地想他是怎么知道的。但彼得，无论他怎么想的，对这个消息有更深的个人感受。他双手搂着她，把她从地上抱起来转了个圈。“我们又自由了。”他喊道，他的声音和马鲁一样快乐，“我们又能自由地漂泊了！”

在那一刻，西王母终于明白，她爱的这个人，在最深处和安德鲁·维京是同一个人，他从一个星球到另一个星球漂泊了三千年。为什么彼得一直这么沉默和忧郁，只有现在才兴高采烈地放松下来？因为他无法忍受只在一个星球度过余生。

我陷进什么里了？西王母想，我的生活也将是这样吗？这里待一个星期，那里待一个月？

然后她想：如果是这样又怎样呢？如果那一个星期是与彼得在一起，如果那一个月是在他的身边，那么对我来说这足可称之为家了。如果不是的话，就可以有足够的时间达成某种妥协。即使安德最后也在卢西塔尼亚安家落户。

此外，我自己也可能是个流浪者。我还年轻——我怎么知道我要过什么样的生活？简在瞬间就能带我们去任何地方，我们可以看到全部的人类世界和所有最新的殖民地，还有其他任何在定居下来之前想看的东西。

有人在中央控制室叫喊。米罗知道他应该离开沉睡的简,去看看怎么回事。但他不想放开她的手。他不想把眼睛移开她。“我们的联系被切断了！”喊声再次传来——是科尤拉在大叫,充满着惊恐和愤怒。“我收到了他们的消息,但现在突然没有了。”

米罗几乎笑出了声。科尤拉怎么不明白呢?她收不到德斯科拉达星球发出的信号,是因为他们不再环绕德斯科拉达星球了。科尤拉难道没感到有重力了吗?简成功了。简把他们带回家来了。但她自己回来了吗?米罗捏了捏她的手,俯下身,吻着她的脸颊。

“简,”他低声说,“别迷路了。到这里来,到这里跟我在一起。”

“好的。”她说。

他抬起头,望着她的眼睛。“你做到了。”他说。

“先前担心了那么久,其实还挺容易的。”她说,“但我不认为我的身体适合这样的深度睡眠。我动不了了。”

米罗快速按下了松开安全带的按键,带子松开了。

“哦,”她说,“原来你把我绑起来了。”

她试图坐起来,但立即再次躺倒。

“头晕吗?”米罗问。

“房间在打转。”她说,“也许将来我做星际航行的时候可以不让自己的身体彻底昏迷。”

舱门猛地打开了。科尤拉站在门口,因为愤怒而颤抖。“你怎么敢不警告一声就这样做！”

埃拉诺娜跟在她后面劝说着她。“科尤拉,看在老天的份儿上,她把咱们带回家了,这还不够吗？”

“你可以礼貌一点儿！”科尤拉叫道,“你可以告诉我们你在进行实验！”

“她把你和我们一起带回来了,不是吗？”米罗笑着说。

他的笑声激怒了科尤拉。“她不是人！你就爱这个,米罗！你向来没法爱上一个真正的女人。你爱上了一个女人,结果她是你同父异母的妹妹,然后是安德的机器人,现在又是一台披着人皮的电脑,就像一个傀儡。这种时候你当然笑得出来了,你没有人类的感情。”

简现在起来了,腿有些颤抖地站着。米罗很高兴地看到,她这么快就从几小时的昏迷中恢复了。他几乎没注意到科尤拉的中伤。

“不准不理我,你这自以为是、自命不凡的狗杂种！”科尤拉冲着他尖叫。

他不理她,感觉确实自以为是、自命不凡。简拉着他的手,紧跟在他的身后,从科尤拉身边走出了睡眠舱。当她经过时,科尤拉朝她大喊,“你可不是神, 没权不说一声就把我从一个地方扔到另一个地方！”她推了简一把。

她没使多大劲。但简摔倒在米罗身上。他转过身来,担心她可能会倒下。但他却正好看到简张开手指推了科尤拉的前胸,力道更重。科尤拉的头撞在走廊的舱壁上,然后完全失去平衡,倒在埃拉诺娜脚下。

“她想杀我！”科尤拉喊。

“如果她想杀死你,”埃拉诺娜温和地说,“你就会留在环绕德斯科拉达星球轨道上的真空里了。”

“你们全都恨我！”科尤拉大喊，然后大哭起来。

米罗把飞船的舱门打开了，领着简走到阳光下。这是她用人类的脚踏上一个星球表面的第一步，用人类的眼睛看到的第一眼阳光。她站在那里，呆住了，然后转过头四下看着，向天空仰起头，然后泪流满面，紧紧抱住米罗。“哦，米罗，我快要受不了了！这一切太美了！”

“你应该看看春天的景象。”他呆呆地说。

片刻后，她又恢复了一些，能够再次面对这个世界，和他一起走出最初的几步。他们可以看到一辆飞行车从米拉格雷朝他们飞驰过来——不是奥尔拉多和格雷戈，就是华伦蒂和雅各特。他们会第一次见到以华伦蒂身份出现的简。华伦蒂比任何人对少女华伦蒂都记忆深刻，虽然不像米罗，她对简没有特别的回忆，因为她们没有那么亲近。但据米罗对华伦蒂的了解，他知道她会把对少女华伦蒂的悲伤藏在心底；对简，她表示出的只会是欢迎，也许还有好奇。这是华伦蒂行事的风格，对她来说，理解比悲伤更重要。她对所有的事情都有很深的感触，但她并没有让自己的悲伤或痛苦来阻碍她学习一切。

“我不该这样做的。”简说。

“做什么？”

“用暴力对待科尤拉。”简沮丧地说。

米罗耸了耸肩。“那是她希望的。”他说，“你能听到她仍然在享受它。”

“不，她不希望那样，”简说，“不是她最深的愿望。她想要人人都想要的东西——爱和关心，想属于某种美丽和精致的东西，想获得她所敬佩的人的尊重。”

“好吧，我会相信你的话。”米罗说。

“不，米罗，你看到了的。”简坚持。

“是的，我看到了。”米罗回答。“但我多年前就放弃了。科尤拉的胃口太大了，像我这样的人会被它吞噬十几次。那时我也有自己的问题。别因为我摒弃她而谴责我。她的不幸之桶深得能装下一万升幸福。”

“我没有谴责你。”简说，“我只是……我得知道，你明白她是多么爱你，需要你。我要你像……”

“你要我像安德那样。”米罗说。

“我要你像你最好的一面那样。”简说。

“我也爱安德，你知道。我认为他是每个人的最好的一面。你希望我至少能在有些事情上像他一样对你，我对此也不反感。只要你还希望有些东西是我自己的，不是他的一部分。”

“我不希望你是完美的。”简说，“我也不希望你是安德，而且你最好也别期待我是完美的，因为我虽然现在想显得明智，我还是把你妹妹推倒了。”

“谁知道呢？”米罗说，“那也许会让你成为科尤拉最亲密的朋友。”

“我希望不会。”简说，“但如果真的那样，我会为她尽我所能。毕竟，她现在是我的妹妹了。”

【那么，你们准备好了。】虫族女王说。

【虽然不知道,但我们准备好了。】“人类”说。

【你们是她的一部分,所有人都是。】

【她的碰触很温柔。】“人类”说,【我们也能轻易负担她的存在。母亲树不介意她。她的活力让她们精力充沛。如果她的记忆对她们来说很怪异,也给她们的生活带来了从未体会的多样性。】

【那么,她是我们大家的一部分了。】虫族女王说,【无论她现在是什么,变成了什么,都是虫族、人类和猪族的一部分。】

【不管她做什么,没人能说她不理解我们。如果必须有人行使神一样的力量,由她来行使比别人更好。】

【我承认我嫉妒她。】虫族女王说,【她是你们的一部分,我却永远成为不了。我们进行了这么多次谈话,我还是不知道成为你们的一员究竟是什么样子。】

【我对你们的思维方式也只了解一点点。】“人类”说,【但这不是好事吗? 其中的奥秘是无穷的。我们将永远不会停止给彼此惊喜。】

【直到死亡结束所有的惊喜。】虫族女王说。

“他们用来与动物沟通”

“如果我们更加明智或者更加好，也许诸神会向我们解释他们所做的疯狂、令人无法忍受的事情。”

——《韩清照神谕》

舰队同星际议会的安赛波连接已经恢复了。鲍比·兰兹上将收到这条消息的那一刻，就下令整支卢西塔尼亚舰队立即减速到隐蔽阈值以内。舰队立刻执行，他知道，在一个小时之内，对于卢西塔尼亚的任何望远镜观测者来说，整支舰队就会像凭空冒出来一样。它们继续以惊人的速度驶向卢西塔尼亚附近，巨大的防护盾仍在升起，保护他们免受细如灰尘的星际颗粒的碰撞，避免毁灭性的破坏。

兰兹上将的策略很简单。他会以尽可能快的速度到达卢西塔尼亚附近，在最合适的地点发射MD，然后他将让整支舰队重新切换到极高的相对论速度，这样当MD被触发，它的破坏力就不会波及他的任何战舰。这是一个又好又简单的策略，建立在卢西塔尼亚毫无防御的假设基础上。不过对兰兹来说，不能想当然地采取这样的假设。不知为什么，卢西塔尼亚叛军竟然获得了某种武器，在舰队的航程即将结束的时候，他们设法切断了舰队和其他人类世界之间的通信。没关系，这个问题已经被查明是由一个长袖善舞、无所不在的破坏性电脑程序引起的；他的上级向他保证，那个破坏性程序已经在舰队到达之前，通过小心而彻底的行动被清除了。兰兹不想被不设防的假象欺骗。敌人已经证明它的数量未知，兰兹必须做好一切准备。这是战争，全面战争，他不会让他的使命由于疏忽大意或过于自信而受到影响。

他从接受任务的那一刻起，就敏锐地意识到，他将作为第二个屠异者载入人类历史。毁灭一个外星种族不是一件容易的事情，尤其是所有的报告都指出，卢西塔尼亚的猪仔是很原始的种族，本身并不对人类造成威胁。就算外星种族确实造成了威胁，就如第一屠异者那时的虫族，那些凶恶的怪物也会被某个自称死者代言人的人，粉饰成乌托邦式的虫族社区，对人类毫无危害。这部作品的作者怎么可能知道虫族的想法？其实这是一本可怕的书，因为它彻底摧毁了孩子们心目中这位打败了虫族，拯救了人类的英雄的名声。

兰兹毫不迟疑地接受了指挥卢西塔尼亚舰队的任务。从航程开始，他每天就花费大量时间，研究屠异者安德那有限的资料。当然，那孩子不知道，他实际上在通过安赛波指挥真正的人类舰队；他原以为是在按照一个极度严格的时间表进行模拟训练。然而，他在危机时刻做出了正确的决定——他选择使用已对行星禁用的武器，从而炸毁了最后的虫族星球。人类遭受的威胁宣告终结。这是正确的行动，是战争的艺术，当时那个男孩也被当之无愧地誉为英雄。

然而，在几十年里，人们的思潮被那本叫作《虫族女王》的坏书转变了，安德鲁·维京，作为一个殖民地行星的新总督已经实质上遭到流放，完全从历史上消失了，他的名字成为对一个温和的、善意的、被误解的物种进行灭绝的代名词。

如果他们能对这样明显无辜的孩子安德鲁·维京倒打一耙,他们又会怎样对待我呢? 兰兹反反复复地想。虫族是残酷的、没有灵魂的杀手,其舰队的飞船装备了毁灭性的杀伤性武器,而我要摧毁的猪仔,他们确实杀了人,但规模极小,不过是几个科学家,而且他们很可能违反了某些禁忌。无论现在还是在可预见的未来,猪仔显然都没法离开他们星球的地表,向人类在太空中的主导地位提出挑战。

然而,卢西塔尼亚和虫族一样危险——也许更危险。因为那里有一种病毒肆虐,所有感染的人类都死了,除非感染者在他的余生不断使用有效解药。何况,这种病毒以快速变异闻名。

只要该病毒仅限于卢西塔尼亚,危险并不严重。但是,两个自大的卢西塔尼亚科学家——根据法律记录,他们是外星人类学家马科斯·米罗·弗拉基米尔·希贝拉·冯·赫斯和欧安达·昆雅塔·菲盖拉·姆库比——他们违反了人类居住点的法律,同土著交往,向猪仔提供非法的技术和生物药品。星际议会做出了正当的反应,要求违法者前往另一个星球受审,当然在那里他们会被隔离,免得卢西塔尼亚还有别人受到诱惑,藐视保护人类的明智法律,将德斯科拉达病毒扩散。谁能想到这样一个小小的人类殖民地胆敢藐视议会,拒绝逮捕罪犯? 从抗命的那一刻起,除了派遣舰队摧毁卢西塔尼亚星球,再没有别的选择。只要卢西塔尼亚在反抗,某艘星际飞船逃离该星球并把无法形容的瘟疫带给其余人类,这风险就大得无法忍受。

一切都很明白。然而,兰兹知道,危险一旦过去,德斯科拉达病毒一旦不再对任何人构成威胁,人们就会忘了曾面临这么大的危险,就会开始对失去的猪仔感伤，认为那个可怜的种族是残酷的鲍比·兰兹上将，第二屠异者的受害者。

兰兹不是感觉迟钝的人。他知道会被憎恨，因此彻夜难眠。他也并不热爱派给他的任务——他不是一个暴力的人，不仅要消灭猪仔还要消灭卢西塔尼亚全部的人类让他打从心里不舒服。他的舰队里没有人怀疑他在执行必须完成的任务时的不情愿，但也没有人会怀疑他完成任务的冷酷决心。

要是能找到某种方法就好了，他想来又想去，如果当我进入实战前议会能发来消息，说发现了真正的解药或可行的疫苗，能抑制德斯科拉达病毒就好了。任何能证明不再有危险的东西都行；任何能够保证 MD 不加武装，安然待在他的旗舰上的东西都行。

然而这样的心愿，可能很难成为希望。毫无机会，即使卢西塔尼亚星球发现了治疗方法，别人又怎能知道呢？不，兰兹必须有意去做安德鲁·维京在不知情的情况下做过的事。他会做的。他将承担后果。他将面对那些诋毁他的人。因为他知道，他这样做是为了全人类的需要；与之相比，个人是获得荣誉还是遭受不公平的对待，又算得了什么呢？

安赛波网络恢复的那一刻，堤康次郎发出了信息，然后前往安装在九楼的安赛波系统，战战兢兢地等在那里。如果家人认定他的想法有可取之处，值得讨论，他们会开一个实时的会议，他决定不要让他们等待。如果他们的答复是指责他，他想成为第一个读到的人，这样，他在神风星的下属和同事就会直接从他这里得到消息，而不是在背后听到谣言。

暧昧光是否了解自己要求堤康次郎做了什么？堤康次郎原本就处在职业生涯的风口浪尖。如果他做得好，就会不断出差，从一个星球被派到另一个星球，成为精英经理之一，被从时间的洪流里割裂出来，通过星际旅行的时间扩张效应走向未来。但如果他被认为是二流角色，他会在神风星的组织内平级调动或降职。他永远不能离开，所以会不断面对那些知道他没有能力从小打小闹上升到高管阶层的人的怜悯。

也许暧昧光知道这一点。但就算他知道堤康次郎的位置是如何脆弱，也还是会这样做。拯救另一个物种免遭不必要的毁灭——这值得牺牲几段职业生涯。暧昧光会不会因为面临毁灭的并不是他自己的前程而停手？暧昧光选择了堤康次郎是一种荣誉，他认为堤康次郎有足够的智慧认识到大和民族面临的道德危险，并且敢于采取相应的行动，不计个人得失。

如果失去一切，堤康次郎希望所换来的这种荣誉足以让他高兴。因为如果受到指责，他就打算离开堤家公司。如果他们不采取避免危险的行动，他就待不下去了。他也无法保持沉默。他会公开发表声明，谴责的对象也包括堤家。他不会以此作为要挟，因为家族理所当然会藐视一切威胁。他只会简单地说出事实，然后，他们会因为他的不忠而把他除掉。没有哪家公司会雇用他，没有哪份公开任命会长期留在他的手中。当他对暧昧光说会住到他家去，那并不是笑话。一旦堤家决定实施制裁，那个罪大恶极的家伙没有选择，只能祈求朋友的仁慈了——如果他还有任何没被堤家的愤怒吓倒的朋友。

这些可怕的情形在堤康次郎的脑中上演，一小时又一小时过去，他等了又等。当然，他们没有简单地无视他的消息。他们一定在阅读和讨论，甚至现在也是。

他终于睡着了。安赛波话务员唤醒了他——他睡着的时候不是这个女人值班。“您是尊敬的堤康次郎先生吗？”

会议已经开始了。尽管愿望很美好，但他还是最后一个到会的。要实时召开这样一个安赛波会议，成本是惊人的，更不用提种种不便了。在新的电脑系统中，参会的每一个人必须使用安赛波，因为如果每一次评论和回复都不得不等待系统内建的延迟，就没法开会了。

堤康次郎看到了电脑终端显示的面孔下的各个姓名条，他既兴奋又恐惧。这件事还没有下达到本州总部的二级或三级干部那里。堤义明—清二本人也在场，他是主导堤家的长辈。这一定是好兆头。义明—清二——人们常在背后叫他“大老”——绝不会仅仅为了打压一个崛起的下属，就浪费时间来开安赛波会。

当然大老自己是不会开口的。发言的是年老的荣一。荣一被称为堤家的良心——也有人嘲笑说，这就是说他一定又聋又哑。

“我们的年轻兄弟十分大胆，但他将我们尊贵的师父暧昧光的想法和感受传递给我们，亦为明智之举。虽然我们本州这里的人无法有幸当面认识‘大和魂的守护者’，但我们都很了解他的主张。我们没有做好大和人作为一个民族，应对卢西塔尼亚的舰队负责的准备。我们也没有做好准备，认为堤家对于在财政或经济上没有明显关系的政治局势有任何特殊责任。

“我们的年轻兄弟的建言是发自内心的，也很令人难以接受，他若不是在多年的工作中一贯谦虚可敬，谨慎小心，而在时机恰当的时候又能勇于承担风险，我们可能就不会注意他的消息了。而我们注意到了，并进行了研究，从政府内线的消息可知，大和对于星际议会在这个问题上的影响力非常关键，并一直保持着关键影响。据我们的判断，没有时间联合其他公司，或者改变公众舆论了。舰队随时可能到达。这是我们的舰队，如果暧昧光说对了的话；即使他错了，这也是人类的舰队，而我们是人，也许我们有能力阻止它。只需隔离，就能轻易保护人类免遭德斯科拉达病毒毁灭。因此我们要告诉你，堤康次郎，你已经证明了你无愧自己的名字。我们会动用堤家的所有资源，说服足够数量的议员反对舰队——力度要非常大，让他们立即就召回舰队举行强制投票，并禁止其攻击卢西塔尼亚。我们也许能成功完成这项任务，也许会失败，但无论怎样，我们的兄弟堤康次郎都很好地为我们履行了他的服务，不仅通过他在公司管理上的许多成绩，也因为他知道何时该听取外人的建议，何时该把道德置于财政的考虑之上，何时该冒各种风险帮助堤家做正确的事。因此，我们将把堤康次郎调来本州，他将作为我的辅佐为堤家效力。"荣一鞠了一躬，"我很荣幸，这样一个杰出的年轻人将被培养成我退休或去世后的接班人。"

堤康次郎毕恭毕敬地鞠了一躬。他松了一口气，是的，他被直接调往本州——从来没有这么年轻的人被调过去。但是，成为荣一的助手，被作为他的接班人进行培养，并不是堤康次郎毕生梦想的工作。他勤勤恳恳、忠心耿耿，并不是想当一个哲学家兼监察员。他希望能进入家族企业的管理层。

不过，到本州的星际旅行要花好几年时间。到那时荣一很可能已死，而大老一定也已经去世。他很可能会得到更适合他真实能力的安排，而不是取代荣一。所以堤康次郎不会拒绝这份厚重的礼物，他会接受并跟随他的命运。

“哦，荣一，我的父亲，我向您和公司的各位父老鞠躬，特别是堤义明一清二先生。你们给了我莫大的荣誉，比我所配得上的还要多。我祈祷自己不会让你们太过失望。我也为大和魂能在这个困难的时刻得到你们良好的保护而深表感谢。”

他公开接受任命之后，会议结束了——它毕竟很昂贵，而且堤家很小心避免浪费。安赛波会议完结了。堤康次郎向后靠在椅背上，合上了眼睛，微微颤抖着。

“哦，康次郎君。”安赛波服务员说，“哦，康次郎君。”

哦，康次郎君，堤康次郎想道。谁会猜到暧昧光的来访会导致这个结果？它原本可能会走上另一条路。如今他却会成为本州的一员，无论担任什么职务，都是堤家的最高领导之一。结果不会比这更好了。事先谁猜得到呢。

他还没从会议前的椅子上起身，堤家的代表就开始游说所有的大和议员，还有许多虽不是大和人，但却追随必然论者的议员。随着被说服的议员数量的增加，很明显舰队得到的支持其实很少，最后的花费也不会那样昂贵。

卢西塔尼亚当天值班监测卫星轨道的猪族人听到警报响起，不知道发生了什么事。据他所知，警报从来没有响过。起初他以为是检测到了某种危险的气象状况。但并不是这样，是对外进行搜索的探测器触发了警报。数十艘武装飞船刚刚出现并驶来,速度非常快,但未达到相对论速度,按照它们的航线,一小时内就能发射MD。

值班员向同事们发送了紧急通知，米拉格雷市长也很快接到了通知,谣言开始扩散到全市。消息说一小时内不撤走就会被消灭。几分钟内,几百个人类家庭聚集到飞船周围,焦急地等待着上船。值得注意的是,只有人类才急着在最后关头离开。面对他们的父亲树、母亲树、兄弟树必然的死亡,猪族并不急于挽救自己的生命。没有了树林,他们是什么呢？与其在远方一片永无法属于他们自己的树林里,作为永远的陌生种族而活,不如死在亲爱的猪族之间。

至于虫族女王,她已经把最后一个女儿送走了,自己没有什么撤离的打算。她是在安德摧毁她们的母星之前最后那批虫族女王之一。她觉得自己在三千年后死于同样的方法是很合适的。此外,她告诉自己,当她的好朋友"人类"植根于卢西塔尼亚而不能离开的时候,她又怎能独自存活呢？这不是女王该有的想法,但话说回来,在她之前也没有哪个虫族女王曾有过朋友。这种感觉很新奇,能跟自己以外的生物聊天。要是没有"人类",她会伤心到活不下去。而且由于她的生存不再是延续她物种的关键,她可以做一件盛大、勇敢、悲惨、浪漫、简单的事:她会留下来。她很喜欢人类对于高尚的概念;它证明了,经过与人类和猪族的密切接触,她最终还是改变了。她自己都感到惊讶,与她的期望相悖,他们改变了她。在虫族的历史上,没有哪个虫族女王像她这样。

【我希望你走。】"人类"告诉她,【我喜欢想到你还活着。】

但这一次,她没有回答他。

简是坚定的。研究德斯科拉达病毒语言的小队不得不离开卢西塔尼亚，回到环绕德斯科拉达星球的轨道上。当然也包括她自己，没有人愚蠢到嫉妒能让所有的飞船离开的人，以及也许能从德斯科拉达病毒手中拯救全人类的小队。但简的道德基础有些动摇，她坚持要把格雷戈、娜温妮阿、奥尔拉多和他的家人带到安全的地方。华伦蒂也被告知，如果她不跟她的丈夫和孩子、他们的船员和朋友进入雅各特的飞船，简将被迫浪费宝贵的精神资源。在违背他们意愿的情况下运送他们的身体，必要的话可以没有航天器。

"为什么是我们？"华伦蒂问，"我们并没有要求特殊待遇。"

"我不管你们要不要求。"简说，"你是安德的妹妹，娜温妮阿是他的遗孀，她的孩子是他的继子；当我有能力拯救我朋友的家人，我是不会袖手旁观让你们被杀。如果这对你们来说是不公平的优待，那就等会儿再向我抱怨。现在你们得进入雅各特的太空船，这样我就可以带你们离开这个星球。你们会挽救更多的生命，如果你没有拿无用的争论来浪费我的注意力的话。"

德斯科拉达小队为享有特权感到惭愧，也为他们和他们的亲人在之后几小时会活下去而感激。他们登上了由穿梭艇改造成的飞船，简已经从拥挤的着陆区把船移走了。其他人急忙奔向雅各特的登陆艇，它也被她单独搬开了。

在某种程度上，至少对很多人来说，舰队的到来是一种解脱。他们在舰队将临的阴影下过了这么长时间，它最终的到来让他们从无尽的焦虑中得到了喘息。一两个小时内，命运将被决定。

位于德斯科拉达星球的较高轨道上的飞船里，米罗麻木地坐在他的电脑终端前。“我没法工作，”他最后说。“我没法集中心思在这语言上，当我的同胞和我的家园都在毁灭边缘的时候。”他知道，简被绑在船舱尾部的床上，用她的全副精力把一艘艘飞船从卢西塔尼亚搬到其他殖民星球，虽然那些星球还没完全做好接收他们的准备。而他所能做的就是破解难以理解的外星人的分子消息。

“嗯，我可以工作。”科尤拉说，“毕竟，德斯科拉达病毒造成的威胁一样大，而且是对全人类，而不仅仅是一个小小的星球。”

“你真是聪明。”埃拉诺娜冷冷地说，“从长远来看。”

“你们看我们从德斯科拉达星球收到的这些消息。”科尤拉说，“看认不认得出我看到的东西。”

埃拉诺娜在自己的电脑终端上调出了科尤拉的显示，米罗也是。科尤拉虽然很讨人厌，但她的工作能力还是很强的。

“看到了吗？不管这个分子会做什么，它作用于大脑的位置和海洛因分子完全一样。”

不可否认，两者完美匹配，尽管埃拉诺娜很难相信。“他们能做到这点的唯一方法，”她说，“是使用我们发给他们的德斯科拉达病毒记录里的历史信息，用那个信息来制造一个人体，对它进行研究，找到一种化学物质，能让我们集中于盲目的快乐，而他们对我们为所欲为。他们不可能有时间在我们发送信息之后培养出一个人体。”

“也许他们没有制造整个人体。”米罗说，“也许他们非常善于阅读遗传信息，可以从我们的遗传信息里推断出人体的生理构造。”

“但他们甚至没有我们的完整 DNA。”埃拉诺娜说。

“也许他们能把信息压缩在我们的原始自然的 DNA 里。”米罗说，“很显然，他们不知怎么得到了信息，而且显然找出了能让我们呆坐着傻笑的东西。”

“对我来说更明显的，”科尤拉说，“是他们想让我们用生物方法读取这个分子。他们想让我们立即使用这种毒品。在他们看来，我们现在正坐在这里，等他们来占领。”

米罗立即切换了他的终端显示。“见鬼，科尤拉，你说得对。看——他们派了三艘飞船过来。”

“他们甚至从来没有接近过我们。”埃拉诺娜说。

“好了，他们现在也不会接近我们。”米罗说，“我们得让他们瞧瞧，我们没有中木马计。”他站了起来，沿着走廊飘到简睡眠的地方。“简！”他还没到就开始嚷，“简！”

过了片刻，她的眼睛睁开了。

“简，”他说，“把我们移动大约一百公里，放到更近的轨道上。”

她疑惑地看着他，然后决定信任他，什么也没有问。她再次闭上眼睛，这时费尔昆彻在控制室里大喊：“她做到了！我们移动了！”

米罗飘回到别人那里。“现在我知道他们接近不了。”他说。果然，现在他的显示报告说外来船只不再接近，而是小心翼翼地在十几公里以外，从三个方向，不，四个方向做好准备。“他们呈四面体包围我们。”米罗说。

“嗯，现在他们知道我们没有屈服于他们的快乐死亡药物。”科尤拉说。

“但我们不比之前更了解他们。”

“这是因为，”米罗说，“我们太蠢了。”

“现在自我污蔑没什么用。”科尤拉说，“即使对你来说恰好是实际情况。”

“科尤拉！”埃拉诺娜厉声说。

“这是开玩笑，见鬼！”科尤拉说，“我连取笑大哥都不行吗？”

“哦，是啊，”米罗冷冷地说，“你真会开玩笑。”

“你说我们很蠢是什么意思呢？”费尔昆彻说。

“我们永远没法破译他们的语言。”米罗说，“因为它不是一种语言。它是一组生物命令。他们不说话，不进行概括。他们制造分子，让对方做事情，就好比假如人类的词汇里包括砖头和三明治一样，扔砖头或给三明治，就是惩罚或奖励。如果他们有抽象的想法，我们也没法通过阅读这些分子得到。”

“我觉得难以置信，没有抽象的语言，一个种族能够造出这样的太空船。”科尤拉轻蔑地说，“而且他们播送分子的方式和我们播送视频和声音一样。”

“如果他们体内都有能够把分子消息直接转化成化学或物理结构的器官呢？那样他们就可能……”

“你搞错了我的重点。”科尤拉坚持道，“靠扔砖头和分享三明治没法建立共有的知识基础。他们需要语言，才能把信息储存在自己的身体外面，让知识能从一个人传到另一个人，这一代传到下一代。用砖头来说服人，可没法进入太空或者利用电磁波进行广播。”

“也许她说得对。”埃拉诺娜说。

“那么,也许他们发送的分子消息的一部分是记忆集合。”米罗说,“我再说一遍,那不是语言——它会刺激大脑‘记得’发送者经历过但接收者没经历过的东西。”

“听着,无论你说得对不对,”费尔昆彻说,“我们还是得不断尝试破解语言。”

“如果我是正确的,我们就是在浪费时间。”米罗说。

“没错。”费尔昆彻说。

“哦。”米罗说。他明白费尔昆彻的意思了。如果米罗是正确的,他们的整个任务反正都没意义了——他们已经失败了。因此,他们不得不继续采取行动,就好像米罗错了,语言可以破解一样。因为如果破解不了,也没有什么可做。

然而……

“我们忘了什么东西。”米罗说。

“我没有。”科尤拉说。

“简。她被创造出来是因为虫族女王在物种之间架起了一座桥梁。”

“在人类和虫族女王之间,不是在会吐出未知病毒的外星人和人类之间。”科尤拉说。

但埃拉诺娜很感兴趣。“人类的沟通方式——平等对话——对于虫族女王来说一定很陌生,就像这种分子语言对于我们也很陌生一样。也许,简可以找到某种方式连接到他们的核心微粒。”

“读心吗?”科尤拉说,“记住,我们没有能沟通的桥梁。”

“这一切都取决于他们如何处理核心微粒的连接。”米罗说,“虫族女王一直在跟‘人类’说话,对吧?因为父亲树和虫族女王已经使用核心微粒连接进行沟通了。他们用心灵对话,没有语言的参与。而且他们在生物上也不比虫族女王和人类之间的共同点多。”

埃拉诺娜若有所思地点点头。“简现在没法做这样的尝试,除非议会舰队的问题解决。她一旦有空把注意力转回到我们,至少可以试试跟这些……人直接联系。”

“如果这些外星人通过核心微粒连接沟通,”科尤拉说,“他们就不会使用分子了。”

“也许这些分子,”米罗说,“是他们用来与动物沟通的。”

兰兹上将简直不敢相信他所听到的消息。星际议会的首席发言人和星际舰队第一秘书都出现在电脑终端上方,他们传达了相同的信息。

“隔离,没错。”秘书说,“你没有被授权使用 MD。”

“隔离是不可能的。”兰兹说,“我们飞得太快了。你知道我在航行之初就提交的作战计划。我们需要花几周来减速,而且我的人员怎么办?进行一次相对论航行然后回到自己的星球也就罢了。他们的朋友和家人都去世了,但至少他们不会永远在一艘飞船里陷在任务之中!我们的速度保持在近相对论速度,我为他们的生命省下了花费在加减速上的许多个月的时间。你却要他们放弃许多年的时间!”

“你的意思当然不是说,”首席发言人说,“我们应该炸掉卢西塔尼亚,消灭猪族和数以千计的人类,好让你的船员心情不郁闷吧?”

“我是说,如果你不想要我们炸掉这个星球,没问题——让我们回家。”

“我们不能这样做。”第一秘书说，“德斯科拉达病毒太危险了，不能把它放在一个叛乱的星球上不管。”

“你是说你们取消使用MD，但又没有控制德斯科拉达病毒的手段？”

“我们会派一个带有适当预防措施的登陆小组，以确定地面上的确切情况。”第一秘书说。

“换句话说，你不会把对地面情况一无所知的人派过去，暴露在这种病毒的致命危险中，也不需要拿未受感染的人来冒险就有办法消除危险。”

“议会已经达成决议了。”首席发言人冷冷地说，“在没有任何合法的替代手段的情况下，我们不会进行屠异。你收到并理解这些命令了吗？”

“是的，先生。”兰兹说。

“你会服从命令吗？”首席发言人问。

第一秘书看起来惊呆了。质问一名军官他是否打算服从命令，就是对他的侮辱。然而，首席发言人没有撤回侮辱。“嗯？”

“先生，我一贯遵守我的誓言，也将会这样做。”就这样，兰兹切断了连接。他立即转向他的执行官考索，唯一和他一起在密闭的通讯室里的人。“你被逮捕了，先生。”兰兹说。

考索扬起一边眉毛。“您不打算遵守这个命令了？”

“不要告诉我你在这件事情上的个人感情。”兰兹说，“我知道你是葡萄牙裔，和卢西塔尼亚星的人一样……”

“他们是巴西裔。”执行官说。

兰兹没有理睬他。“我会在航行日志上记录，你不要说话，这样在我可能会采取的任何行动中你都会是完全清白的。”

“您的誓言呢，长官？”考索冷静地问。

“我的誓言是为了人类的最大利益采取受命采用的一切行动。我会援引战争罪的条款。”

“他们没有命令您犯战争罪。他们命令您不要犯。”

“正相反。”兰兹说，“没有摧毁这个星球和上面的致命危险，才是对人类的犯罪，比炸掉它的罪行更严重。”兰兹抽出他的手枪。“你被逮捕了，先生。”

执行官把手放在头上，转过身去。“长官，您也许错了。任何一种选择都是可怕的，我不知您怎能自行做出这样的决定。”

兰兹把顺从贴片贴在考索的颈后，当药物开始进入他的身体，兰兹对他说：“我在做决定时得到了帮助，我的朋友。我问自己，安德鲁·维京，那个从虫族手中拯救了人类的人，假如他在最后一分钟突然被告知，这不是游戏而是真实的战争，他会怎么做。他的第一次和第二次杀人分别是杀死男孩史蒂生和马利德。我问自己，如果在那一刻之前，有大人进行干预并命令他停止，而他知道那个大人没有足够的力量在他的敌人再次袭击时保护他，知道眼下机不可失，他还会杀死他们吗？如果战斗学校的大人曾经对他说，我们认为虫族有可能并不想毁灭人类，所以不要把他们全部杀死，你认为安德鲁·维京会听从吗？不会的。他会去做——他总是去做——为了消灭危险而必须做的事情，确保它不会死灰复燃，在将来不构成威胁。这是我所咨询的人。现在我会遵从他的智慧。”

考索没有回答。他只是微笑点头，微笑点头。

“坐下，除非我命令你，否则不许起来。”

考索坐了下来。

兰兹把安赛波切换到整个舰队的中继通信。“命令已经下达，我们将继续前进。我会立即发射MD，我们会立即回到相对论速度上。愿上帝怜悯我的灵魂。”

片刻后，MD从上将的旗舰脱离，以略低于相对论速度的速度向卢西塔尼亚继续行进。需要近一个小时到达近地点，然后自动触发爆炸。如果由于某种原因，近地点检测器没有正常工作，一个计时器会在它的估计碰撞时间前几秒钟启动它。

兰兹把他的旗舰速度加快到高于阈值，让它脱离宇宙的时空束缚。然后，他把顺从贴片从考索的脖子上揭下来，换成一片解毒剂贴片。“你可以逮捕我了，先生，为你目睹的兵变。”

考索摇了摇头。“不，长官。”他说，“您不会被逮捕，舰队仍在您的指挥之下，直到我们回家。除非您有什么愚蠢的计划，试图逃避等待您的战争罪审判。”

“不，先生。”兰兹说，“我会承担他们对我施加的任何处罚。我的所作所为拯救了人类免于毁灭，但我做好了准备，跟卢西塔尼亚的人类和猪族一起，成为达到这个目的的必要牺牲品。”

考索向他敬礼，然后在他的椅子上坐下，哭了起来。

“我们在给你第二次机会”

“当我还是小孩时，我相信如果能够充分取悦众神，他们就会让我的人生从头再来，这一次不会再夺走我的母亲。”

——《韩清照神谕》

卢西塔尼亚轨道上的一颗卫星探测到MD正驶往卢西塔尼亚，而发射MD的飞船则从卫星的监测仪器上消失了。最可怕的事情发生了，没有尝试沟通或谈判。显然，舰队除了消灭这个星球和上面的所有智慧物种之外，再没有其他打算。大多数人曾经希望，能有机会告诉他们，德斯科拉达病毒已被完全驯服了，不再对任何人构成威胁；告诉他们事情已经无法阻止，炸毁卢西塔尼亚星球也无济于事，因为人类、猪族和虫族女王已经在许多不同的行星上建立了几十个新的殖民地。然而，向他们驰来的只有死亡。他们还剩一个多小时的生存时间，也可能更少，因为MD无疑会在离地表一定距离处引爆。

现在操作仪器的都是猪族人，因为除了少数几个之外，大部分人类都逃进飞船了。所以一个猪族人把消息通过安赛波告诉位于德斯科拉达星球轨道上的飞船，碰巧猪族人费尔昆彻在安赛波终端听到了他的报告。他立即开始恸哭，他的尖声哭叫化作了悲伤的音乐。

米罗和他的姐妹们明白发生了什么事，于是立刻去找简。“他们发射了MD。”他说，轻轻摇晃着她。

他只等待了几秒钟，她的眼睛就睁开了。“我还以为我们击败了他们。”她低声说，“我是说彼得与西王母。议会投票决定进行隔离，而且专门拒绝了舰队发射MD的授权，但他们还是发射了。”

“你看起来很疲倦。”米罗说。

“这要动用我的一切，”她说，“一遍又一遍。现在我失去了母亲树，她们是我的一部分，米罗。记得当你感到失去了对身体的控制时的感受吗？那时你残废了，动作迟缓？那就是没有了母亲树的时候我会发生的事。”

她哭了起来。

“别哭。”米罗说，“别哭了，控制自己的情绪，简，你没时间哭。”

她再次解开了安全带。“你说得对，”她说，“有时候，这个身体简直强大到无法控制。”

“MD必须接近行星地表才能引爆——如果进入大气层，护盾很快就会因摩擦而消耗掉，所以我们还有时间，简，也许一个小时，肯定多于半小时。”

“在此期间，你认为我能做什么？”

“截获这个该死的东西，”米罗说，“把它推到外空间，不要带回来！”

“要是它在外空间炸了呢？”简问，“要是在那里遭到破坏的东西也对应着内空间的什么东西呢？何况，我不能截获我没机会研究的东西。那附近没有人，没有安赛波跟它相连，没有能让我在一片死寂的太空里找到它。”

“我不知道。”米罗说，“安德会知道的。见鬼，他死了！”

“呃，技术上来说是死了。”简说，“但彼得还没有发现任何进入安德的记忆的办法，如果他有安德的记忆的话。”

“有什么记忆？”米罗说，“这事之前没发生过啊。”

“那确实是安德的艾瓦。但这个艾瓦拥有多少他的才华，多少他的身体和大脑的记忆？记住，遗传因子是强大的——他当初出生就是因为测试显示，彼得和华伦蒂非常接近理想的军事指挥官。”

“是的。”米罗说，“现在他是彼得。”

“不是真正的彼得。”简说。

“看，是一部分安德一部分彼得。你能找到他吗？你能跟他谈谈吗？”

“我们的艾瓦相遇时，我们不说话。我们——绕着对方跳舞，不是像人类和虫族女王那样。”

“他不是还有耳朵上的宝石吗？”米罗问，摸摸自己的宝石。

“但他能做什么呢？他离自己的飞船还有几小时的路程……”

“简，”米罗说，“试一试。”

彼得看起来很难受。西王母抚摸着他的胳膊，凑近他。“出什么事了？”

“我还以为我们做到了。”他说，“当议会投票决定撤销使用 MD 命令的时候。”

“你是什么意思？”西王母说，虽然她已经知道他是什么意思。

“他们发射了它。卢西塔尼亚舰队违背了议会的命令。谁能猜得到呢？我们离引爆只有不到一小时了。”眼泪涌上西王母的眼睛，但她眨了眨眼睛，不让眼泪掉下来。“至少猪族和虫族女王会活下去。”

“但母亲树不会。”彼得说，“星际飞行会告终，直到简发现储存所有信息的其他方式。兄弟树太蠢，父亲树过于自我，没法与她分享他们的能力——如果他们能，他们是会分享的，但他们不能。你觉得简还没有探索所有的可能性吗？”

瞬间星际飞行就要告终了。“那这里就是我们的家。”西王母说。

“不，不是。”彼得说。

“我们离飞船有几小时的路程，彼得。我们在引爆前赶不到的。”

“飞船是什么？一个盒子，有一个电灯开关和一个密闭的门。我们都知道，甚至不需要盒子。我可不想待在这里，西王母。”

“你要回卢西塔尼亚吗？现在？”

“如果简能带我回去。”他说，“如果她不能的话，我想这个身体就会回到它的来处——外空间。”

“我跟你一起去。”西王母说。

“我已经活了三千年。”彼得说，“我记不大清楚了，但你不应该从宇宙中消失，如果简做不到的话。”

“我要跟你一起去。”西王母说，“所以闭嘴。没有时间可以浪费了。”

“我甚至不知道到了那里要做什么。”彼得说。

“你知道的。”西王母说。

“哦？我打算做什么？”

"我不知道。"

"嗯,难道这不是问题吗?要是没人知道我的这个计划,又有什么用?"

"我是说,你是那个人。"西王母说,"你们有同样的意志,你和那个在战斗学校和指挥学校里都不会被任何东西打倒的男孩一样坚韧机智。那个孩子不让自己被霸凌摧毁,不管阻止他们会付出什么代价。即使全身赤裸,除了肥皂没有任何武器,安德在战斗学校的浴室里依然打倒了邦佐·马利德。"

"你做了不少调查嘛。"

"彼得,"西王母说,"我不希望你成为安德,不希望你有他的个性或他的记忆。因为你是一个打不倒的人。你是一个总会找到办法消灭敌人的人。"

彼得摇了摇头。"我不是他,真的不是。"

"我们初次见面时,你说你不是你自己。好,现在你又是你自己了,完整的一个人,完整地在这个身体里。现在你没有失去什么。没有什么被偷走了,没有什么损失。你明白吗?安德一生都活在屠异的阴影下。现在是机会——过相反的生活,成为阻止它的人。"

彼得闭上眼睛片刻。"简," 他说,"没有星际飞船你能带我们走吗?"他听她说了一会儿。"她说,真正的问题是,我们能不能保持自己完整。她控制和移动的是飞船,外加我们的艾瓦——我们自己的身体是由我们保持完整的,而不是由她。"

"好啦,我们一直不都是这么做的吗?所以没问题啦。"西王母说。

"有问题。"彼得说,"简说,在飞船里我们有视觉上的安全感。在虚空深处，没有墙，没有光，我们可能失去我们的位置。我们可能忘记自己的身体在哪里。我们真的一定要挺住。”

“如果我们意志坚定，无论怎样总是能克服一切吧？”西王母问。

“我认为这些都是美德，对。”彼得说。

“那就行动吧。这就是我们。”

对简来说，找到彼得的艾瓦很容易。她曾在他体内，曾追踪着他的艾瓦——或者追逐——直到她不用搜索就能认得。西王母则不一样，简对她没有那么了解。之前带她的航程中，她是在飞船里，飞船的位置简已经知道了。但她一旦找到彼得的——安德的——艾瓦，就发现原来比她想象的更容易，因为彼得和西王母两人的核心微粒是互相缠绕的，他们之间有一个小小的网络。即使他们外面没有盒子，简也能同时抓住他们两人，就好像他俩是一体的。

当她把他们推到外空间时，能感觉到他们彼此搂得更紧了——不只是身体，也是最深的自我那核心微粒的连接。他们一起进入外空间，也一起回到了内空间里。简感到一阵嫉妒——正如她曾经嫉妒娜温妮阿，虽然从前不像现在，身体没有悲伤的感觉和愤怒的情感。但她知道这是很荒谬的。简爱的是米罗，以一个女人爱一个男人的方式。安德是她的父亲和她的朋友，而且现在他几乎不是安德了。他是彼得，只记得过去几个月里和她在一起。他们是朋友，她没有占据他的心。

当简把他们放到卢西塔尼亚星时，安德鲁·维京那熟悉的艾瓦和西王母的艾瓦联系得比以往更紧密了。

他们站在航天港中间。最后几百个试图逃离的人疯狂地想搞懂为什么在 MD 发射之后，星际飞船却停止了飞行。

“这里的飞船全满了。”彼得说。

“但我们并不需要飞船。”西王母说。

“我们需要的。”彼得说，“没有飞船，简就不能截获 MD。”

“截获它？”西王母说，“那你确实有主意了。”

“你不是说我有吗？”彼得说，“我不能让你成为骗子。”然后，他跟简通过宝石交谈。“你在吗？你能通过这里的卫星和我谈——好吧。很好，简，我需要你为我腾出一艘飞船。”他停顿片刻，“把人们带到一个殖民星，等他们出去，然后把飞船带回来给我们，远离人群。”

瞬间，一艘星际飞船消失了。人们欢呼起来，争先恐后地进入剩下的飞船。彼得和西王母等了又等，知道它在殖民星卸人的每一分钟，MD 都离引爆更近一点儿。

等待结束了，一个四四方方的飞船出现在他们旁边。彼得打开门，他俩在航天港的其他人意识到发生了什么之前就钻了进去。一个人叫喊起来，但彼得关上了舱门，将门紧闭。

“我们进来了。”西王母说，“但要去哪儿？”

“简正在匹配 MD 的速度。”

“没有飞船她不是没法截获它吗？”

“她从卫星获得了跟踪数据。她会准确地预测某一个时刻它会在哪里，然后把我们推到外空间，再把我们带回到那一点上，以同样的速度前进。”

“MD 会在这艘船上？和我们在一起？”西王母问。

“过来靠墙站着。”他说，“抱紧我。我们会失重。到目前为止，你已经去过四个星球，却没有任何失重的经验。”

“你有过吗？”

彼得笑了，然后摇了摇头。“在这个身体里没有。不过，我想在一定程度上，我记得如何处理，因为……”

一瞬间他们失重了，在他们面前，庞大的导弹携带着MD，飘浮在空中，没有碰到飞船的舱壁。如果火箭仍然燃烧着，他们就会被烧成灰。但它似乎已经达到了速度，正在空中盘旋，因为飞船和它的速度完全相同。

彼得用脚钩住下方用螺栓固定在墙上的一条长椅，然后伸手摸了摸导弹。“我们需要把它放到地上。”他说。

西王母试着够到它，不经意间离开了舱壁开始飘动。她立刻感到强烈的恶心，她的身体拼命地寻找着可以作为“下方”的方向。

“想象设备所在的位置是下方。”彼得急忙说，“设备是下方。你在朝着设备掉落。”

她觉得自己重新定位了，有些用处。她飘近一点儿之后就能抓住它，抱住它了。她只能看着彼得慢慢地、轻轻地把巨大的导弹推向地板，没有吐出来就谢天谢地了。当导弹接触地板时，整艘船都抖了一下。导弹的质量很可能大于现在承载着它的飞船。

“没事吗？”彼得说。

“我没事。”西王母说。然后她意识到他在跟简说话，他那句“没事吗”是对简说的。

“简现在在跟踪这玩意儿。”彼得说，“她把飞船运送到别的地方之前也会进行跟踪。从前是通过电脑分析,现在她的艾瓦大致上在这玩意儿的内部结构里兜圈子，除非她和要运送的东西——飞船和我们,保持牢固的连接,否则是运送不了的。当她对东西的内部形状有了了解,就可以在外空间保持它的完整。”

“我们只要把它带到外空间,再把它留在那吗？”西王母问。

“不,”彼得说,“它要么保持完整并引爆,要么会散开,无论哪种方式,谁知道会造成什么损害?有多少它的小型复制品会凭空出现?”

“不会有的。”西王母说,“要制造新的东西需要智能。”

“你以为这玩意儿是怎么造出来的？就像你的身体,就像每块石头,全都是艾瓦,有很多没有连接的艾瓦拼命想找到归属,想要模仿,想要生长。不,这玩意儿是坏东西,不能留在外空间。”

“那要放到哪里呢？”

“放回发送者那里。”彼得说。

兰兹上将闷闷不乐地独自站在他旗舰的舰桥上。他知道考索已经把话传开了——发射 MD 是非法的，是叛乱；等他们回到文明世界,“老头子”将遭到军法审判或更糟糕的下场。没有人跟他说话,没有人敢看他一眼。兰兹知道他会被解除指挥权,把旗舰交给他的执行官考索,舰队交给副司令官福田上将。考索没有立刻逮捕他,这是一种善意的姿态,但毫无用处。下属们知道了他抗命的事实,不可能再听从他,要求他们这样做也是不公平的。

兰兹转身准备下令,才发现他的执行官已经朝他走来。“长官。”考索说。

"我知道。"兰兹说,"我解除我的指挥权。"

"不,长官。"考索说,"跟我来,长官。"

"你想干什么?"兰兹问。

"运输官报告说在主货舱有件东西。"

"什么东西?"兰兹问。

考索只是看着他。兰兹点点头,他们一起离开舰桥。

简没有把盒状的飞船放进旗舰的武器舱,那里只能容纳MD,不能容纳装载它的飞船。简把它放进了主货舱,这里更宽敞,也没有方法重新启动武器。

彼得和西王母走出飞船,进入主货舱。

简带走了飞船,把彼得、西王母和MD留下。

飞船将再次出现在卢西塔尼亚,但没有人会进去了,已经用不着了,MD不再飞往卢西塔尼亚了。现在,它在卢西塔尼亚舰队旗舰的主货舱里,以相对论速度飞向被人遗忘的境地。MD上的接近传感器不会被触发,因为附近没有行星般的物体,但定时器仍然在倒计时。

"我希望他们很快注意到我们。"西王母说。

"哦,不用担心,我们还有整整一分钟呢。"

"有人看到我们了吗?"

"那个办公室里有个人。"彼得指着一扇敞开的门,"他看到了飞船,接着看到了我们,接着看到了MD。现在他走了。我觉得我们一会儿就会有伴了。"

货舱前端的舱壁高处有一扇门打开了。三个人走上了能三面俯视货舱的平台。

“嗨。”彼得说。

“你到底是谁？”制服上缀的丝带和装饰最多的人问。

“我打赌你是鲍比·兰兹上将。”彼得说，“而你想必是执行官考索。你则一定是运输官，朗。”

“我说你到底是谁！”上将兰兹问。

“我认为你的优先顺序有问题。”彼得说，“我认为在你们把这件乱扔到有人星球附近的武器的定时器关掉之后，咱们有大把时间来讨论我的身份。”

“如果你认为你可以……”

但上将没来得及说完，因为执行官钻过栏杆跳到货舱甲板上，立刻开始扭动定时器外壳的把手。

“考索，”兰兹说，“那总不会是……”

“没错，是 MD，长官。”考索说。

“我们发射出去了！”上将喊道。

“一定是搞错了吧。”彼得说，“是因为疏忽大意。因为星际议会已经撤销了您的发射授权。”

“你是谁，怎么到这里来的？”

考索站了起来，脑门满是汗水。“长官，我很高兴地报告，在还有两分钟以上的余地时，我已成功地阻止我们的船被炸成原子。”

“还好你们没有搞什么要用两把独立的钥匙和一个密码才能把它关掉的烂设计。”彼得说。

“不，它本身的设计就是要很容易关闭。”考索说，“这玩意儿混合了不同的设计思路。要启动它就很困难。”

“但你们却不知怎么办到了。”彼得说。

“你们的飞船呢?”上将说。他爬下梯子来到甲板上,“你们怎么到这来的?”

“我们是乘坐一个精美的盒子来的,不需要盒子的时候就把它扔了。”彼得说,“你们没看出来,我们来这儿不是为了被你们审问的吗?”

“逮捕这两个人。”兰兹下令。

考索看着上将,就好像他疯了。刚才跟着上将从梯子上下来的运输官准备服从,朝彼得和西王母走了几步。

刹那间,他俩消失了,又重新出现在三个军官进来时的那个平台上。军官们花了一阵子才发现他俩。运输官百思不得其解。“长官,”他说,“他们一秒钟前还在这里。”

考索则已经确定发生了某种不寻常的事情,并且没有适当的军事对策。所以他采取了另一种回应模式。他在胸前画了个十字,并念念有词地祷告起来。

兰兹后退了几步,直到他撞上了MD。他抓着它,然后突然厌恶地放开了手,甚至可能是出于疼痛,就好像它的表面突然变热了一样。“哦,上帝,”他说,“我想做安德鲁·维京会做的事。”

西王母忍不住笑出了声。

“真奇怪,”彼得说,“我也想做同样的事情。”

“哦,上帝。”兰兹再次说。

“兰兹上将,”彼得说,“我有一个建议。与其花上几个月的真实时间来调转船头并再次试图非法发射这玩意儿，或者试图在卢西塔尼亚周围建立无用的隔离，你不如继续回到人类星球之一——特隆海姆星就很近——在此期间，打一份报告给星际议会。我对于报告内容颇有一些想法，如果你想听的话。”

兰兹掏出激光手枪，指着彼得，作为回答。

随即，彼得和西王母从原处消失，又出现在兰兹身后。彼得伸出手，敏捷地解除了上将的武装，不幸的是在这个过程中折断了他的两根手指。“对不起，我好久没练了。”彼得说，“我——啊，几千年来都没有用过我的武术技能了。”

兰兹跪了下来，捂着受伤的手。

“彼得，”西王母说，“可以不要让简把我们移来移去了吗？真的让人很晕。”

彼得向她眨眨眼睛。“想听听我对你的报告的想法了吗？”彼得问上将。

兰兹点了点头。

“我也想听。”考索说，他清楚地预见到自己将指挥这艘船一段时间。

“我想你需要使用安赛波报告说，由于故障，发送了 MD 被发射的报告，但事实上，发射被及时中止了。并且为了防止进一步不测，你把 MD 转移到主货舱，在那里解除了它的武装并使它失去了攻击能力。关于使它失去攻击能力的这部分，你听懂了吧？”彼得问考索。

考索点了点头。“我会马上做，先生。”他转身对运输官说，“给我一个工具包。”

运输官去从墙上的储物箱里拿工具包的时候，彼得继续说："接着你可以报告说，你接触到了一个卢西塔尼亚当地人——也就是我——他告诉你德斯科拉达病毒完全得到了控制，不再对任何人构成威胁。"

"这我怎么知道？"兰兹说。

"因为我携带着病毒的残余，如果它没有被完全杀死，你就会感染德斯科拉达病毒，在一两天内死掉。现在，除了证明卢西塔尼亚不构成威胁之外，你的报告还应该指出卢西塔尼亚的叛乱不过是一个误解，人类并没有干涉猪族的文化，而是猪族在行使自己作为智慧物种的自由权利，在自己的星球上，从友好访问的外星人那里——也就是人类殖民地米拉格雷，获取信息和技术。自那时起，很多猪族变得非常善于使用许多人类科技，并在不久的未来，他们会向星际议会派遣大使，希望议会能以礼回之。你听明白了吗？"

兰兹点了点头。考索正在拆除 MD 的击发机构，嗯了一声表示同意。

"你还可以报告说，猪族已经与另一个外星种族结盟。同早期的报告相反，那个种族并没有被臭名昭著的屠异者安德鲁·维京彻底消灭。虫族女王的一个茧活了下来，她是著名的《虫族女王》一书的信息来源，那本书的准确性已被证明无懈可击。不过，卢西塔尼亚星的虫族女王目前不希望与星际议会互派大使，而想让猪族来代表她的利益。"

"虫族还存在吗？"兰兹问。

"技术上来说，安德鲁·维京并没有屠灭异族。因此，如果你发射了这枚导弹，没有被阻止，你就会成为第一个屠异者，而不是第二个。因为现在很明显，从来就没有屠异者，虽然我得承认这两次都不是没人试过。”

眼泪从兰兹脸上流下来。“我并不想这样做。我以为这是正确的。我以为不得不这样做，才能拯救……”

“这件事你以后再跟船上的心理医生说吧。”彼得说，“我们还有一件事要说明。我们有一种星际飞行技术，我觉得人类世界会想要拥有的。你已经看到了它的演示。不过，通常情况下，我们更喜欢在我们那艘土气的四方形飞船里进行这种飞行。但这还是一种很不错的方法，能让我到其他星球去，又不必耗费一秒钟的生命。我知道持有我们的星际飞行方法的关键的那些人会感到高兴，在未来几个月，所有的飞船都能瞬间移动到目的地。”

“但我们一定得付出代价吧。”考索点头说。

“啊，我们只有一个条件。”彼得说，“我们的瞬间星际飞行有一个关键要素，包含星际议会最近试图杀死的一个电脑程序。我们发现了一个替代方法，但并不能完全令人满意。我想我可以放心地说，星际议会将永远不能使用瞬间星际飞行，除非人类世界所有的安赛波都和电脑网络相连，没有延迟，没有那些令人讨厌的嗅探程序，就像汪汪叫的没用小狗一样。”

“我没有任何权力……”

“兰兹上将，我没有要你来做决定，我只是对你可能想发送的内容提出建议。通过安赛波，发给星际议会，马上。”

兰兹扭过头去。“我觉得不舒服。”他说，“我想我丧失了工作能力。执行官考索，我当着运输官朗的面，将本舰的指挥权移交给你，并命令你通知福田上将，他现在是这支舰队的指挥官了。”

“这是行不通的。”彼得说，“我刚才说的消息必须由你来发送。福田不在这里，我不想去向他重复一切。所以你要打报告，你要保留舰队和旗舰的指挥权，你不准逃避责任。你先前做了一个艰难的选择。你选错了，但至少有选择的勇气和决心。现在拿出同样的勇气来，上将。我们今天并没有惩罚你，除了我不幸的笨拙弄伤了你的手指之外，我对此真的很抱歉。我们在给你第二次机会，上将。”

兰兹望着彼得，泪流满面。“你为什么要给我第二次机会？”

“因为这是安德一直想要的东西。”彼得说，“而且也许给了你第二次机会的话，他也会得到第二次机会。”

西王母握住彼得的手，捏了捏。

他们随即消失在旗舰的主货舱里，又出现在德斯科拉达星球轨道上的飞船控制室内。

西王母环顾四周，屋里全是陌生人。这艘船不像兰兹上将的旗舰，没有人工重力，但西王母抓住彼得的手，不让自己晕倒或呕吐。她不知道这些人是谁，只知道费尔昆彻一定是猪族人，电脑终端前的那个无名工虫准是人类曾经痛恨和害怕的无情的虫族。

“嗨，埃拉诺娜，科尤拉，米罗。”彼得说，“这是西王母。”

西王母一定吓坏了，但其他人见到他们显然也吓了一大跳。

米罗最先恢复过来，说道：“你们是不是把飞船给忘了？”

西王母笑了。

“嗨，西方的王母娘娘。”米罗说，使用西王母的心灵祖先的名字，那是道星上受到崇拜的一个神。“我从简那里听说过你的事。”米罗说。

一个女人从控制室的一端穿过走廊飘过来。

“华伦蒂？”彼得说。

“不是。”那女人答道，“我是简。”

“简。”西王母低声说，“马鲁的神。”

“马鲁的朋友。”简说，“正如我是你的朋友一样，西王母。”她来到彼得面前，握着他的双手，望着他的眼睛。“也是你的朋友，彼得。”

“你怎么知道他们不是在恐惧中颤抖”

“哦，神啊！你们不公平！我的父母应该有比我更好的孩子！”

——《韩清照神谕》

“你们夺取了MD，然后还回去了？”科尤拉不可思议地问。

所有人，包括米罗，都以为她的意思是不相信舰队能不使用它。

“它当着我的面被拆除了。”彼得说。

“嗯，它能被重新装好吗？”她问。

西王母试图解释：“兰兹上将现在不能走那条路了。我们不会让事情不了了之的。卢西塔尼亚安全了。”

“她说的不是卢西塔尼亚。”埃拉诺娜冷冷地说，“她说的是德斯科拉达星球。”

“我是唯一一个想到这一点的人吗？”科尤拉说，“说实话——这样我们就不用为后续的探测器、为更坏的版本的德斯科拉达病毒爆发而担心了……”

“你想炸掉一个智慧物种所居住的星球吗？”西王母问。

“不是现在。”科尤拉说，口气显得西王母好像是她浪费时间与之说话的最蠢的笨蛋。“如果我们确定他们是，你知道，华伦蒂所称之为的‘异类’的话，不可理喻，无法共存。”

“所以你的意思，”西王母说，“就是……”

“我说的就是我的意思。”科尤拉回答。

西王母接着说：“你的意思是，兰兹上将原则上没有错，他只是错在不了解具体情况。如果卢西塔尼亚上仍有德斯科拉达病毒威胁，那么炸毁星球就是他义不容辞的责任。”

“一个星球的人的生命，同所有的智慧生物相比，又算得了什么呢？”科尤拉问。

“你还是原来那个试图阻止我们消灭德斯科拉达病毒，因为它可能是智慧生物的科尤拉吗？”米罗说，觉得很好笑。

“从那时起我想了很多。”科尤拉说，“我当时太幼稚，感情用事。生命是宝贵的，智慧生命更宝贵。但是，当一种智慧生物威胁到另一种的生存时，遭到威胁的种族有权保护自己。这不就是安德所做的吗？他这样做了一遍又一遍。”

科尤拉得意扬扬地一个个打量着他们。

彼得点点头。“是的，”他说，“那是安德所做的。”

“在游戏中。”西王母说。

“在他跟两个威胁到他生命的男孩的打斗中，他确保他们不会再威胁到他了。战争就是这么打的，如果你有任何愚蠢的相反意见的话。不是以最小的力量作战，而要以能够承受的最大力量。不只要让敌人受伤、流血，而要摧毁其反击能力。这也是同疾病抗争时的战略。不要去找一种能杀死百分之九十九的细菌或病毒的药物，这样做等于创造一种新的耐药株，必须百分之百地杀死他们。”

西王母试图想出该如何反驳。“能用疾病打比方吗？”

“你还有什么比方？”彼得回答，“摔跤比赛吗？打到耗尽对手的抵抗能力？如果对手遵守相同的规则，这没问题。但如果你站在那里准备搏斗，他却抽出一把刀或枪，然后会怎样呢？或者比作网球比赛？保持得分，直到对手在你脚下引爆炸弹？在战争中没有任何规则。”

“但这是战争吗？”西王母问。

“正如科尤拉所说，”彼得回答，“如果我们发现没法跟他们沟通，那么这是一场战争。他们对卢西塔尼亚，对手无寸铁的猪族所做的事，是毁灭性的、卑鄙无耻的，完全是战争手段，不考虑另一方的权利。这是我们的敌人，除非我们能让他们知道他们做了什么。这是你的意思吧，科尤拉？”

“总结得很完美。”科尤拉说。

西王母知道这个逻辑是有问题的，但她无法指出。“彼得，如果你真信这一套，为什么不把 MD 留着？”

“因为，”彼得说，“我们可能是错的，而且危险并非迫在眉睫。”

科尤拉不屑地咂嘴。“你不在这里，彼得。你没看到他们给我们发过来了什么——新鲜出炉、特别定制的一个病毒，会让我们像白痴一样傻坐着，他们就能趁机占领我们的飞船。”

“他们是怎么发送过来的？装在一个漂亮的信封里？”彼得说，“还是派了一只受感染的小狗过来，知道你们会忍不住把它抱起来？”

“他们播出了代码。”科尤拉说，“但他们希望我们通过制造那个分子来解读它，这样分子就能生效。”

“不。”彼得说，“你们推测他们的语言是那样的，然后你们采取行动，就好像猜测是正确的。”

“你怎么知道不是？”科尤拉说。

“我什么也不知道。”彼得说，“这正是我要说的。我们就是不知道，没法知道。现在，如果我们看到他们发射探测器，或是假如他们开始试着炸掉这艘飞船，我们就必须开始采取行动。比如派飞船跟在探测器后边，仔细研究他们发送的病毒。或者如果他们攻击这艘船，我们会采取避让措施，并分析他们的武器和战术。”

“现在是很好。”科尤拉说，“现在简安全了，母亲树也没有受损，所以她可以进行瞬间星际飞行。现在我们可以捕捉探测器，或者跳到导弹什么的路线之外。但之前呢？当我们无奈地在这里，只有几个星期可以活，至少我们是那么认为的呢！”

“那时候，”彼得说，“你们也没有 MD，所以没法炸毁他们的星球。在简恢复星际飞行的能力之前，我们是拿不到 MD 的。而有了那种能力，破坏德斯科拉达星球也不再必要了，除非它造成太大的危险，没有任何别的反制方法。”

科尤拉笑了，“这是怎么了？我还以为彼得是安德个性中讨厌的一面呢！原来你是挺温文尔雅的。”

彼得微笑道：“有时面对无情的邪恶，必须保卫自己或别人。在那种情况下，有时唯一有希望成功的防御手段就是残酷的一次性毁灭。那时即使善良的人们也会使用暴力。”

“我们没法把自己的行为合理化，对吧？”科尤拉说，“你是安德的继任者。因此对你来说，认为安德杀死的那些男孩是你美好规则的例外，倒是很方便的。”

“安德那样做是合理的，因为他是无助的。而我们并不是无助的，星际议会和卢西塔尼亚舰队也不是无助的。他们却选择了行动而不是减少他们的无知程度。”

“安德也在无知的情况下选择了使用MD。”

“不，科尤拉。是对他下命令的那些大人使用了MD。他们本可以干涉并阻止他的决定。他们有充足的时间变更他的决定。安德以为他是在玩游戏，在模拟中使用MD，能证明自己不可靠、不听话，或者甚至过于残酷，不可作为指挥者予以信赖。他是想让自己被指挥学校开除。仅此而已。为了让他们不再折磨他，他做了必要的事情。是那些大人决定使用他们的最强武器：安德鲁·维京。不再努力跟虫族交谈、沟通，甚至在最后关头，知道安德要摧毁虫族母星的时候，他们也没有努力过。他们已决定无论如何都要杀死虫族，就和兰兹上将一样，就和你一样，科尤拉。”

“我说过我会等到咱们搞清楚的！”

“好，”彼得说，“那我们的意见是一致的。”

“但我们这里应该有MD！”

“MD根本不应该存在。”彼得说，“从来没这个必要，从来都不合适，因为它的成本太高了。”

“成本！”科尤拉大叫，“它比老式核武器便宜多了！”

“我们花了三千年才从摧毁虫族女王母星的罪恶感中恢复过来。这就是成本。如果我们使用MD，我们就会成为消灭其他物种的人。兰兹上将就像那些利用了安德鲁的人一样。他们已经下定决心：这个很危险，很邪恶。这个必须被消灭。他们以为自己是好心，是在拯救人类，但他们不是，其中有很多不同的动机。在决定使用武器的同时，他们也决定不再试图跟敌人沟通，就不能先用附近的卫星显示一下MD的威力吗？兰兹上将就不能先确认一下卢西塔尼亚的情况有没有改变吗？还有你，科尤拉——你究竟想使用什么方法，来确定德斯科拉达人是否太过邪恶，不准生存呢？你什么时候能知道他们对所有其他智慧生物来说是无法忍受的危险呢？”

“我反倒要问，彼得，”科尤拉说，“你什么时候知道他们不是？”

“我们有比MD更好的武器。埃拉诺娜曾经设计过一个分子，阻止德斯科拉达病毒造成伤害，并且没有破坏它让卢西塔尼亚植物群和动物群相互转化的能力。谁说我们不能对他们送过来的每一个讨厌的小瘟疫做同样的事情，直到他们放弃呢？谁又能说他们不是在拼命与我们沟通呢？你怎么知道他们发过来的那个分子不是为了让我们对他们感到高兴，那是他们知道的唯一途径，向我们发送一个能带走愤怒的分子？你怎么知道他们不是在那个星球上，在恐惧中颤抖，因为我们的船会突然消失又重新出现在任何别的地方？我们是不是在试着跟他们谈话？”

彼得四下看着大家。

“难道你们谁都不明白吗？只有一个物种，会经过考虑，有意识地、故意地想要摧毁另一种智慧生物，而不认真地尝试交流或警告，那就是我们人类。第一次屠异失败了，因为那次攻击的受害者设法掩护了一个怀孕的虫族女王。第二次也失败了，理由稍好一些——因为人类的一些成员决心阻止它。不只是几个，很多人、议会、一个大企业、神风星上的一位哲学家、帕西菲卡的萨摩亚人、西王母和我、简，还有兰兹上将的官兵，当他们终于了解情况的时候。我们在进步，你们看不出吗？但事实仍然是——我们人类这个物种最倾向于故意拒绝同其他物种沟通，而是完全消灭他们。也许德斯科拉达人是异类，也许他们不是。但我们本身是异类，这个想法更让我恐惧。这就是使用MD的成本，我们不需要，也永远不会需要使用它，我们的工具包里还有其他的工具。如果我们选择使用MD，那我们就不是异族，而是异类。我们永远不可信任。为了所有其他智慧生物的安全，我们都该死。”

科尤拉摇摇头，但不再得意了。“这话我听着像有人还在拼命为自己的罪行求得宽恕。”

“那是安德。”彼得说，“他一生都在试图把自己和其他人变成异族。我环顾这艘飞船，思考着看到的东西，过去几个月里我认识的人，我认为人类并没有做得太糟糕。我们正朝着正确的方向前进，有时会有一些倒退，一些争吵。但大体上来说，我们越来越配得上虫族女王和猪族了。如果德斯科拉达人离异族的距离比我们远，这并不意味着我们有权摧毁他们。而是意味着我们要以更多的理由耐心对待他们，培养他们。我们从用人头骨标记战斗地点的野蛮时代走到这里，花了多少年的时间？几千年。这段时间里，我们有老师试着让我们改变，给我们指明方向。我们一点点地学习，让我们教育他们——如果他们没有已经比我们知道很多东西的话。”

“光是要学会他们的语言就可能需要很多年。”埃拉诺娜说。

“现在交通很便宜了。”彼得说，“别见怪，简。在很长一段时间里，我们可以让多支队伍来回穿梭，而不会带给任何人不必要的困难。我们可以派一支舰队盯着这个星球。猪族和工虫会和人类的研究员一道工作。花上几百年,几千年,不必着急。”

“我认为这很危险。”科尤拉说。

“我想你也和我们大家一样有着本能的欲望,正是这种欲望总是让我们陷入这么多该死的麻烦。”彼得说,“你知道你会死,想在死前看到一切都得到解决。”

“我还不老!”科尤拉说。

米罗说话了。“他说的没错,科尤拉。自从马考恩死后,你就被死亡的阴影笼罩着。大家都想想吧。人类是短命的物种。虫族女王认为他们会永远活下去。猪族的第三种生命有望存活许多世纪。我们却是总在赶时间的种族。我们是在没得到足够多的信息时就做决定的种族,因为我们想要在还有时间的情况下采取行动。”

“那就这样?”科尤拉说,“这就是你的决定?让所有生命继续受到严重威胁,孕育着他们的计划,而我们只是不断看着天空?”

“不是我们。”彼得说。

“对,”科尤拉说,“你不是这个项目的一部分。”

“我是,”彼得说,“但你不是。你会回到卢西塔尼亚,简绝不会再带你回到这里,直到你花上许多年证明你已经能够控制住自己内心的怪物为止。”

“你这傲慢的狗杂种!”科尤拉喊道。

“人人都知道我是正确的。”彼得说,“你就像兰兹。你准备好做出影响深远的毁灭性决定,并拒绝让任何争论改变你的想法。你这样的人有很多,科尤拉。所以我们不能让任何这样的人出现在这个星球附近的地方，直到我们了解更多。也许有一天，所有的智慧物种一致认为，德斯科拉达人其实是异类，必须摧毁。但我严重怀疑我们这里的任何一个人，除了简，能活到那一天。”

“什么，你以为我会永远活下去吗？”简说。

“你最好活下去。”彼得说，“除非你和米罗能搞清楚如何生出长大后能发射飞船的孩子。”彼得转向简。“你能带我们回家吗？”

“就在我们说话的时候。”简说。他们打开舱门，走出飞船，踏上终究没被摧毁的这个星球的地面。所有人，除了科尤拉。

“科尤拉不跟我们一起吗？”西王母问。

“也许她需要独自待一会儿。”彼得说。

“你先走。”西王母说。

“你认为你能对付她？”彼得说。

“我想我可以试试。”西王母说。

他吻了她。“我对她太狠了，跟她说对不起。”

“也许你以后可以自己对她说。”西王母说。

她回到飞船里。科尤拉仍面对着她的电脑终端坐着。彼得和西王母来到飞船上之前的最后一组数据仍然显示在她的电脑终端上方。“科尤拉。”西王母说。

“走开。”她的声音沙哑，充分说明了她在哭。

“彼得说的都是真的。”西王母说。

“这就是你要说的吗？在伤口上撒盐？”

“除了他对于我们在进步这一点上，抱了过多的信心。”

科尤拉哼了一声，几乎是在赞同她。

"因为在我看来，他和这里其他人已经认定你是异类了。被放逐，没有假释的希望。不肯先了解你。"

"哦，他们是了解我的。"科尤拉说，"失去了父亲的小女孩。父亲是个残酷的人，但她爱他。她仍在寻找父亲的身影，仍用从父亲那里看到的盲目的愤怒回应其他人。你以为我不知道他们认定了什么吗？"

"他们把你限制住了。"

"那不是真正的我。我认为应该保留 MD 以防万一，我也从来没有说过不做任何进一步的沟通尝试就使用它。彼得对待我就好像我是那个上将一样。"

"我知道。"西王母说。

"是的，没错。我敢肯定，你对我非常同情，你知道他是错的。得了吧，简已经告诉我们，你们两个——那叫什么来着——相爱了。"

"对于彼得对你做的事，我并不感到自豪。那是一个错误，他会犯错。他有时也会伤害我的感情。你也是，你现在就伤害了我的感情。我不知道为什么，有时我也会伤害其他人，有时我也会做可怕的事情，因为我相信自己是对的。我们都是这样的。我们心里都有一点点的异类，也有一点点的异族。"

"这不就是可爱的平衡的大学本科生层次的人生哲学？"科尤拉说。

"这是我能想出的最好的解释。"西王母说，"我不像你那样受过教育。"

"你这一招是'让她有负罪感'？"

“告诉我,科尤拉,如果你没有真的扮演你父亲的角色,或者想把他召回来,或不管什么原因,你为什么总对大家这么生气呢?”

科尤拉终于转过椅子,看着西王母的脸。是的,她是哭过了。“你真的想知道我为什么总是充满了非理性的愤怒吗?”她的声音依然带着嘲弄,“你真要跟我玩心理战术吗?好啊,试试这个。我这么生气的原因是,我的整个童年,我哥哥金偷偷猥亵了我,而他现在成了烈士,还会被封为圣人,但没有人会知道他是这么邪恶,他对我做过这么可怕的事情。”

西王母站在那里吓呆了。彼得告诉过她金的事。他是怎么死的,他是什么样的人。“哦,科尤拉。”她说,“我很抱歉。”

科尤拉的脸上掠过一丝厌恶。“你真是太蠢了。金从没碰过我,你这个愚蠢的爱管闲事的老好人。对于我为什么这么浑蛋,你是如此渴望得到廉价的解释,会相信任何似是而非的故事。现在你多半仍然不知道,我刚才的坦白究竟是真的,还是因为我怕影响不好或者什么蠢理由才予以否认。放明白点儿,丫头,你不了解我,你永远不会了解我。我不想让你了解我。我不想要任何朋友,而且如果我想要朋友,也不会让彼得的宠物妞享有这份光荣,我说明白了吗?”

西王母这辈子曾经被专家打倒,被战士贬低。以任何标准来衡量,科尤拉在这些方面都更擅长,但还没有坏到西王母忍受不了。“但我注意到,”西王母说,“在对最崇高的一位家庭成员进行了无耻的诽谤之后,你无法忍受让我相信那是真的。所以你确实对某人忠诚,即便他死了。”

“你就是听不出好歹,是不是?”科尤拉说。

“我还注意到，你仍然在跟我说话，即使你看不上我，想惹怒我。”

“如果你是一条鱼的话，一定是鲫鱼，钳住别人吸取他们的生命，是不是！”

“你随时都可以走出这里，就不会听到我想跟你做朋友的可悲尝试了。”西王母说，“但你没有走。”

“你真是令人难以置信。”科尤拉说。她解开椅子上的安全带，站起身来，从开着的门走了出去。

西王母看着她出去。彼得是正确的。人类仍是异种中的异种，仍是最危险的、最不理性的、最难以预测的物种。

即便如此，西王母冒险做了一些自己的预测。

首先，她预测总有一天研究小组会跟德斯科拉达人建立通信。

第二个预测则前途未卜，更像是一个希望，也许只是一个心愿。那就是有一天科尤拉会告诉西王母真相，有一天科尤拉隐藏的伤口会被治愈，有一天她们也许会成为朋友。

但不是今天，不必着急。西王母会尽力帮助科尤拉，因为她是如此明显需要帮助，而且在她身边时间最长的那些人显然已经烦到不肯帮助她。

帮助科尤拉不是唯一的，甚至不是她要做最重要的事情。和彼得结婚，和他开始共同生活——这事更加优先。还得找点东西吃，喝水，找地方尿尿——在她人生中的这一刻，这些是最高优先级的事。

我想这意味着我是人，西王母想，不是神。也许不过是一只动物。一部分是异族，一部分是异类。但异族的部分比异类多，至少在情绪好的时候。彼得也是，和她一样。他俩都是一个有缺陷的物种的一部分，决定一同制造这个物种的更多成员。彼得和我会一起从外空间召唤更多的艾瓦，控制我们的身体所制造的一个小身体，我们会看到那孩子在一些日子里是异族，另一些日子里是异类。有时候我们是好父母，有时候我们会悲惨地失败。有时候我们会非常伤心，有时候我们会快乐得难以控制。我可以忍受这一切。

“没有他，我们也将继续走下去”

“我曾经听说过一个故事，一个人把自己分成两半。其中一半从来没有改变；另一半不断地成长。不变的部分总是真实的，成长的部分总是新的。我不知道，这个故事里哪一部分是我，哪一部分是你。”

——《韩清照神谕》

在那充满愁云惨雾的安德葬礼举行的早上，华伦蒂出现了。当初她来到卢西塔尼亚星球，是为了再次和他在一起，协助他的工作；她是如此想再次成为安德人生的一部分，她知道这样做伤害了雅各特，但她的丈夫已经放弃了他从小居住的星球，跟她一起来了。多么大的牺牲，但现在安德已经不在了。

既不在又还在。在她家睡着一个人，她知道他有安德的艾瓦，还有她哥哥彼得的面孔。他内心深处的某个地方有着安德的记忆。但他还没有接触到这些记忆，除了有时不自觉地触及。事实上，他几乎是躲在她家里，为了不重温那些回忆。

“我要是看到娜温妮阿怎么办？他爱她，不是吗？”彼得几乎一回来就问，“他对她有这种可怕的责任感。而且在一定意义上，我很担心我也算是跟她结了婚。”

“有趣的身份问题,是不是?”华伦蒂回答。但对彼得来说这可不只是一个有趣的问题。他害怕陷在安德的人生中,也害怕像安德那样过着充满罪恶感的生活。“他遗弃了家庭。”他说。对此华伦蒂回答,“跟娜温妮阿结婚的那个人死了。我们看着他死的。她没打算找一个不想要她的年轻丈夫,彼得。和西王母结婚吧,离开这个地方,做你全新的自我。做安德真正的儿子,过上他也许可能期待的生活,假如当初它没有被旁人的要求污染的话。”

他有没有完全接受她的建议,华伦蒂猜不透。他仍然躲在屋里,免得来访的人可能会激起记忆。奥尔拉多来了,还有格雷戈、埃拉诺娜,一个个来向华伦蒂为了她弟弟的死致哀,但彼得从来没有走进房间。西王母来了,这个可爱的年轻女孩内心有一种坚强,华伦蒂很喜欢。西王母扮演了死者家属好友的角色,继续保持着谈话;安德妻子的各个孩子则谈论着安德如何挽救了他们的家庭。西王母祝福了他们的生活,在他们认为已经不可能受到祝福的时候。

在房间的角落,普利克特坐在那里,听着大家的谈话,为她毕生为之投入的这次代言准备材料。

哦,安德,三千年来豺狼们都在噬咬你的人生。现在轮到你的朋友们这么干了。最后,他们在你的骨头上留下的牙印会不同吗?

今天一切都会告终。别人用来划分时代的东西可能会不同,但对华伦蒂来说,安德鲁·维京的时代已告一段落。时代以一次对屠异的尝试开始,现在已经以另一次对屠异的阻止而结束了。人类现在也许能够与其他种族和平生活,在几十个殖民地星球上实现共同的命运。

华伦蒂会写下这段历史，正如她曾为她和安德一起到访的每一个星球书写历史一样。她想写的书不同于安德的三本书《虫族女王》《霸主》和《“人类”的一生》,不是神谕或经文,而是学术著作,有各种引用的材料。她渴望成为的偶像不是圣保罗或摩西,而是修昔底德。不过她写的书都是用德摩斯梯尼的名义出版的,那是她童年的遗留,那时她和彼得,第一个彼得,黑暗、危险又了不起的彼得,曾用他们的言论改变了世界。德摩斯梯尼将出版一本书,记载人类在卢西塔尼亚的历史，在这本书中会有安德的许多事迹——他怎样带来了虫族女王的茧,他怎样成为同猪族的往来中最关键家庭的一部分,但它不会是一本关于安德的书。这将是一本关于异乡、异民、异族和异类的书。安德在每一个地方都是陌生人,不属于任何一地,却为每一个地方尽心尽力,直到他选择了这个星球作为他的家园,不只因为有一个家庭需要他,也因为在这个地方,他不必完全成为人类的一员。他可以属于猪族部落,属于虫族女王,也可以属于比单纯的人类更庞大的东西。

虽然没有哪个孩子出生证上的父亲一栏写着安德的名字，但是他在这里成为一个父亲,娜温妮阿孩子的父亲,在某种意义上也是娜温妮阿自己的父亲;是华伦蒂的一个年轻复制版的父亲,也是简的父亲。简是物种之间第一次交配的产物，现在是一个明亮和美丽的生物,住在母亲树里,在数字网络里,在安赛波的核心微粒缠绕中,也在一个曾属于安德的身体里。那个身体在某种意义上也曾属于华伦蒂,因为她记得曾经在镜子里见过那张脸,把它叫作自己。

安德也是这个全新彼得的父亲,这个强大而完整的人。他已经不再是刚刚从飞船里出来的那个彼得了。他不再是那个愤世嫉俗的、讨厌的、带刺的小伙子，用傲慢与沸腾的愤怒自我标榜。他已经完整了。他内心有着冷静的古老智慧，甚至在他因炽烈而甜美的青春之火燃烧时也一样。他的身边有着一个女人，她拥有和他相等的智慧、美德和活力。他面前有着普通人的一生。安德真正的儿子会拥有这样的人生，如果不是像安德那样深刻地改变世界之后过上更快乐的生活的话，安德不会对他有更多或更少的要求。改变世界对于那些想留名青史的人是好事。但对于想把自己的名字留在别人的生命里，并把别人的心视若珍宝的人来说，幸福才是最重要的。

华伦蒂和雅各特和他们的孩子聚集在自家的门廊前。西王母独自在那里等他们。“你能带我走吗？”那姑娘问。华伦蒂伸出胳膊让她挽住。该怎么称呼她和我的关系？未来的侄媳妇？还是更应该称其为朋友？

普利克特为安德之死做的代言意味深长，一针见血。她是代言人的好徒弟。她没有把时间浪费在细枝末节上。她立刻说到了他的大罪，解释了安德当时以为他在做什么，以及当他知道了一层层的真相之后的想法。“那就是安德的生活。”普利克特说，“像剥洋葱一样逐层拨开云雾见到真理。不像我们大多数人，他知道里面没有金色的内核，只有一层层的错觉和误解。重要的是了解所有的过失、所有对自己有利的解释、所有的错误、所有扭曲的观察，然后不是找到，而是得出真理的内核。在没有真相的地方点燃真相的蜡烛，这就是安德给我们的礼物，让我们不再抱有幻想，以为任何解释都会包含满足所有时间、所有对象的终极答案。世上总有更多要了解的东西。”

普利克特继续讲，叙述着一件件事情、一个个回忆、一桩桩逸事、一句句妙语。聚集的听众笑了,哭了,又再次笑了,多次陷入沉默,好把这些故事同自己的人生联系起来。我多么像安德啊！他们有时会想。转念又想,感谢上帝,我的生活不是那样!

不过,华伦蒂知道一些不会在这里讲出的事情,因为普利克特不知道这些事,或至少想不到这些事。这些事并不重要,它们没有揭示内在的真理,只是多年共同生活里的点滴小事。对话,争吵,在几十个星球上和旅程中的有趣而温馨的时刻,还有他们的根,童年的回忆。华伦蒂母亲怀里的小宝宝。父亲把他抛到空中。他早期的牙牙学语。小安德不要像婴儿那样咕咕叫!他需要更多音节来说话——"Deedle Deedle""Wagada Wagada"。为什么我想起了他孩提时的话?

他是个长相甜美的婴儿,渴望着生活。婴儿的眼泪因为摔倒的疼痛而落下。为了最普通的事情而笑——因为一首歌,因为看到心爱的脸,因为那时人生还很单纯,还对他好,没有什么让他痛苦,他被爱和希望包围。抚摸他的手有力而温柔,他可以信任他们。哦,安德,华伦蒂想,我多么希望你能继续活在这样一个快乐的人生中,但没人能做到。我们学会了语言,随之而来的是谎言和威胁、虐待和失望。你开始走路,一步步走出家的庇护。要保留童年的欢乐,就必须作为一个孩子而死,或者永远像孩子那样活着,永不长大成人。所以,我可以为你失去的童真而哀悼,但不会为由痛苦支撑起来的、被罪恶撕裂的好人而悲叹。你亲切地对待我和其他许多人,还有我所爱的人,以及我几乎不认识的人。

华伦蒂让记忆的眼泪流淌着,普利克特的话涌向她,不时触动她,但也没有完全打动她,因为她比这里的任何人都更了解安德,比任何人都失去得更多,甚至超过娜温妮阿。娜温妮阿坐在靠前面的地方,她的孩子们聚集在她身边。华伦蒂看着米罗的胳膊搂着他的母亲,另一只手则搂着简。华伦蒂也注意到埃拉诺娜紧紧抓住奥尔拉多的手,还吻了他的手一次。还有格雷戈,哭泣着,把头靠在科尤拉的肩上,科尤拉伸手把他搂紧一点儿,安慰着他。他们也爱安德,也了解他,但他们在悲伤中会依靠对方,他们是一个有力量依靠的家庭,因为安德曾是其中的一部分,并治愈了他们,或至少打开了治愈的门。娜温妮阿会生存下去,也许还会克服对命运跟她开的残酷玩笑。失去安德算不上她经历过的最糟糕的事情,某种意义来说还是最好的,因为是她主动放开了他。

华伦蒂望着猪族,他们有些坐在人类之间,有些远离人类坐着。对他们来说,这是一个双重的圣地,埋葬安德的少量遗体的地方;在鲁特和"人类"的父亲树之间,安德用猪族的血签下物种之间和平协议的地方。现在猪族在人类之间有很多朋友了,虽然也残留着许多恐惧和仇恨,但和平的桥梁已经建起了,其中安德的书起了很大作用。这本书给了猪族希望,有些人,有一天,会理解他们;有了安德,这希望能持续下去,直到成为现实。

一个面无表情的工虫远远地坐着,既不接近人类,也不接近猪族。它来这里只是为虫族女王充当眼睛。如果虫族女王为安德悲伤的话,她也只会放在自己心里。她始终是神秘的,但安德也爱她;三千年来他是她唯一的朋友,她的保护者。从某种意义上说,安德也可以把她算作他的孩子,就像在他的保护下茁壮成长的其他养子一样。

只花了三刻钟,普利克特就讲完了。她的结束语很简单:

"因为所有艾瓦都是永恒不灭的，所以即使安德的艾瓦还继续活着，我们认识的那个人也已经离去了。他的身体不在了，但他的生活和工作的任何部分，我们都会继承下去，它们不再属于他，而是属于我们自己，属于我们内心的安德，正如我们其他的朋友和老师、父亲和母亲、爱人和子女、兄弟和姐妹，甚至陌生人也存在于我们心里一样。他们通过我们的眼睛观察外面的世界，帮助我们确定事物的意义。从你们对我的注视里，我看见了安德；从我对你们的凝望里，你们看见了安德。但我们没有一个人是真正的他，我们是我们自己，也是我们自己的道路上的陌生人。我们曾和安德鲁·维京共同走过了一段路。他向我们展示了我们也许无法看到的东西。现在没有他，我们也将继续走下去。最后，他也和其他人一样毫不逊色。"

然后一切就结束了。没有祈祷——在她代言之前已经举行过祈祷了，因为主教并不想让这种非宗教性的代言成为圣母堂服务的一部分。人们也哭过了，悲伤得到了净化。他们从座位上站了起来，老人有些僵硬，孩子们则充满活力，边跑边喊，作为对久坐的弥补。听到笑声和呼喊声是件好事。这也是告别安德鲁·维京的一种好方式。

华伦蒂吻了一下雅各特和她的孩子，拥抱了西王母，然后独自穿过拥挤的人群走了出去。米拉格雷的许多人逃到了其他殖民地；而现在他们的星球得救了，许多人选择了回来。卢西塔尼亚是他们的家。他们不是开拓者。不过，也有许多人回来只是为了参加这个仪式，简会把他们送回他们在处女地上开辟的农场和房屋，所以要花上一两代人才能填满米拉格雷的空房子。

彼得在门廊上等着她。她对着他微笑。"我想你现在有个约会。"

华伦蒂说。

他们一起走出米拉格雷，进入新生的森林里，那里还没能完全隐藏最近纵火的痕迹。他们一直走到一棵明亮闪耀的树下。几乎就在他们到达的时刻，从举行葬礼的地点赶来的其他人也到了。简走向发光的母亲树，抚摸着它——抚摸着一部分的自己。然后彼得站到了西王母身旁，米罗站在简身边，牧师在母亲树下为两对夫妇完婚，猪族看着他们，华伦蒂则是见证婚礼的唯一人类。别人都不知道婚礼举行的地方；他们决定不要让它分散人们对安德的葬礼或普利克特的代言的注意力，以后再宣布结婚也来得及。

婚礼结束后，猪族们作为向导，带着牧师穿过树林回去。华伦蒂拥抱了新婚夫妇们，简和米罗、彼得和西王母，逐一跟他们谈了一会儿，喃喃地说着祝贺与告别的话，然后退了回去，望着他们。

简闭上眼睛，微笑着，然后他们四人都消失了。只有母亲树留在空地中间，沐浴在光辉之中，果实累累，繁花盛开，宛若某种古老神秘的生命的永恒主持者。